# El hogar de Sherlock
# La casa deshabitada

Recopilado por Sherlockology
Editado por Steve Emecz

Traducción de:

Emma Ramos
Victoria Juan
Juanjo Abenza
Sabrina Purswani
Rodrigo Fontes
Jack Poxon
Daniela Vega
Alberto Daniel
Salas García
Susana Barral

Edición de papel ISBN 978-1-78092-359-8
ePub ISBN 978-1-78092-360-4
PDF ISBN 978-1-78092-361-1

Publicado en Reino Unido por MX Publishing
335 Princess Park Manor, Royal Drive,
London, N11 3GX
www.mxpublishing.com

Diseño de la portada de www.sherlockology.com

Jeff Decker

La traducción de este libro se ha financiado a través de Kickstarter y por eso queremos darles las gracias a todos los patrocinadores. La lista de los patrocinadores de clase plata figura al final del libro. A continuación se encuentra información sobre el patrocinador de clase platino, Shadowcat:

Shadowcat Systems es una empresa dedicada al desarrollo y asesoramiento sobre software de código abierto con sede en Reino Unido, fundada por Mark Keating y Matt S. Trout.

Ofrecemos a nuestros clientes en todo el mundo demostrada experiencia en el desarrollo de sistemas de redes y automatización de procesos manuales de forma fiable, desde flujos de trabajo en empresas hasta la gestión de sistemas y redes. Shadowcat está comprometida con la tecnología de código abierto; se especializa en trabajar con software de código abierto, así como con estándares y protocolos abiertos. Shadowcat también contribuye a la comunidad con parches, scripts y, en ocasiónes, con paquetes completos.

Shadowcat se enorgullece de apoyar a *La casa deshabitada* y Save Undershaw.

Página web: www.shadow.cat
Facebook: www.facebook.com/ShadowcatSystems
correo electrónico: info@shadowcat.co.uk

# Contenido

# Sobre este libro

Sherlockology nació a raíz de nuestra pasión personal por la gran serie de la BBC, en aquel momento con solo 3 episodios emitidos, creada por los magníficos Steven Moffat y Mark Gatiss. A todos los miembros del equipo nos interesaba desde antes el que es, sin duda, el mejor detective ficticio de todos los tiempos y conocíamos sus encarnaciones previas, así como el canon en el que se basan. El tiempo pasó y como Alicia en el país de las maravillas empezamos nuestro descenso por la madriguera del conejo blanco hasta caer en el mundo de Sir Arthur Conan Doyle y Sherlock Holmes.

En nuestro viaje descubrimos que Sherlock Holmes es un personaje único que no solo vive en las páginas de un libro o en los numerosos actores que le han encarnado. Es una persona de carne y hueso que respira y se vuelve cada vez más real y relevante en el mundo que nos rodea, sin tener en cuenta la época o el tiempo que hayas compartido con él. Sherlock Holmes, el Dr. John Watson, la Jeff Decker Hudson, Mycroft Holmes y todos los personajes de Sir Arthur Conan Doyle se han convertido en algo más que una invención del afamado autor. Para nosotros, para muchos más antes, y sin duda para otros en el futuro, se han convertido en amigos para toda la vida.

Si Sir Arthur Conan Doyle no nos hubiera presentado, nuestra historia literaria y nuestra propia imaginación serían un lugar mucho más insulso. Nos obsequió con un héroe único, alguien en quien creer, y por eso lo menos que podemos hacer es asegurarle al creador de tal individuo un legado en el que vivir para las generaciones futuras que, al igual que nosotros, tendrán el placer de conocer a Sherlock Holmes.

Este legado tiene su hogar en las páginas del canon, pero también en los ladrillos y el cemento de Undershaw. El edificio, diseñado y construido por Sir Arthur Conan Doyle, era el lugar de encuentro de sus colegas autores, y aún más importante, donde escribió muchos de los casos de Sherlock Holmes. Que la casa se perdiera sería un desastre, y este libro es el resultado de la lucha por preservarla. Todos aquellos que han colaborado en él, los cientos que han entregado historias y, aún más importante, los compradores de este libro, luchan en esta batalla.

Nos gustaría extender nuestro agradecimiento a todos aquellos que han hecho que este libro viese la luz. A Roger Johnson que hizo lo imposible y ha sido nuestro gran punto de apoyo durante el corto periodo de tiempo que tuvimos para juntar este libro; a Michael Cox y Sue Vertue, productores de dos grandes series de Sherlock Holmes diferentes, por su ayuda y apoyo; a Nicholas Briggs, Douglas Wilmer, David Stuart Davies, Roger Llewellyn, Gyles Brandreth, Jeff Decker, Alistair Duncan, Stephen Fry y Mark Gatiss (presidente honorífico de Undershaw Preservation Trust) por sus colaboraciones y por compartir con nosotros la importancia de salvar Undershaw; y finalmente a The Undershaw Preservation Trust, Lynn Gale y Jacquelynn Morris por presentarnos al público y a MX Publishing por convertir este libro en una realidad.

**Sherlockology**
**www.sherlockology.com**

# La Fundación para la preservación de Undershaw

Hacia finales del 2008, tuve un sueño muy vívido en el que aparecía una familia victoriana delante de la entrada de una casa enorme; yo parecía estar tomando fotografías con una cámara antigua. Al despertar, intenté desesperadamente identificar a las personas que habían compartido mi sueño, pero nada me preparó para la sorpresa que recibí al abrir un libro de Sir Arthur varios meses después y encontrar una foto de su segunda familia, tal y como habían aparecido en mi visión.

A principios del año siguiente salí en mi coche, con la cámara en el asiento trasero y sin un rumbo fijo en mente. El letrero de "Se vende" a la entrada de Undershaw, ante el cual había pasado de largo varias veces antes, pareció saltar hacia mí, un claro indicio de que debía parar en Undershaw, cámara en mano, para capturar su historia. Las fotos que hice ese día del maltrecho edificio fueron el inicio de una campaña que, con el paso de los años, ha llamado la atención de toda clase de personas en todo el mundo.

No tenía ni idea de qué me esperaba detrás de aquel grupo de altos árboles mientras avanzaba lentamente por el largo sendero que serpenteaba hasta el edificio de ladrillo rojo. La Historia parecía rezumar de sus paredes a medida que pisaba el mismo suelo que muchos otros habían recorrido antes, hacía más de un siglo. Había visitado el lugar en mi adolescencia y, de alguna forma, sentía que estaba viajando al pasado. En aquel lugar, bajo un gran andamio y una estructura que la protegía, se encontraba el hogar en Surrey del creador de Sherlock Holmes, Sir Arthur Conan Doyle, un caballero sumamente respetado en su comunidad en aquella época y uno de los autores de ficción más importantes de todos los tiempos.

Me impactó el estado casi ruinoso en que se encontraba la casa; estaba claro que la habían abandonado a merced de los elementos durante varios años. Casi de inmediato sentí una gran necesidad de salvarla y así conseguir que recobrara su antiguo encanto, carácter y elegancia.

¿Salvarla? ¿Cómo se puede lograr una hazaña tan extraordinaria y descabellada? ¿Acaso era yo una mujer irracional y demasiado entusiasta que quería conseguir lo imposible? Pero la necesidad era tan fuerte que me sentí impulsada: si hay algo que deseas de verdad, siempre es posible lograrlo.

Mi mayor esperanza para Undershaw es que pueda resucitar de la misma forma en que lo hizo Sherlock Holmes y que, al igual que él, continúe viviendo durante muchas generaciones.

**Lynn Gale**

Undershaw siempre ha sido un lugar hospitalario. Lo es desde la época de Arthur Conan Doyle, quien recibía allí a familias, amigos y celebridades literarias en la casa que fue su inspiración. Después continuó siéndolo, gracias a las personas que durante décadas la dirigieron en forma de hotel, donde los huéspedes disfrutaban de la buena cocina y la convivencia, y en ocasiones cenaban en la casa que había en un árbol del jardín. Entre los muchos talentos de Arthur Conan Doyle fue fundamental la búsqueda de justicia. Y la justicia debe triunfar una vez más para liberar a Undershaw de las garras del vandalismo, así como para convertirla de nuevo en un lugar de reunión de mentes, intereses, intrigas y aspiraciones.

**Sue Meadows**

**Cofundadoras de la Fundación para la preservación de Undershaw**
www.saveundershaw.com

Emblema del presidente de la fundación, John Gibson. Diseñado por Sue Scullard.

# Una historia breve de Undershaw

Para aquéllos que lo desconozcan, Undershaw es el nombre que Sir Arthur Conan Doyle le dio a su antiguo hogar en Hindhead, Surrey. Vivió ahí desde octubre de 1897 hasta septiembre de 1907, cuando contrajo segundas nupcias con Jean Leckie y se mudó a Crowborough, en Sussex.

Undershaw es único entre los antiguos hogares de Conan Doyle, ya que él intervino personalmente en su diseño. Muchas de sus características se idearon pensando en Louise Conan Doyle, que padecía de tuberculosis desde finales de 1893; los ventanales, las escaleras bajas y las puertas que se podían abrir hacia ambos lados fueron diseñados para su comodidad. Lamentablemente, la casa fue el lugar donde ella falleció en el año 1906, cuando finalmente sucumbió ante la enfermedad.

En esta casa, Conan Doyle escribió (parcialmente o en su totalidad) varias obras de gran importancia. Para los lectores de este libro, las historias más notables escritas en esta época fueron *El sabueso de los Baskerville* y *El regreso de Sherlock Holmes*. Por lo tanto, es justo decir que Undershaw fue el lugar del renacimiento de Sherlock Holmes, lo que, por supuesto, fue motivo de celebración por parte de sus muchos seguidores en aquel momento, y es algo que los admiradores de hoy en día también agradecen.

Después de que Conan Doyle se marchara de la casa en 1907, esta pasó por un tiempo a manos de unos inquilinos. Se cree que Doyle esperaba legarle la casa a su hijo Kingsley en algún momento pero, cuando Kingsley murió en circunstancias trágicas justo antes de finalizar la primera Guerra Mundial, el escritor decidió vender Undershaw a un precio irrisorio. Poco tiempo después fue transformada en un hotel.

En 2004, cuando dejó de funcionar como hotel, la casa se vendió con vistas a su renovación. Se presentó una solicitud al consejo local (la cual fue aprobada) para convertir el edificio con protección de Grado II [de acuerdo con el sistema inglés, el Grado II designa a un edificio de interés arquitectónico o histórico protegido por la ley] en un conjunto de pisos y apartamentos, incluyendo la construcción de varias dependencias nuevas.

Estos son los planes contra los que están luchando The Undershaw Preservation Trust y sus partidarios (incluido usted, querido lector). Esta batalla debe librarse no solo a beneficio de Undershaw, sino por el bien de los edificios históricos en todo el mundo. Los poderosos deben saber que no nos mantendremos al margen sin protestar ante los que intentan robarnos nuestra historia.

**Alistair Duncan, 2012**

*Un País Desconocido - Arthur Conan Doyle, Undershaw y la resurrección de Sherlock Holmes*

# No la gloria

Letra y música de Caitlin Obom

Te espero en un cuarto abandonado
el eco de tus pasos puedo oír,
resuena en el papel de las paredes
mas tú ya no caminas por aquí

No hay quien pueda ver
ya la huella de tus pies
y nadie más recuerda
que viviste aquí una vez

No estoy vacía,
las casas viejas pueden ver
el tiempo y su memoria
en el suelo y la pared,
sal al mundo y dile que
tú a tu modo y yo después
cada cual escribirá su historia,
la vida perderé,
mas no la gloria.

Los muros se acostumbran al silencio
la luz se rompe en un sucio cristal,
su vida se congela en el recuerdo
que solo durará una eternidad

Y nadie puede ver
que se rompe un corazón,
por qué sigue latiendo
si no tiene más razón

No estoy vacía,
las casas viejas pueden ver
el tiempo y su memoria

en el suelo y la pared,
sal al mundo y dile que
tú a tu modo y yo después
cada cual escribirá su historia,
la vida perderé,
mas no la gloria.

Mi belleza rota
en piedra escrita está
no te rindas nunca
o se perderá

No estoy vacía,
las casas viejas pueden ver
el tiempo y su memoria
en el suelo y la pared,
sal al mundo y dile que
tú a tu modo y yo después
cada cual escribirá su historia,
la vida perderé,
mas no la gloria.

Incluida con permiso de Caitlin Obom a beneficio de la Fundación para la preservación de Undershaw.

# Patrocinadores

Cien libros no bastarían para reunir las palabras de todos los patrocinadores de Save Undershaw. A continuación se presenta una pequeña selección de actores, escritores, productores e historiadores que resume la dedicación de los miles de seguidores de Sherlock Holmes en todo el mundo.

**Mark Gatiss, Stephen Fry, Roger Johnson, Gyles Brandreth, Douglas Wilmer, Nick Briggs, Michael Cox, David Stuart-Davies, Roger Llewelwyn y Alistair Duncan.**

Me gustaría expresar mi apoyo incondicional hacia la campaña Save Undershaw. Me parece una imagen muy triste de nuestro tiempo que el hogar de uno de nuestros mejores y más célebres escritores esté tan descuidado y en peligro de sufrir una remodelación tan drástica.

Aunque Sir Arthur Conan Doyle habitó varias residencias a lo largo de su prolífica y emocionante carrera, solamente Undershaw lleva el sello de su enorme personalidad. Fue aquí donde nació el fantasmal sabueso de los Baskerville y donde el mismísimo Sherlock Holmes volvió a la vida desde las cataratas de Reichenbach. Fue aquí donde Bram Stoker, J.M. Barrie, E.W. Hornung y muchos otros pasaban agradables veladas. No es exagerado afirmar que Undershaw fue el centro de la vida de Doyle durante la que quizás fue la etapa más fructífera y fascinante de su carrera. Por ello debe ser preservada y ocupar el lugar que le corresponde entre las residencias del resto de grandes figuras literarias de Reino Unido que han sido juiciosamente protegidas. Sin duda, se trata de un "problema de tres pipas" pero no uno imposible de solucionar, de eso estoy seguro.

**Mark Gatiss**
**Presidente honorífico de la Fundación para la preservación de Undershaw (The Undershaw Preservation Trust)**

**Actor, guionista, novelista y creador junto a Steven Moffat de la serie de la BBC *Sherlock***

Conan Doyle ha superado con honores cualquier prueba que se requiera para garantizar un puesto eterno e imperecedero en la cultura británica. Puede ser que Harry Potter no dure un siglo (estoy seguro de que lo hará, pero estas cosas no siempre se pueden predecir), pero la mayor certeza en el mundo de la literatura es que Sherlock Holmes perdurará, no solo durante siglos, sino milenios. Simplemente no hay ningún otro personaje de ficción en el mundo que haya pervivido durante tanto tiempo y personifique tanto. Como hemos visto de forma tan espectacular y exitosa en tan solo el pasado año y medio, Sherlock puede ser reinventado para cada era. ¿Qué pensarían las generaciones futuras de nosotros si permitiésemos que el hogar del creador de Holmes se descompusiera y deteriorase? ¿Qué pensarán de nosotros si descubren que lo demolimos a sabiendas, sin más razón que la codicia y la indolencia? Estarían igual de disgustados que los cientos de miles de todo el mundo que gritan: "No. ¡Parad! ¡¡Pensad!! Esto es una medida de ahorro errónea y un acto de estupidez filistea."

Hay tanto que un Undershaw viviente y floreciente podría lograr. Podría ser un centro de estudio, una atracción para visitantes, un museo destacado y un foco de orgullo. Urjo a todos aquellos que tengan el poder para actuar que no se consideren bolas de demolición, sino personas de visión y percepción creativa. Holmes solo se hará más grande con el tiempo, no dejen que Gran Bretaña se haga más pequeña.

**Stephen Fry**
**Actor y Escritor**

**En su tiempo fue el miembro más joven de la Sherlock Holmes Society of London y más recientemente encarnó a Mycroft Holmes en *Sherlock Holmes: Juego de sombras*.**

A pesar de la filistea declaración de un antiguo Secretario de Cultura, el lugar de Arthur Conan Doyle en la literatura inglesa, y en la cultura internacional, está asegurado. Como las obras de muchos otros, sus escritos son todavía, un siglo después, estudiados, diseccionados y discutidos tanto por estudiantes como por académicos. Sin embargo, Conan Doyle es uno de esos pocos elegidos cuyos libros todavía se siguen leyendo por puro placer aún después de cien años o más. La gente lee *El mundo perdido*, *La compañía blanca* y, especialmente, los distintos relatos de Sherlock Holmes, por la mejor de las razones: porque les apetece. Como dijera Sir Christopher Frayling, puedes asegurarle a un lector de hoy día que los libros de Holmes son entretenidos, sin necesidad de tener que añadir: "Claro que, hay algunas partes aburridas...". Esa es una distinción poco común para un autor de la era victoriana.

Undershaw, la casa de Conan Doyle en Hindhead, es de importancia nacional, e incluso internacional, en el panorama literario británico. Aquí es donde él escribió *Las aventuras de Gerard*, *Sir Nigel* y *la gran guerra Bóer*. Esta fue la casa que él abandonó para convertirse en un oficial médico en el conflicto sudafricano. Esta era su casa cuando se convirtió en Sir Arthur. Aquí fue donde Sherlock Holmes renació.

El hecho de que Conan Doyle trabajara con el arquitecto J.H. Ball en el diseño de la casa la dota de un perfil valioso y singular. Parafraseando una sentida opinión de la web www.scottsabbotsford.co.uk, dedicada a la casa de Sir Walter Scott, un autor al que Conan Doyle admiraba profundamente: "Cuando tocas los ladrillos y el cemento de Undershaw, estás tocando el alma de Arthur Conan Doyle".

El estado actual de la casa, abandonada y descuidada por sus dueños, y sufriendo los daños de vándalos, es profundamente triste. ¡Undershaw puede y debe salvarse!

**Roger Johnson**
**Editor del Sherlock Holmes Journal**

**Sherlock Holmes Society of London**

Arthur Conan Doyle fue un buen escritor, un gran narrador de historias y un hombre extraordinario. Su historia personal es fascinante (impactante y emotiva) y dejó huella en el mundo de una manera en la que solo unos pocos han podido hacerlo. Pertenece a ese pequeño grupo de escritores que han creado personajes que viven más allá de sus libros. Sherlock Holmes, el doctor Watson, la señora Hudson, el Profesor Moriarty, los irregulares de Baker Street: estos personajes y su mundo son conocidos por todos los continentes, y lo seguirán siendo por mucho tiempo. La casa que habitara Conan Doyle es hoy un lugar de importancia cultural nacional e internacional, así como social y literaria.

**Gyles Brandreth**
**Escritor y presentador**

Parece algo bárbaro y sin sentido que la antigua casa de Sir Arthur Conan Doyle, creador del personaje literario más famoso del mundo, Sherlock Holmes, y representación tan vívida de la atmósfera de finales de la época victoriana, pudiera permitirse el hecho de estar bajo amenaza. En esta casa fueron concebidas y escritas muchas de las mejores historias de Doyle, incluyendo la que quizás es la más famosa de todas: *El sabueso de los Baskerville*.

Sea cual sea el futuro de Undershaw, bien un hotel o una residencia, debería sin ninguna duda estar protegida para no acabar fraccionada en apartamentos o locales comerciales, lo que destruiría para siempre todo su encanto. Las comparaciones entre la estatura literaria de Doyle y la de Jane Austen, o cualquier otro, no sirven para nada y están totalmente fuera de lugar.


He tenido la grandísima fortuna de que me dieran a conocer los relatos de Sherlock Holmes hace ya muchos años, y la aún más grande fortuna de haber interpretado el papel en trece episodios de una serie de televisión de la BBC, lo que me llevó a estudiar al personaje profundamente, en un proceso que siempre he considerado de un interés interminable y que me hizo disfrutar como ninguna otra cosa lo ha hecho desde entonces.

También he tenido el honor de ser nombrado miembro honorario de la Sociedad Sherlock Holmes de Londres. Es por ello que desearía añadir mi nombre a las protestas que, con toda naturalidad, ha habido en torno a ello.

**Douglas Wilmer**
**Actor, serie de televisión de la BBC,** *Sherlock Holmes* **(1965)**

Soy un actor, escritor y productor apasionado con Holmes desde que era niño, una pasión que supongo nació gracias a Basil Rathbone, Peter Cushing, Christopher Plummer, Robert Stephens y, sí, incluso Stewart Granger (en una en la que también salía William Shatner, ¿verdad?).

Pero volví a los orígenes gracias a las representaciones teatrales de un solo actor de David Stuart Davies, interpretadas por el soberbio Roger Llewellyn (*El último acto* y *La muerte y la vida*). Ambas contenían tantos fragmentos seductores de la obra de Conan Doyle que me hicieron volver a ella. Y eso me llevó a producir dramatizaciones en audio que estuvieran tan próximas a la obra original como fuera posible.

Antes de esto... ya había tenido otros dos encuentros con Holmes por motivos profesionales...


Allá por el año 1999, cuando estaba como loco trabajando para terminar la post-producción del sonido y la música de la primera entrega del *Doctor Who* de Big Finish, también estaba ensayando para luego interpretar a Holmes en una producción de la propia obra de Sir Arthur Conan Doyle *El caso Stoner*, la cual volvimos a titular como *La banda moteada*, para que fuera más fácil de reconocer.

Como estoy seguro que ustedes sabrán, la producciones originales de esta obra tenían grandes carencias de autenticidad en lo que se refería a la representación de la serpiente. La ironía era que cuando usaban una serpiente real, todo el mundo pensaba que era falsa, porque a malas penas se movía.

NUNCA consideramos usar una serpiente real. Tratamos de resolver el problema de dos maneras. Primero, al estilo Douglas Wilmer: cuando la serpiente salía a través de la rejilla, yo le daba con un bastón antes de que nadie pudiera verla (SÍ, REALMENTE NO ESTABA ALLÍ); después, con la segunda solución, ¡nos pusimos más melodramáticos!

A Rylott/Roylott (el nombre se cambió en la obra de Doyle por algún motivo; ¿alguien sabe por qué?) se le oía gritar desde fuera del auditorio. De repente, las puertas se abrían de golpe y él entraba a la carga, luchando contra una serpiente de mentira, gritando y chillando, con el pecho al descubierto, el pelo alborotado (no me pregunten por qué, solo culpen al exceso de entusiasmo del actor) y conforme 'moría', arrojaba la serpiente hacia nosotros. Yo la atrapaba con mi bastón y la lanzaba hábilmente sobre la cama de Helen Stoner. Entonces, Watson y yo echábamos rápidamente una manta sobre ella, antes de proceder a golpearla hasta la muerte con nuestros bastones. ¡Parecíamos dos locos poseídos!

Luego parábamos.

Y, jadeando por nuestros esfuerzos, comprobábamos con cuidado si la serpiente estaba muerta. Descubriendo que no lo estaba, nos embarcábamos en otro frenesí de golpes, hasta que nos quedábamos tranquilos de que nuestra serpiente falsa ya había pasado a mejor vida. ¡Era bastante difícil continuar con las líneas de la escena final sin seguir jadeando de manera auténtica!

La obra se estuvo representando durante dos semanas en el teatro Drayton Court (en una gran sala bajo un pub, ¡no se si aún sigue allí!) y tras unas desalentadoras afluencias de público, el boca a boca empezó a atraer a las muchedumbres justo cuando las representaciones tocaban a su fin. Con la tasa de incremento de espectadores, si hubiéramos tenido permiso para continuar, puede que aún estuviéramos interpretándola hoy día.

¡Pero la conclusión que saqué de aquello era que me había encantado interpretar a Holmes! Realmente me encantaba. No creo que yo sea para nada como él. Ni de cerca soy tan inteligente. Afortunadamente, ni de cerca tan insano en mis hábitos (Esto... ¡Estoy hablando de fumar!)

Pero al menos me reconozco algo de esa tenacidad de Holmes. El hecho de arder en entusiasmo cuando estoy trabajando en algo que amo en demasía (lo que afortunadamente ocurre la mayoría de veces estos días), pero quedarme totalmente destrozado cuando estoy inactivo. De hecho, temo a la inactividad. Relleno mi vida con mucho trabajo, como mi esposa e hijo les podrían decir, no solo por temor a no tener bastante dinero para mantenerlos, sino también porque temo que una nube oscura descienda sobre mí cuando no tenga nada creativo que hacer.

Así que puedo, en cierto y pequeño grado, identificarme con Holmes. Y, por supuesto, ayuda que no soy tan diferente de él, físicamente. Bueno. No del todo...

Mi siguiente encuentro con Holmes fue cuando me pidieron interpretarlo como parte de una temporada de obras de suspense en la que estuve involucrado durante casi una década en el Teatro Real de Nottingham.

Como sustituto de la habitual ración de Francis Durbridge, el productor se decidió a hacer una obra de Sherlock Holmes... principalmente porque conocía al creador de *Los Vengadores* Brian Clemens y, sobre todo, porque sabía que Brian había escrito una obra de Sherlock... Bueno y, REALMENTE SOBRE TODO, porque esperaba que Brian le hiciera un buen trato con los derechos de autor.

Sí, esa era la razón PRINCIPAL.

Mi querida amiga y colega Maggie Stables (si eres un gran fan de Big Finish...) me recomendó a mí como Holmes. Ella se hacía escuchar por el productor y le aterrorizaba que este estuviera a punto de elegir a alguien totalmente inapropiado... No tengo ni idea de a quién.

Así que conseguí el trabajo.


El subgerente del espectáculo me echó un cumplido envenenado: "Bien, de toda la gente que podían escoger para esta temporada, creo que eres el menos inapropiado para interpretar el papel". Un auténtico elogio.

La obra de Brian Clemens era, por supuesto, *Holmes y el destripador*. No era la primera obra en imaginar cómo Holmes podría haber resuelto ese infame caso real, y probablemente tampoco sería la última.

El estilo era... interesante, con más de un ingrediente del estilo Rathbone/Bruce... E incluso con una referencia a un amor pasado y perdido de Holmes. Una mujer que había acabado sus días en un manicomio. El personaje de una clarividente que le transmite esta información a Holmes a través de la percepción de las vibraciones de un broche, y que después empieza a sentirse atraída por él. La obra termina de forma un poco sentimental, con la clarividente 'Kate' (por la que Holmes ha abandonado su habitual escepticismo) acompañando a 'Sherlock' (como ella lo llama de forma un tanto descarada) en un viaje por Europa... Un viaje que les llevaría a las cataratas de Reichenbach.

Era un papel monstruoso en cuanto al número de líneas que había que aprender, y Holmes estaba siempre en casi todas las escenas.

Y yo solo tenía siete días para ensayar. Pero fue muy divertido hacerlo... y el escenario estaba montado con elementos muy simples, con un gran uso de la iluminación y el sonido.

Como siempre ocurre cuando haces representaciones semanales, hay algo de atrevimiento implícito en ello. Es realmente absurdbo, pero cuando la presión es tan grande y la posibilidad de fracaso también... los actores parecen disfrutar INCLUSO MÁS bajo estas circunstancias.

Y yo soy tan culpable como los demás.


Cuando Holmes, Watson y Kate finalmente descubrían quién cometía el crimen y partían en su busca, en los ensayos, yo siempre solía decir: "¡Vamos!" ¡A ***palabrota borrada***lo!" como mi línea de salida. En la primera representación, estuve a punto de decirla.

Y cuando Watson se despedía de mí, al irme a Reichenbach con Kate, él tenía que susurrarme al oído un consejo final de hombres antes de que me marchara. No hace falta decir que tenía varias versiones de... "Es lesbiana" o "Yo soy gay y te quiero" en cada representación. Así que tenía que controlarme para no acabar la obra riéndome.

El gran éxito de esta producción llevó al Teatro Real a planear un retorno para Holmes y para mí el año siguiente.


Mientras tanto, tuve la suerte de ver las soberbias funciones de David Stuart Davies antes mencionadas. Inmediatamente, obtuve los derechos de las adaptaciones en audio y por aquellos días, se decidió que la pieza elegida para el regreso de Holmes al Teatro Real fuera *El sabueso de los Baskerville*.

Y siguiendo con *Holmes y el destripador*, ya de paso, le pregunté a Brian Clemens, que vino a ver la representación y le gustó mucho, si podía adaptar en audio su obra. Él aceptó con entusiasmo. ¡Así que ya tenía mi primera, y de algún modo excéntrica, serie de Holmes planeada!


En cualquier caso, el productor de *El sabueso de los Baskerville* reveló que iba a escribir el guión. Él no era precisamente un escritor de renombre. Le pregunté cómo iba hacer al 'sabueso'. Me dijo: "Bueno, eso pasará todo fuera del escenario... o quizá veamos un par de ojos rojos a través de las cristaleras".

Yo gesticulé diciéndole: "¡No hay ningunas cristaleras en *El sabueso de los Baskerville!*" (Y no la hay en casi ninguna otra obra de suspense que hayamos hecho el Teatro Real: es la ley).

—¿Tienes alguna idea? —preguntó el productor.

Inmediatamente releí la gran historia de *El sabueso*, hice algunas notas y tuve una reunión con él.

—Vas a terminar teniendo que escribirlo tú —me advirtió mi esposa.

Me reuní con el productor...

—Creo que será mejor que lo escribas tú —dijo él.

Pagaban muy poco, pero yo estaba escribiendo *El sabueso de los Baskerville*, así que no me importaba.


Conocía al público del Teatro Real de Nottingham muy bien. Venían para echar unas risas. Así que, sin irme del todo hacia la comedia, lo tenía en cuenta. Había tomado parte en un par de producciones de auténtico terror en este teatro y había visto cómo la mezcla de risas y sustos funcionaba bien.

Extendí los papeles de los Barrymore e hice que se sintieran muy conmovidos ante la muerte de su señor... esperando conseguir algunos momentos en los que Watson fuera muy severo con ellos y luego se arrepintiera de haberlos disgustado. El problema fue que el actor que hacía de Barrymore se tomó muy a pecho los elementos de comedia que había en el guión y acabó exagerando.

También tenía diversión con elementos de comedia como cuando un soldado aparecía de la nada en el grupo de Watson conforme se acercaban a Baskerville Hall.

Pero mi solución para el complicado reto de representar al sabueso en el escenario (¡sin presupuesto!) era enfrentarse al problema cara a cara. Mi premisa era que Watson quería llevar a escena una producción de *El sabueso de los Baskerville* y había invitado a Holmes a un ensayo final para que juzgara cómo era de fiel a la historia real.

Esto significaba que Holmes podía estar más en la historia... porque incluso cuando no le correspondía estar podía saltar a escena para hacer preguntas a Watson sobre cómo estaban desarrollándose las cosas. Recuerdo que yo estaba particularmente preocupado de que Watson, sospechando que Barrymore podría estar relacionado con el asesinato, se fuera y dejara a Henry Baskerville solo en la casa con los Barrymore durante cierto tiempo (permitiéndole encontrarse con los Stapleton). ¿Por qué Watson dejaría a Henry correr un riesgo como ese? De la forma en que lo representamos, a Watson ni siquiera se le había pasado eso por la cabeza, haciendo que Holmes pareciera mucho más engreído y superior.

La otra ventaja de que se representara como si fuera una obra dentro de la obra fue que podía tener a Holmes tan interesado como podía estar el propio público sobre la potencialmente espantosa representación del sabueso. Durante la obra, él continúa preguntándole a Watson sobre cómo iba a representarse exactamente el sabueso. Irritado, Watson continúa evitando la cuestión.

Y conforme la función avanza, Holmes se va implicando más en la reconstrucción llegando a citar en un momento el famoso pasaje literario de Watson sobre la aparición del sabueso. La idea es que Holmes se queda muy afectado por el recuerdo de la bestia monstruosa.

Finalmente, Holmes se encuentra solob en el escenario, casi sin luz y con tan solo el sonido del sabueso en la distancia como compañía. Totalmente sumergido en la situación, saca su revólver y reta al sabueso a aparecer. Y por una fracción de segundo lo hace, pues un actor portando una máscara gigante de sabueso aparece de la nada un momento antes de que antes de que las luces se apaguen. En el apagón, Holmes dispara los cinco famosos disparos. Aunque, me temo que, una noche la persona encargada de disparar en caso de error estaba un poco ansiosa y disparó también un par de veces, haciendo que todo sonara como si Holmes llevara una metralleta.

Cuando las luces vuelven, Watson y el resto del reparto se disculpan por la ausencia del sabueso.

—Era muy difícil de hacer. ¡Pensamos que quedaría mejor si todo pasaba fuera del escenario!

Totalmente desconcertado y bastante preocupado, Holmes mira al público y le dice: "Pero yo lo vi. Yo vi... al sabueso de los Baskerville".

Entra telón. Aplauso estruendoso.

Mi siguiente experiencia con Holmes fue dirigir a Roger Llewelyn en las adaptaciones de audio de las representaciones de un único actor de David Stuart Davies. Y este es el comienzo del viaje de las adaptaciones en audio...

En el caso de las primeras publicaciones de nuestra segunda temporada, mis dramatizaciones de *'El problema final* y *La casa deshabitada,* casi no puede hablarse ni de adaptaciones. Son prácticamente idénticas al original salvo que los textos con "dijo" se han eliminado. La principal adaptación consistía en separar el texto en nuevos párrafos, enfatizar a los actores los cambios de pensamiento, y direcciones de audio y escena que dieran pistas sobre el contenido emocional, especialmente en el caso de la decisión final de Watson de romper el silencio y hablar sobre Moriarty.

*El sabueso de los Baskerville* necesitaba más trabajo, pero solo porque tenía una extensión de más de 60000 palabras y sabíamos que nuestro guión tendría que tener unas 20 mil palabras como mucho para poder meterlo tranquilamente en los dos CDs de la dramatización. En todo en lo que pudimos, dejamos a Conan Doyle intacto.

Descubrí que cuando vuelves a los textos originales te preguntas por qué la gente siempre ha sentido la necesidad de toquetearlos. Probablemente porque se elimina la narración de Watson en beneficio de la variedad dramática... Pero, en audio, el público agradece la narración y puedes mantener la de Watson intacta.


Pero la conclusión es...

Reinventar
Adaptar
Cambiar el contexto

Todo queda bien... A menudo brillante.

Pero vuelve al original y será aún mejor.

**Nick Briggs**
Actor y escritor
Actual Sherlock Holmes en las adaptaciones de Sherlock Holmes de
Big Finish.

Todos tenemos una gran deuda con los autores que descubrimos en nuestra juventud y que nos proporcionaron diversión sin límites y un apetito por la lectura que durará el resto de nuestras vidas. En mi caso fueron Anthony Hope, Sapper, Dornford Yates, John Buchan, Leslie Charteris y, sobre todo, Conan Doyle. Sir Arthur nos dejó una galería de héroes como Holmes, Challenger o el Brigadier Gerard, que siguen conmigo en el siglo XXI. Lo menos que podemos hacer en agradecimiento es intentar asegurarnos de que su hogar es recordado y respetado.

**Michael Cox**
**Productor, serie de Granada Television, *Las aventuras de Sherlock Holmes* (1984/5)**

No subestimemos Undershaw. Sherlock Holmes, el detective creado por un empobrecido doctor en Southsea, es el más querido de todos los personajes literarios, y aun así, la casa de su autor está abandonada y en peligro. Desde que Holmes apareció por primera vez en imprenta en 1887, no ha pasado casi ni un año en que no hubiera una obra de teatro, una canción, una película, un programa de radio, una imitación, una serie de televisión o algún otro tipo de manifestación del señor Holmes de Baker Street. Los turistas acuden en rebaño a visitar sus estatuas, ya sean las de Londres o Edimburgo, como las de Japón o Suiza. Es querido en todo el mundo. Y todo ello porque Sherlock Holmes es el inglés más grande que jamás haya existido. Él fue la creación de uno de los hombres más extraordinarios del país: Arthur Conan Doyle. Este brillante sabio tenía más recursos que el propio y omnisciente sabueso de Baker Street, pero el destino decretó que a él siempre se le recordaría como el hombre que trajera a Sherlock Holmes al mundo. Y, en efecto, así debería ser recordado, reverenciado y querido. Conan Doyle ha traído buenos momentos a muchas personas, alegrando sus vidas. Las historias de Holmes son la puerta mágica para que los jóvenes se introduzcan en el gratificante mundo de la literatura. Todo un género completo de ficción no existiría sin la piedra angular de Sherlock. Doyle construyó sobre los pilares fundacionales puestos por Allan Poe y creó el modelo para las historias de detectives moderna. Sin Doyle, no habría ni Poirot, ni Wimsey, ni Morse, ni Rebus ni otros de su clase.

Sherlock Holmes es una creación que trasciende a la letra impresa y es una parte integral de la fábrica cultural y literaria del Reino Unido. Los turistas pueden visitar los hogares de Shakespeare, Austen, Dickens y las hermanas Bronte pero, actualmente, no hay un lugar para Conan Doyle a pesar de que el patrimonio construido es esencial para entender a un autor. Conan Doyle no solo es que viviera en Undershaw durante una década, escribiendo ahí muchos de sus más queridos trabajos y entreteniendo a figuras de alto renombre, sino que también jugó un papel fundamental en el diseño de la casa. Los ladrillos y el cemento expresan la esencia de Conan Doyle: su pasión, sus ideas y su lugar en la sociedad. Undershaw es un microcosmos de la transición entre las eras victoriana y moderna, justo como Conan Doyle lo compusiera en su novela más recordada *El sabueso de los Baskerville* (1901), escrita en

Undershaw.

El Undershaw de Arthur Conan Doyle tiene potencial para ser punto de referencia para las artes creativas, para interpretar la vida y obra de este gran hombre, para contribuir a ensanchar el conocimiento del panorama cultural de los primeros años del siglo XX y para rendir homenaje al inmortal Sherlock Holmes. Por la nación, por la cultura, por la posteridad y por el pueblo, Undershaw debe ser preservado, interpretado y accesible para el disfrute de futuras generaciones.

**David Stuart Davies**
**Escritor**

**Autor teatral de las premiadas obras de un único actor *Sherlock Holmes - El último acto* y *Sherlock Holmes - La vida y muerte*, y también autor tanto de ficción como de no-ficción sobre Sherlock Holmes.**

Interpreté por primera vez a Holmes en una gran y nueva adaptación de *El sabueso de los Baskerville* en el teatro New Vic, en Newcastle-under-Lyme, en 1997. David Stuart Davies era un experimentado escritor de éxito, así como una autoridad mundial en Holmes, que había hecho una crítica favorable de la obra. Él se acercó a mí con una idea para hacer una obra de un solo actor... ¡sin Watson! Mi amigo íntimo Gareth Armstrong estaba de gira alrededor del mundo obteniendo un gran éxito con su propia obra *Shylock*, y la idea de hacer una obra en solitario no paraba de dar vueltas por mi mente.

Era una idea ingeniosa: permitía a Holmes revelar sus sentimientos más íntimos al público, y mostrar elementos de su personalidad insospechados hasta entonces por sus devotos lectores. DSD estuvo encantado de escribir la obra. Gareth estuvo encantado de dirigirla. Formé una pequeña compañía para producirla, y Salisbury Playhouse la presentó generosamente en 1999 en un estudio con un aforo para 90 personas sentadas.

Después de una corta gira, actuamos durante cinco semanas de éxito en el festival Fringe de Edimburgo, obteniendo cinco estrellas y un lugar en el Top 10 de las obras de ese año. Un traslado inmediato de tres semanas al Cockpit Theatre de Londres (el más próximo a Baker Street) fue seguido por nueve años de gira internacional, con más de 800 actuaciones... y contando.

En ese momento, le pedí a David una segunda obra, que él debidamente proporcionó... y ambas producciones continúan de gira por muchos sitios.

Aunque yo mismo nunca había sido un gran fan de Sherlock, me di cuenta de que era una gran elección para el papel, con el estilo vocal requerido, y una cierta angulosidad de perfil, y estaba encantado de que el Holmes que David había escrito para mí tuviera tanto como referencia al personaje que había moldeado para mí mismo en *El sabueso*.

A David le gustó el humor seco, sardónico y no pocas veces cruel que había desarrollado en mi interpretación, cosa que yo también disfruté, así que él lo expandió en sus propias contribuciones originales De una manera muy astuta, a través de su conocimiento enciclopédico de Sherlock, él ingenia "pistas" y luego las desarrolla en construcciones dramáticas entretenidas e intrigantes.

Holmes, este superinteligente, impasible e insensible observador distante de todo, cuya falta de conocimiento social de uno mismo podía, a veces, parecer muy entretenida, proveía de un amplio y contrastado repertorio de opciones para cualquier actor. Creo que se podría justificar por un síndrome de Asperger.

Llegué a conocerlo muy bien en las nueve semanas de ensayos y actuaciones de *El sabueso,* y el largo proceso llevado a cabo por Gareth y por mí mismo para crearle al personaje una vida en solitario abrió rápidamente muchas más puertas.

David había adoptado la premisa de que los amigos habían tomado caminos separados durante dos años: Watson con su esposa en Londres, y Holmes con sus abejas en Sussex. Y entonces... ¡Watson muere!

Holmes asiste al funeral y, por supuesto, se ve arrastrado una vez más a las habitaciones cubiertas de polvo de Baker Street, donde se enfrenta a... ¿qué? Su futuro, ahora totalmente en solitario.

El público representa el papel de Watson, y Sherlock se desahoga de todos los secretos, vergüenzas y glorias de su vida, incluyendo el gran papel que el doctor ha jugado en el trabajo del detective y, más de lo que sospechábamos, en su vida.

De este modo, el actor ha de representar al famoso personaje como generalmente ha sido percibido por el mundo, pero también ha de abrir muchas puertas hacia su naturaleza privada nunca reveladas anteriormente..., casi como si de una terapia se tratara.

Un desafío mayor para mí, como un actor "principal" de formación clásica que normalmente parecía representar solo variaciones de uno mismo, fue descubrir un rango de caracterizaciones para representar el enorme reparto que David había creado para poblar las revelaciones retrospectivas de Holmes. Yo no me sentía lo suficientemente seguro como para replicar los personajes tal cual estaban escritos, así que decidimos inventar nuestras propias versiones, las cuales podríamos contrastar suficientemente con el otro para ver el efecto teatral y, en algunos casos, aumentar la parte humorística para aligerar las invenciones mucho más oscuras de DSD.

Así que, por ejemplo, el inspector Hopkins, obviamente, se convierte en galés (fíjense en mi apellido); todo el mundo sabe que los doctores son escoceses, así que el Dr. Mortimer acentúa las erres como en las Highlands; y el librero se convierte en irlandés, para permitir un chiste fácil sobre la pronunciación de la palabra "three". Nunca falla.

Es esencial para mí identificarme verdaderamente con cada uno de los trece individuos, aunque algunos de ellos solo tienen dos o tres líneas; y el público debe creer en ellos instantáneamente, pues están para cumplir su función en la narrativa. Están, por tanto, invariable, amplia y fuertemente trazados, dejando abundante espacio para las que se esperan que sean más sutiles exposiciones del carácter del protagonista.

En cuanto a este personaje, he descubierto después de todas estas representaciones que cuanto más bruscamente revele el egoísmo, la indiferencia, el ingenio cruel y, por encima de todo, la honestidad en último término del hombre, más simpatizarán con él y, en el emotivo final, más le perdonarán sus defectos.

Si me preguntaran a qué creo que se debe su extraordinaria longevidad y éxito, yo diría que aparte de la obvia apelación a la nostalgia (niebla densa, luz de gas, carros de caballos, Londres victoriano empedrado) Holmes simboliza el normal triunfo del bien sobre el mal, y logra el éxito heroico a través de la aplicación de su propia forma moral de justicia, contrarrestando así las frecuentes injusticias del sistema legal oficial. Él es el "superhéroe" original, precediendo a Superman, Batman y a todos los otros al mostrar habilidades incomprensibles, aparentemente más allá de las capacidades del ser humano.


Sobre el asunto de si basé mi interpretación del personaje en la versión de Jeremy Brett, no creo que ningún actor, digno de llamarse así, basara su representación en la de ningún otro. Para mí, el proceso de ensayo consiste en abordar la mente de cada personaje en cuestión: ¿Es este pensamiento veraz? ¿Está diciendo esto por razones obvias, o para conseguir cualquier otro objetivo? ¿Cuál es la trama del subtexto en esta situación? ¿Qué objetivo está intentando conseguir con esta afirmación o acción o pregunta...?

Mi metáfora es hacer un camino a través de un denso bosque empinado, rama a rama, paso a paso; es decir, pensamiento a pensamiento, y línea a línea, hasta que se alcanza la cima, momento en el cual, vuelves la vista atrás y contemplas la forma del camino que has talado, que es el personaje que has creado.

Basar tu trabajo en la representación de otro actor, sería copiar solo la parte exterior de la creación, dejando un núcleo hueco en el interior para ti mismo. Eso no duraría trece años de representaciones. Y cuanto más tiempo pretendas representar al personaje, más necesitarás emplearte en talar a través del bosque.

El privilegio de interpretar a Holmes durante tanto tiempo me ha permitido dejarle a él desarrollarse intrínsecamente de un modo que no es posible para las agendas de interpretación más típicas. Cuando se le ha puesto a "descansar" por un par de meses, algo esencial para la salud del actor, y debido a las estructuras de las giras comerciales, después de un descanso de este tipo, tengo que volver a ensayar las obras para traer los pensamientos y las líneas de vuelta al frente del cerebro y a la punta de la lengua y, a veces, he quedado sorprendido de la manera en que se ha desarrollado por sí solo. Como ocurre con un buen guiso, mejora al dejarlo reposar. Ideas nuevas distintas vienen sobre los pensamientos y significados.

Lo que prefiero es hacer una o dos noches en teatros diferentes. Es la respuesta a la cuestión de cómo mantenerlo fresco y no aburrirse. Cada representación es una primera noche en muchos sentidos.

Mi agenda de trabajo preferida es llegar a las 10 de la mañana, reunirme con el equipo técnico y comprobar el escenario, el auditorio y el camerino. Me ayudan a descargar el coche y me muestran dónde han colgado los focos, siguiendo mis notas y diagramas detallados, enviados por correo electrónico tres semanas antes. Monto el decorado (dos sillas y mesas, tres alfombras y un perchero) y los completo con el atrezzo: libros, anteojos, pipas, etc... Apuntan los focos hacia mi dirección y los colorean de manera apropiada; luego trazamos las señales en el cuadro de mandos de iluminación. Después de un repaso rápido de la obra, puedo dejarlos ensayar la parte técnica por su cuenta. En un día bueno, esto lleva tres horas en total, así que puedo relajarme, comer, dormir, ducharme y volver sesenta minutos antes de que se abra el telón para resolver cualquier problema que pudiera haber surgido. Entonces hago mi calentamiento vocal durante unos diez minutos y, con un poco de maquillaje y vestuario, empiezo a parecerme más al hombre del cartel de la obra. Después del espectáculo, salgo del camerino tan rápido como me es posible; ocasionalmente me encuentro o felicito a amigos o

33

admiradores, y luego bajo a la aburrida y cansada tarea de volver a empaquetar todo el decorado y atrezzo y, con ayuda del personal, sacarlos al coche y cargar.

La iluminación y la acústica son muy diferentes en cada teatro. El tamaño del escenario, la altura y los equipamientos son muy distintos, como lo son el acceso al escenario y los espacios en los bastidores. Tengo que ensayar cuidadosamente la entrada y la salida en cada nuevo teatro. Lo mismo actúo ante un teatro de 1200 asientos el martes, que ante una sala de solo 90 el jueves.

Los espectadores deciden con sus reacciones qué clase de obra están viendo. Si responden muy pronto a los elementos humorísticos, me están indicando que represente la obra de esa manera; pero si no lo hacen así, obtendrán una velada más oscura y con un ritmo diferente. A mi me gustan ambas versiones y disfruto de la posibilidad de darles la que ellos han elegido. Recientemente, durante tres noches de función en York, el martes casi nadie se reía lo más mínimo, pero el miércoles y el jueves los espectadores se reían a carcajadas como si se tratase de una de las obras más divertidas de Ayckbourn. Todas las noches se vendieron todas las entradas.

Ciertamente espero que no se me haya pegado mucho del personaje. Soy un tipo genial y sociable; "BSDH" (buen sentido del humor) con ciertas habilidades culinarias, las cuales disfrutan regularmente mis numerosos amigos.

Si quieren saber lo que opino sobre él... ¡lean lo anterior!

**Roger Llewelyn**
**Actor, The Sherlock Holmes Experience (La experiencia Sherlock Holmes)**

Muchas veces me han pedido dar información sobre Undershaw y la lucha para salvarla, pero casi nunca me preguntan la razón por la que creo que se debe rescatar. Debido a tal situación, esta resulta una oportunidad estimulante para hablar acerca de la casa desde una perspectiva muy personal.

Conocí a Sherlock Holmes gracias a mi madre en el año 1982 (sí, ya hace mucho tiempo de eso) y desde entonces soy un fanático. Tuve la fortuna de estar plenamente interesado cuando Jeremy Brett protagonizó por primera vez en televisión el papel de Sherlock Holmes en 1984. Fueron buenos tiempos. Ahora los que descubren a Sherlock, cortesía de la BBC, saben con mucha certeza lo rápido que un individuo puede apasionarse por un personaje.

Aún así, muchas veces se olvida al creador de Sherlock, perdido en la sombra de su famoso detective así como otras cosas interesantes que hizo. Su casa, Undershaw, representa un período de 10 años de su vida en el cual tuvieron lugar muchos sucesos importantes. Los más notables para muchos de nosotros fueron el renacimiento de Sherlock Holmes en *El sabueso de los Baskerville* y *La casa deshabitada*. Para Conan Doyle, los grandes eventos que acontecieron fueron su servicio militar en Las Guerras de los Bóeres, sus intentos por postularse para el parlamento y la muerte de Louise, su primera esposa.

Después de tanto tiempo desde la muerte de Conan Doyle, Undershaw es el único recuerdo palpable de aquellos tiempos y ahora se encuentra bajo una seria amenaza. El pasado marzo de 2010 me involucré con la Undershaw Preservation Trust y hablamos sobre la idea de crear un libro acerca del periodo de 10 años durante el que Undershaw fue el hogar de Conan Doyle. El resultado de mi trabajo culminó con el libro *An Entirely New Country* en el cual intenté exponer lo sucedido durante esos años y lo que Undershaw representa para mí y el resto del mundo. Fue una labor inspirada por amor y creo que resultó en mi libro favorito de todos los que llevo escritos hasta ahora.

El libro que lees en estos momentos es otro de mis intentos, aunado al de sus otros excelentes contribuidores, de esclarecer el significado que la casa tiene para nosotros y por qué debemos salvarla.

Espero que lo contenido en estas páginas le demuestre que los planes actuales, que sin duda dañarían permanentemente la casa, no son solo innecesarios, sino también una concesión para un acto de vandalismo a una pieza histórica. Necesitamos demostrar a las personas en el poder que no nos quedaremos esperando sin protestar mientras ellos tratan de robarnos nuestra historia.

**Alistair Duncan**
**Guionista**

**Autor de *An Entirely New Country - Arthur Conan Doyle, Undershaw and the Resurrection of Sherlock Holmes.***

# Historias y poemas

# Undershaw

Caitlin Rose Bowles
Swindon, Reino Unido


Se yergue sobre el suelo arenoso,
resguardada del viento por un bosque de abetos.
Pero la mano implacable del hombre moderno
guarda en su puño cerrado un odio secreto.

El polvo se ha posado en los salones
donde el sabueso de los Baskerville vivía.
Los maderos estrangulan los rayos del sol,
se pudren las paredes a la luz del día.

La grandiosa fachada ya no es más que una ruina,
su antiguo esplendor desgarrado y roto.
Los ecos fantasmales de lo que una vez fue
componen en Undershaw un lamento remoto.

¿Quién sabe qué grandes obras se gestaron
entre las paredes de su biblioteca?
¿Quién sabe qué secretos morirían para siempre
si la hermosa Undershaw finalmente cayera?

# Charlie Milverton

Charlotte Anne Walters

Shropshire, Reino Unido

Todd Carter sonrió con condescendencia y alisó las solapas de su traje de marca. Era engreído, altivo, rico y estaba a punto de divertirse un poco.

—Bueno, Sr. Gareth Lestrade, sobre el papel causa una gran impresión. Veinte años en Scotland Yard; agente veterano y ampliamente cualificado... Pero eso no es suficiente. ¿Cree que tiene lo que hace falta para cuidar a mis chicas? Demuéstrelo...

Esbozó una sonrisa juguetona con dientes blanqueados y después gritó al corpulento guardia de seguridad con traje negro que estaba de pie junto a la puerta.

—Derríbalo, Peterson —ordenó Todd, añadiendo un guiño juguetón—. Esto no es Scotland Yard.

Ignoró los remordimientos de conciencia. "Bueno, si la agencia insiste en mandarle estos vejestorios…"

El guardia se precipitó hacia Gareth, cien kilos de musculatura abalanzándose sobre él como un tren a toda velocidad. Esto se estaba convirtiendo en la entrevista de trabajo más surrealista imaginable.

Gareth siempre había sido bastante hábil en defensa propia, pero sabía que para el oficio de la seguridad privada necesitaría mejorar sus capacidades básicas. Doce meses sin trabajo le habían dado tiempo de sobra.

Bloqueó rápidamente a su atacante y forcejearon hasta que un último empujón de energía le permitió tumbar a su rival con confianza. Lo que carecía en fuerza, lo compensaba con técnica.

Todd se quedó estupefacto durante un momento por este resultado inesperado, aunque su rostro lleno de bótox hizo imposible que se le notara. A regañadientes se estaba quedando impresionado por este hombre discreto que claramente no era ningún buscador de fama, mercante de chismorreos o alguien con intenciones hacia su posesión más preciada, su novia Della. "Pero, ¿sería un ex policía de cuarenta y siete años, con una reputación dañada y sin experiencia previa, capaz de ocuparse de un conocido grupo musical femenino? Bueno, por lo menos

39

Della no querrá acostarse con él...”


Sherlock Holmes no era un hombre sentimental, pero sí se acostumbraba a la presencia de ciertas personas en su mundo, como si de una chaqueta o un sofá preferido se tratase. El inspector Lestrade había sido una de esas personas, y desde su marcha se había sentido sorprendentemente inquieto.

Por eso, hallar a Lestrade de nuevo en su sala de estar era reconfortante, una vuelta a la normalidad... Excepto por el traje caro y el bronceado de Los Ángeles que lucía.

—¿Qué tal está el doctor Watson? —preguntó Gareth, intentando romper el hielo con una conversación general.

—Me ha abandonado por una esposa.

—Mi esposa me abandonó por un comisario principal.

—No es lo mismo, la decisión de ella tenía sentido.

—Gracias —replicó Gareth con sarcasmo ya bastante acostumbrado a la honestidad directa de Holmes.

—¿Un cigarrillo?

—No fumo, ya no. Acabo de regresar de Los Ángeles, donde nadie fuma: todos beben té verde y tienen los dientes perfectos.

—Sin embargo, hiciste una parada en el camino de vuelta, en alguna parte de Europa, Ibiza. ¿Hotel de cinco estrellas, todo incluido?

Esto era lo que hacía Holmes: observaba todo a la velocidad del rayo y hacía inferencias muy precisas que se escaparían a cualquiera con un intelecto inferior.

—No parezcas tan sorprendido, ya deberías conocer mis métodos. Llevas el reloj atrasado dos horas, así que no fue un vuelo de larga distancia, y tu jefe es dueño de un club en Ibiza, ¿cierto? Llevas puesta una pulsera de hotel, así que tuvo que haber sido uno con todo incluido, y las celebridades no se quedan en ningún sitio con menos de cinco estrellas.

Gareth sonrió. Era el mismo Holmes de siempre. Se conocían profesionalmente desde hace años, pero no eran exactamente amigos. Nunca tenían conversaciones normales sobre la familia, el fútbol o la televisión de la noche anterior; tales trivialidades aburrirían la mente hiperactiva de Holmes. Pero si le llevabas un problema, un asesinato desconcertante, una extraña serie de sucesos aparentemente inconexos, cobraría vida con una energía furiosa.

—¿Por qué estás aquí, Lestrade? Dijiste que necesitabas mi ayuda, así que dame los detalles.

Habían sido unos doce meses frenéticos, un verdadero bautismo de fuego en la industria de la música para un ex policía sin experiencia previa. Gareth se sentía como si hubiese viajado alrededor del mundo y vuelto por lo menos dos veces. Había visto más drogas, asaltos y armas que en toda su carrera profesional con el cuerpo de policía. Una carrera que ahora yacía en ruinas.

—He traído a alguien conmigo; está esperando en el coche. Quería verte primero y asegurarme de que esto te resultaría de interés. Sé lo cáustico que puedes ser con un cliente si no te interesa su situación y ella es frágil, es mi trabajo protegerla... no exponerla a tu peculiar noción de la cortesía.

—¿Della, supongo?

—¿Cómo lo sabes? Hay tres chicas en el grupo.

—Pero Della es la de posición más destacada, y tendría que ser algo grave para traerte de nuevo a mi puerta.

—Holmes, no te culpo por lo que pasó...

En ese momento se abrió la puerta de la sala de estar y entró Della. Aun vestida de manera informal, con zapatos cómodos, vaqueros ajustados y una camiseta, resultaba sorprendentemente atractiva. Un bolso de marca colgaba de su hombro y unas enormes gafas de sol sobre su cabeza apartaban de su rostro su flequillo ladeado de un rubio angelical.

—Lo siento —dijo con un cálido acento del norte de Inglaterra—, no podía esperar más. Me estoy volviendo loca, Sr. Holmes. La policía no está interesada y el Sr. Lestrade dijo que usted es de fiar, que usted ayuda a la gente. Realmente necesito ayuda.

Della se acomodó en el sofá junto a Gareth, frotándose las manos con nerviosismo.

—Como probablemente ya sabe, soy cantante en un grupo femenino. He trabajado muy duro para llegar tan lejos; participé en mi primer concurso de talentos con cinco años y enviaba maquetas con catorce. Ahora tengo veintinueve años, pero la compañía de discos les dice a todos que tengo veinticuatro. Gracias a Dios por el bótox, de otro modo nadie se lo creería.

» Poco después de ser fichada por mi sello, comencé a salir con

41

mi mánager, Todd Carter. Me sentí halagada y afortunada por su interés en mí. Hemos estado juntos cinco años, incluso estamos comprometidos. Somos como una de esas parejas famosas sobre las cuales a todos nos encanta leer, y Todd lo promociona todo lo que puede: reportajes fotográficos 'caseros' en revistas, fotos de los dos en yates sonriendo como si fuésemos una pareja devota... En realidad es muy controlador; incluso instaló un rastreador en mi teléfono, para poder saber siempre dónde estoy. No puedo ni respirar sin su permiso. Me pone a dieta constantemente, está obsesionado con que no aparente mi edad. Él tiene treinta y cinco y cree que parece más joven cuanto mejor estoy yo. También está obsesionado con su propia apariencia, se ha hecho un montón de cirugía plástica. No diría que le tengo miedo, Sr. Holmes, pero es un hombre poderoso, él me creó y me puede destruir igual de rápido. No tengo dinero propio, él lo controla todo... ni siquiera puedo comprar un bollo sin que él lo sepa.

—¿Supongo que esto va encaminado hacia algo que me interese? —preguntó Holmes con impaciencia.

—Estoy saliendo con otro, Sr. Holmes, alguien que me importa mucho... Alguien que me hace feliz. No me enorgullezco de ello, pero en privado Todd es frío, como si en realidad no me quisiera, pero no dejaría que me fuese con otro. Si se entera, nos destruirá a los dos. He tenido mucho cuidado, pero algo ha pasado... Este malvado, manipulador...

Su voz quebró y unos lagrimones brotaron de sus grandes ojos azules. Gareth sacó un pañuelo de papel y se lo dio. Se compuso lo suficiente para poder continuar, captando la atención de Holmes con su expresión sincera.

—Su nombre es Charlie Milverton. Se ensaña con los famosos, descubriendo cualquier cosa que pueda vender a la prensa amarilla o difundir en las páginas web de cotilleo. Entonces se pone en contacto y exige un pago a cambio de su silencio. Conoce tantos secretos que todos le tienen miedo, así que su nombre nunca sale a la luz. ¿Recuerda el escándalo de los gastos de los diputados? ¿Las acusaciones de intervenciones telefónicas? ¿Esa joven estrella del pop que se suicidó después de que los periódicos publicasen fotos de él tomando drogas? Todo obra de Milverton.

»Ahora tiene la vista puesta en mí y no sé qué hacer. Tiene un vídeo de seguridad de un hotel donde salgo... Besando a este otro hombre. Ha amenazado con venderlo a menos que le pague 200.000 libras. No tengo nada; no puedo pagar, Sr. Holmes, no sin que Todd lo sepa, pero si esto sale a la luz, arruinará mi reputación y también la de la otra persona involucrada... Y él de veras no merece esto. Por favor, ayúdeme.

El doctor Watson disfrutaba escapando de la normalidad para visitar a Holmes en el 221b, pero era difícil ahora que tenía compromisos, la cena lista cuando llegaba a casa y almuerzos con los suegros los domingos. Sin embargo, había sido citado por Holmes así que y emprendió camino obedientemente mientras su mujer estaba en pilates. Siguiendo sus instrucciones, trajo consigo toda la información que había encontrado en internet sobre Charlie Milverton.

Holmes siempre se hacía el desinteresado cuando Watson volvía a su antigua estancia, pero el doctor sabía que su amigo en realidad se alegraba de verlo.

—Bueno —exclamó Watson, dejando caer una pila de papeles sobre la mesilla—, he estado ocupado haciendo lo que me pediste.

—Pero no ocupado en el trabajo.

—¿Cómo lo sabes? Podía haber hecho todo esto en casa.

—La calidad del papel es demasiado buena, y solo compras papel barato para la casa; eso es sin duda algún material de oficina.

Watson nunca estaba particularmente ocupado en el trabajo. Trabajaba para un consultorio privado, principalmente atendiendo a un torrente de dilapidadores enviados por su compañía hermana, una firma de abogados que se especializaban en casos con contratos de honorarios contingentes. El trabajo de Watson consistía en firmar los formularios que confirmaban que tal persona tenía un traumatismo cervical, estrés, un colapso nervioso... Incluso si no lo tenía.

—Charlie Milverton era el editor de un periódico sensacionalista —empezó Watson, con la esperanza de impresionar—, pero tuvo que dejar el cargo por problemas con la bebida. Se retiró a las sombras y empleó sus cuantiosos contactos en los medios para fines oscuros. Está obsesionado con las celebridades. Es la persona a quien acudir si tienes un vídeo, correo electrónico comprometedor, documento filtrado... Te lo comprará y se lo venderá a otros. Se cree que está detrás

43

de varias páginas web, principalmente de cotilleo, pero también una de contenidos serios, relacionados con la política... Aunque nadie puede demostrarlo.

Watson se reclinó en su asiento con la esperanza de que, por una vez, su amigo pudiera estar impresionado por sus hallazgos.

—Un excelente esfuerzo, Watson, aunque no has conseguido descubrir lo más importante.

—¿Y eso es...? —preguntó Watson, dolido, pero no del todo sorprendido.

—¡Su legalidad, hombre! Trabajas con abogados; necesito saber si está infringiendo alguna ley.

—Trabajo *para* abogados, Holmes, no es lo mismo.

—Bueno, afortunadamente anticipé tus deficiencias y he consultado a alguien por mi cuenta: al Sr. L. Pike, un conocido abogado de famosos que me debe un favor. Milverton actúa rápido, asegurándose de que el material sea difundido antes de que se pueda recurrir a una orden judicial; y los tribunales son cada vez más reacios a proteger a celebridades interesadas. No tengo otra elección que negociar con él en nombre de mi cliente. Estará aquí dentro de una hora. Quédate, Watson, tu mujer planea visitar a sus amigas después de pilates: por eso se llevó el coche y tú llegaste en taxi. Veo el recibo sobresaliendo del bolsillo de tus pantalones, tan útil para reclamar los gastos a esos abogados por los que te esclavizas.


Charlie Milverton entró arrastrando los pies. Obeso, feo y bajito, claramente el chantaje era su única manera de acercarse a los famosos que se habían convertido en su obsesión.

Holmes intentó negociar, pero aquel terco y pequeño hombre no quiso ceder. Una tasa reducida o la promesa de pagos a plazos no le parecían aceptables. Cualquier intento de despertar su compasión fracasó. Watson observó que a Holmes le estaba afectando de forma inusitada la determinación de Milverton, perdiendo su habitual frialdad ante tal obstinación. Finalmente se puso de pie y, con aspecto abatido y exhausto, le pidió a Milverton que se fuese. La extraña bestia mediática se acercó a la puerta con una sonrisa triunfal.

—Tiene hasta el sábado para pagarme, Sr. Holmes, o la divulgación absoluta será mi única opción. Dígale a su cliente que tendrá que pagar o enfrentarse a las consecuencias.

Holmes cerró de un portazo tras él y se recostó en su silla. Watson dejó que el silencio se asentara entre ellos mientras que la mente de Holmes trabajaba frenéticamente en el problema. Finalmente, sabiendo que su mujer volvería a casa pronto, se levantó para marcharse.

—Si llego tarde a casa tendré que cenar comida rápida el resto de la semana.

—Terrible creación americana —murmuró Holmes. Entonces, de repente, se alzó y agarró a Watson por los hombros—¡América! ¡Brillante, Watson! De nuevo muestras ser indispensable sin que te percates de ello. Sal por tu cuenta...

Con esa despedida, Holmes cogió su chaqueta y salió corriendo del cuarto, lleno de nuevo de esa energía furiosa que solía significar la perdición para sus enemigos.

Aunque estaba acostumbrado a la rapidez con que su amigo concluía sus casos, incluso Watson se asombró cuando encendió la televisión para ver las noticias el viernes por la mañana y vio que Milverton había sido detenido. El antiguo editor de prensa amarilla había sido apresado en su hogar durante una redada al amanecer y se encontraba ahora bajo custodia policial. Watson no esperó a oír la versión de los sucesos del periodista y corrió directo a Baker Street. Por algo así merecía la pena llegar tarde al trabajo y exponerse a la ira de los siempre vigilantes abogados.

—América, Watson —Holmes anunció orgullosamente, con el aspecto de un hombre que se había pasado la noche en vela, pero vibraba con energía victoriosa—. Te debo una disculpa, tus averiguaciones resultaron ser cruciales después de todo.

Watson no estaba acostumbrado a oír a Holmes disculparse. Normalmente sus esfuerzos eran premiados con críticas. Después de que su primer libro fuese publicado, Holmes se había mostrado bastante mordaz y lo había descrito como sensacionalista, no centrándose lo suficiente en su 'método'. Pero había sido Gareth Lestrade quien más había sufrido.

Holmes siempre había sido feliz manteniendo su nombre apartado de los medios y, a pesar de haber ayudado a Scotland Yard a resolver casos particularmente complicados, nunca quiso aceptar el reconocimiento. De cara al público, Gareth y sus compañeros habían resuelto los casos, siendo sus nombres y logros los alabados en la prensa. Sin embargo, cuando se publicó el libro de Watson, aunque ya habían pasado algunos años, al público le enfadó que la policía se hubiera apuntado el mérito del trabajo de un aficionado. Habían gastado el dinero de los contribuyentes, pero al final un ciudadano común había sido el héroe. Hubo protestas, una investigación, y finalmente fue Gareth quien pagó el precio. Aunque no fue el único policía que había aceptado la ayuda de Holmes, él fue el chivo expiatorio, lo cual resultó muy conveniente para el comisario principal, teniendo en cuenta su relación con la esposa de Gareth.

Hubo una suspensión, una audiencia disciplinaria, la opción de quedarse en Scotland Yard si aceptaba un descenso de puesto, pero el daño ya estaba hecho. Gareth intentó salvar la poca dignidad que le quedaba y dimitió; a lo que siguió en breve el abandono de su mujer y un divorcio costoso.

—Miré entre tus notas —anunció Holmes—. Mencionaste que Milverton estaba detrás de una página web de política, www.ileaks.com. Bastante interesante, especialmente las alegaciones de corrupción en la Casa Blanca. Esto era exactamente lo que necesitaba.

—Verás, aunque las actividades de Milverton no son ilegales aquí, los americanos no ven estas cosas con tan buenos ojos; especialmente si existe alguna sospecha de riesgo para la seguridad nacional. Solo necesitaba encontrar algo que supusiera una infracción de la ley estadounidense y entonces podría sortear nuestro propio sistema legal. Estados Unidos, bajo el Acta de Extradición de 2003, tiene derecho a extraditar a ciudadanos de Reino Unido por infracciones cometidas en contra de la ley o seguridad de los Estados Unidos, incluso si la infracción se cometiese aquí. Basta con pocas pruebas: la sospecha es suficiente para que los estadounidenses exijan la detención de la persona en cuestión antes de que se conceda su extradición.

»Bueno, la Interpol se mostró muy interesada cuando les di los resultados de mi pequeña investigación sobre ileaks. Nuestro amigo Milverton ha estado usando información adquirida a través de un topo en la Casa Blanca y al publicarlo ha provocado la furia de nuestros parientes americanos. La policía ha incautado sus ordenadores, documentos y dispositivos de almacenamiento, incluso su teléfono. Pero afortunadamente, gracias a unos cuantos contactos que me quedan en la policía, conseguí salvar algunos fragmentos salaces, incluyendo...

Sujetó un dispositivo de memoria USB delante del rostro sorprendido de Watson.

—¿Eso es el vídeo de Della en el ascensor?

—No puedo garantizar que no se hayan hecho más copias, pero de ahora en adelante ningún editor querrá tratar con una fuente tan arriesgada.


Pasaron varias semanas antes de que Watson fuese capaz de alejarse de la felicidad doméstica y volviera a visitar a su amigo. Una vez instalado en su sillón habitual, Watson insistió acerca de Della y qué le depararía el futuro. Si iba a escribir esta historia para su próximo libro, necesitaba un final mejor.

—Esto resuelve su problema inmediato, pero sigue siendo presa de ese hombre horrible controlando su vida —comentó Watson.

—No es así. Dentro de poco tendrá la oportunidad de quedar libre con la opinión pública firmemente de su lado. Ella no fue la única captada en vídeo con otra persona esa noche.

—¿Carter también estuvo con alguien? ¿Cómo lo sabes?

—Conseguí descubrir la fuente de la cinta, un empleado del hotel. Por suerte, después de consultar con el Ministerio de Interior, pude confirmar que está trabajando aquí ilegalmente. Amenazarlo con la deportación fue suficiente para asegurar su colaboración, y le hice buscar entre las imágenes de las cámaras de seguridad del pasillo de la habitación de Carter. Carter volvió acompañado y comenzaron su 'fiesta' fuera, en el pasillo. Las imágenes ahora se encuentran en manos de todo editor de prensa sensacionalista, un pequeño regalo de mi parte. El periódico del domingo debería ser una lectura interesante.

—Eso es brillante. Sin embargo, debo admitir que me sorprende que fueses tan lejos para ayudar a Della: te importan los casos, no particularmente las personas involucradas. Ya habías parado a Milverton, ¿por qué ir más allá?

—Para ayudar a un buen hombre a estar con la mujer que quiere, supongo. Tal vez sintiera que se lo debía. Y no tenía nada mejor que hacer.

—¿Te refieres al hombre con el que estaba en el ascensor? ¿Así que lo viste? ¿Quién era? Algún tipo de celebridad, supongo.

—Míralo tú mismo...

Holmes introdujo la memoria USB en su portátil y abrió el archivo. Watson miró a la pantalla con atención. Vio a Della entrar en el ascensor seguida de su guardaespaldas. Una vez las puertas se hubieron cerrado, ella pulsó un interruptor que causó que el ascensor temblase y se parase. Puso una mano sobre el brazo de Lestrade y lo atrajo hacia sí mientras la besaba.

—Oh, Dios mío —exclamó Watson, incrédulo—. ¿Lo sabías?

—Claro que lo sabía.

—¿Te lo contó él?

—No.

—Entonces, ¿cómo...?

—Fueron los calcetines. Ambos llevaban calcetines idénticos cuando conocí a Della, claramente de hombre. Las estrellas del pop generalmente no comparten calcetines con sus guardias de seguridad. Ambos llevaban la misma marca cara de reloj, y la insignia en el bolso de ella era la misma que en el cinturón de él. Calcetines a juego, marcas a juego, incluso tú lo podrías haber deducido, Watson. Además, si Carter realmente la estaba vigilando tan de cerca, su amante tenía que ser alguien de su entorno inmediato, de quien él no sospechara... Un guardia de seguridad de mediana edad se ajusta bastante bien a ese perfil, ¿no crees?

—Así que el bueno se lleva a la chica —sonrió Watson—, con un poco de ayuda de sus amigos...

# El caso de la botella de cristal azul

Luke Benjamen Kuhns
Londres, Reino Unido

Era una noche de viento de abril de 1886 y Sherlock Holmes se encontraba leyendo entre sus papeles mientras fumaba una pipa. El fuego crepitaba mientras Watson estaba sentado delante de él, con un vaso de brandy en la mano y los ojos cerrados. El viento silbaba con un ruido calmado conforme pasaba por las rendijas de las ventanas de Baker Street. Acababan de dar las 10 de la noche y las calles estaban tranquilas y la nocturna llegada de la oscuridad y el frío viento habían llevado a las personas a buscar refugio interior.

Sonó un golpe en la puerta de la casa y Holmes y Watson pudieron escuchar a la señora Hudson apresurándose a responder. Instantes después, esta acompañaba a un joven oficial de policía al interior del estudio.

—¿Señor Holmes? —preguntó mirando al detective, el cual se encontraba encorvado y con la cara enterrada entre sus notas y cartas.

—Sí —contestó Sherlock mirando al oficial y poniéndose de pie.

—Lestrade me pidió que le recogiese inmediatamente. Ha habido un asesinato.

—¿Dónde?

—Kensington High Street. Una dama joven, de nombre Deseray Underwood.

—¿Cuál es la causa?

—No la sabemos, por eso necesitamos su ayuda.

Sherlock se dirigió a Watson, quien, en este momento, ya se encontraba en alerta y de pie.

—Watson, ¿le importaría acompañarme? —preguntó.

—¡Para nada! —respondió Watson, y los tres hombres salieron.


Cuando llegaron a la casa, la policía estaba por todas partes, y no se pudo evitar que los vecinos vieran cómo se desarrollaban los sucesos. Sherlock y Watson fueron llevados a los aposentos de la joven dama, que yacía en el suelo. No había ninguna señal de lucha y nada en el cuarto parecía fuera de lugar.

—Gracias por venir, Holmes —dijo Lestrade.

—¿Qué sabemos? —replicó Holmes.

—Su nombre es Deseray Underwood, 27 años, es institutriz de una familia de aquí. Su padre, Everett, y hermano, James, viven en la calle Healy de Camden. Aparte de eso, está prometida con este hombre —acabó Lestrade mientras señalaba al oficial para que dejara pasar a alguien.

—Estaba prometida —remarcó Sherlock.

Un hombre fue escoltado al cuarto por otro oficial. Era alto, en torno a un metro ochenta y cinco centímetros, corpulento, con pelo negro oscuro e intensos ojos marrones. La barba le cubría la cara y llevaba unas pequeñas gafas moteadas.

—Este es Samuel Mortimer, el prometido de la señorita. Encontró el cadáver y nos llamó —dijo Lestrade.

—¿Cuándo la encontró? —preguntó Holmes.

—Hará unas dos horas —respondió Samuel Mortimer con la voz quebrada y temblando de nervios y tristeza.

—¿Tenían reservas para esta noche? —preguntó Holmes.

—Sí, ¿pero cómo lo ha sabido? —preguntó.

—No me imagino a nadie paseando con traje, con unos zapatos recién lustrados, gemelos de plata y un reloj de tanto valor para pasar la noche en casa —contestó Holmes.

—Ya veo, bueno sí. Se suponía que iba a reunirme con ella esta noche para cenar. Teníamos reservas y yo tenía que verme con ella en el restaurante a las 7. Esperé durante más de una hora y supe que algo había pasado. No era propio de mi Deseray retrasarse. Así que me fui y vine directo a su casa. Estuve golpeando su puerta y nadie contestaba, pero podía ver una luz encendida. Salí e intenté subirme a la ventana, para ver si podía ver algo. Cuando lo conseguí, la vi en el suelo. Así que me precipité rompiendo la puerta para llegar hasta ella, pero era demasiado tarde. Estaba muerta— y al decir esto se le saltaron lágrimas que cayeron deslizándose por su rostro.

Holmes se acercó al cadáver y empezó a mirarlo.

—Sus ojos están amarillos —dijo—, posiblemente insuficiencia renal. Sr. Mortimer, ¿estaba enferma su prometida?

—No, ni lo más mínimo.

Holmes se agachó y olfateó el cuello de la mujer.

—Hay algo ahí —se dijo en voz baja—. Quiero a todo el mundo excepto Watson y Lestrade fuera de esta habitación —demandó Holmes.

Cuando todos hubieron salido, recogió la silla volcada en la que claramente había estado sentada ella.

—Huele a algo —comentó Holmes sentándose en su silla y mirando a su tocador—. Ella se sentó aquí, se estuvo arreglando, se puso el maquillaje y, finalmente... su perfume.

En un lado del tocador había una botella de cristal azul. Holmes la cogió y olfateó el tapón.

Violentamente alejó la botella de su cara y se fue caminando hacia el otro lado del cuarto.

—Ahí está su asesino. Ese no es un simple perfume, es una botella de cianuro líquido disimulado para parecer perfume.

—¿Alguien la envenenó con cianuro en el perfume? —preguntó Lestrade—, ¿con qué fin?

—Eso es lo que tenemos que averiguar —contestó Holmes.

—¿Qué sabe acerca de su prometido? —preguntó Watson.

—Es un hombre adinerado, sin ningún pasado ni conexión criminal y de una familia respetable. Poseen una gran parte de edificios de oficinas en el centro de Londres —dijo Lestrade.

—¿Qué podría él ganar con su muerte? —inquirió Watson.

—La señorita Underwood, su familia también tiene dinero. Su padre pasó tiempo en América buscando oro y volvió muy rico. Viven modestamente pero tienen mucho ahorrado. Me imagino que su seguro sería bastante grande —comentó Lestrade.

—Pero, si fuera así... ¿no sería logico que quisiera matarla después de casarse para poder cobrarlo? —dijo Watson.

—Tráiganlo, quiero hablar con él —dijo Holmes.

Samuel Mortimer fue traído de nuevo al cuarto y se sentó en una silla. Holmes cogió otra y se sentó delante de él.

—¿Cuándo se iban a casar? —preguntó.

—La próxima semana, el viernes —respondió Mortimer.

—¿Se le ocurre alguna razón por la que alguien hubiera querido matarla?

—No, Sr. Holmes, ¡sinceramente no! —gritó.

—¿Ni siquiera por su seguro? —dijo Holmes arqueando la ceja.

—Sr. Holmes, si está insinuando que yo tuve algo que ver con esto, ¡está equivocado!

—¿De dónde sacó ella esto? —inquirió Holmes, señalando a la botella de cristal azul.

—¿Eso? Yo se lo di, fue un regalo.

El ambiente en la habitación se puso tenso. Lestrade parecía a punto de abalanzarse y Watson agarraba firmemente el extremo de su bastón, pero Holmes seguía frío y sin mostrar emoción.

—¿Dónde consiguió usted el perfume? —preguntó Holmes.

—De un hombre llamado Whitaker, de Brick Lane, cerca de Liverpool Street. Tiene una perfumería. Le pedí un perfume hecho por encargo.

—Gracias Sr. Mortimer. Le informaremos de lo que averigüemos.

Mortimer salió del cuarto, dejando solos de nuevo a los tres hombres y el cadáver.

—Este hombre esconde algo —dijo Lestrade.

—No nos precipitemos —dijo Holmes—, Watson y yo tenemos que hablar con el Sr. Whitaker. Lo veremos por la mañana y le haremos saber a usted lo que descubramos. Por ahora mantenga la causa de su muerte en secreto, ni su familia tiene por qué saberla aún.

Holmes, alcanzando la botella, se fijó en una fotografía boca abajo sobre el tocador y la levantó. Era una imagen de Deseray con los que parecían ser su padre y hermano.

—Me llevaré esto también —dijo Holmes, y ambos se retiraron para pasar la noche.


A la mañana siguiente Holmes y Watson estaban de camino a Brick Lane, donde finalmente encontraron la perfumería. El exterior de la tienda estaba pintado de rojo, pero la pintura había empezado a desconcharse y desvanecerse. Las ventanas estaban sucias y se notaba claramente que no se habían limpiadas en cierto tiempo.

Holmes y Watson entraron en la tienda y sonó una campanilla. Las estanterías estaban desordenadas con botellas por todas partes, incluido el suelo. El sol brillaba a través de las turbias ventanas alcanzando las botellas, provocando un despliegue de luz que llenaba la sala. Holmes se dio cuenta de que había una docena de cajas llenas de botellas en el suelo. Miró por una puerta que daba a la parte trasera y vio acercarse a alguien. Al momento fueron recibidos por un hombre mayor.

—Buenos días caballeros —dijo el hombre.

—Buenos días señor —dijo Holmes.

—Lamento el desorden de la tienda, pero estoy empaquetándolo todo —dijo el anciano.

—¿Empaquetando para qué? —preguntó Holmes.

—Me mudo, cierro la tienda. Recientemente he heredado una gran suma de dinero y es hora de jubilarme —dijo el hombre—. Así que, ¿qué puedo hacer por ustedes?

—Le deseo lo mejor en su mudanza —dijo Holmes antes de continuar—, Sr. Whitaker, tengo una botella de perfume pero no consigo averiguar qué fragancia es, ¿le importaría?

—Ah sí, estaría encantado de ayudarle. ¿Dónde está la botella? —respondió.

—Está aquí —dijo Holmes, sacando la botella de cristal azul.

Los ojos del hombre se encendieron momentáneamente mientras cogía la botella con cuidado.

—Siga, estoy muy interesado en saber —dijo Holmes.

—Yo, yo... —dijo el hombre tartamudeando.

Holmes extendió la mano, acercándola a la cara del hombre y puso su dedo en el atomizador de la botella de perfume.

—Déjeme ayudarle —dijo Holmes, y el hombre apartó la mano de Holmes cayendo de espaldas sobre la vitrina que había detrás de él.

—¿Cuál es el problema? —preguntó Watson.

—¡Aleje esa botella de mí! —gritó Whitaker.

—¿Por qué? —inquirió Holmes.

El hombre cogió un gran envase y lo lanzó contra Holmes, haciendo que se cayera de su mano la botella de cristal azul, que acabó hecha añicos en el suelo. Holmes y Watson se cubrieron las caras y vieron cómo el hombre salía corriendo por la parte trasera. Watson empezó a correr tras el hombre, pero Holmes le indicó que volviera. Detrás del mostrador Holmes vio una imagen de Whitaker con una cara que pudo reconocer.

—¡Vamos, Watson, no hay tiempo que perder! —gritó Holmes.

—¿Adónde vamos? —preguntó Watson a Holmes una vez que pudieron salir fuera, lejos de los vapores mortales que se respiraban dentro de la tienda. Sherlock le enseñó a Watson la fotografía y le señaló al hombre.

—¿Quién es ese? —preguntó Watson. Holmes buscó en su bolsillo y sacó otra fotografía que había cogido del tocador de Deseray.

—Es su padre —dijo Holmes—, tenemos que encontrarlo ahora mismo.

Holmes y Watson llamaron a un carruaje, le indicaron la dirección del Sr. Underwood en Camden y se fueron hacia allí. Cuando llegaron a la dirección pudieron ver al Sr. Mortimer salir apresuradamente. Mientras bajaba las escaleras oyeron una voz que gritaba: "¡Y que no te vuelva a ver la cara por aquí!"

—¡Sr. Mortimer!

—Oh, Sr. Holmes, lo siento, no lo había visto.

—¿De qué iba todo eso? —preguntó.

—Everett. Incluso ahora, con la muerte de su hija, todavía me sigue odiando.

—¿Le odia?

—Muchísimo. Ha estado mucho tiempo intentando separarnos a Deseray y a mí. Y ahora ha conseguido lo que deseaba, aunque a un precio muy doloroso —prosiguió Mortimer.

—Tengamos una conversación con él —dijo Holmes.

—Les deseo más suerte de la que tuve yo —concluyó Mortimer antes de alejarse andando.

Subieron las escaleras hasta la puerta y llamaron. Un joven regordete de pelo rubio les respondió.

—¿Puedo ayudarles? —preguntó.

—Soy el Sr. Sherlock Holmes y este es el Dr. Watson. Estamos investigando la muerte de su hermana y nos gustaría hablar con usted y con su padre inmediatamente.

El hombre miró atentamente al detective y el doctor antes de empezar a abrir la puerta para dejarlos pasar. Pasaron a un pequeño salón donde momentos después fueron recibidos por un hombre alto y grueso, con el pelo gris y poco poblado.

—¿Sr. Underwood? —preguntó Holmes.

—Sí, ¿qué desea? —respondió el hombre enojado.

—Hablar con usted sobre su hija y el Sr. Mortimer.

—Mortimer, ¡ese cerdo! —espetó Underwood—, ¡no ha hecho nada sino destruir a mi familia!

—Debe entender que es sospechoso en el asesinato de su hija...

Cualquier información de que disponga será de gran utilidad —dijo Holmes.

—Bien, pues le puedo asegurar que es el responsable del asesinato.

—¿Cómo está tan seguro?

—Destruye todo lo que toca.

—¿Podría explicarse? —preguntó Holmes.

El hombre bajó la cabeza antes de seguir.

—Se iban a casar aquí, pronto, ¡en una unión impía! Ese hombre deshonró a mi hija.

—¿Estaba embarazada? —preguntó Holmes.

Underwood miró a Holmes y a Watson mientras su hijo se movía inquietamente en su asiento.

—Sí —sonó en la voz de James Underwood.

—¡Hijo! —bramó Everett.

—¡Lo descubrirán de todas formas! —respondió gritando.

—No hay nada que averiguar, ya lo sabía. Lo pude ver en su cuerpo conforme lo examinaba y las palabras de su padre han dejado claro que él lo sabía y lo desaprobaba —dijo Holmes.

Había un fuego en los ojos de Everett Underwood que habría sacado al propio diablo del infierno, pero de pronto se calmó, miró a Holmes y Watson y se puso a hablar.

—Es cierto. Mi hija estaba embarazada. Era la única razón por la que se iban a casar. El caso es que ella iba a cancelar la boda pero cedió únicamente por el niño. Le dije que no me molestaría mandarla lejos, fingir que se tomaba unas vacaciones largas y entonces deshacerse de él. Durante un tiempo estuvo considerando esa idea, pero ese maldito niño le hizo cambiar de opinión. Aunque me imagino que a él le volvió el sentido común y en vez de dejarla marcharse la envenenó, librándose por completo del problema.

—Sr. Underwood —dijo Holmes—. ¿Conoce usted a un tal Sr. Whitaker, perfumista de Brick Lane?

—No, no he oído hablar de él en toda mi vida. ¿Qué relación podría tener yo con un fabricante de perfumes?

—Curioso, ¿entonces, podría explicarme esto? —preguntó Holmes situando el retrato de Everett y el Sr. Whitaker delante suyo.

Antes de que pudiera seguir, se oyó un estallido proveniente de la parte trasera de la casa.

—Lo saben, Everett, me voy de la ciudad —anunció el hombre que irrumpió en el cuarto.

—Ah, Sr. Whitaker, me alegro de que se haya unido a nosotros —dijo Holmes. El anciano quedó perplejo al ver a Holmes y Watson en el salón.

—¡Watson! Detenga a ese hombre —y a la orden de Holmes el doctor se abalanzó y cogió a Whitaker.

—¿Qué sucede? — gritó James Underwood.

—Siento tener que decírselo, pero fue su padre quien mató a su querida hermana —dijo Holmes—. Todo en el nombre del honor.

—Usted haría lo mismo si tuviese una hija a punto de casarse con un desalmado como Mortimer. Con su rica familia acaparándolo todo. Todo lo que él quería era su dinero, ¡y eso yo no lo podía tolerar! Esa era su manera de ser para con mi hija, y acabó arruinándola, ¡así que yo lo arruiné a él! Le quité lo que más quería de ella: ¡su dinero!

—En eso se equivoca, Sr. Underwood, el dinero no tenía nada que ver —dijo Holmes.

—¿Cómo consiguió hacer llegar el perfume a sus manos —preguntó Watson.

—Supongo que fue cosa mía —explicó James Underwood—. Deseray tenía una fiesta de compromiso el fin de semana anterior y yo sabía que el Sr. Mortimer le iba a comprar su perfume. Le pedí a mi padre la dirección de la tienda del Sr. Whitaker y le dije a Sam que fuera allí.

—Así que usted se adelantó al Sr. Mortimer y sobornó al Sr. Whitaker para que le vendiera una botella de cianuro líquido, y a cambio de esto usted se repartiría con él el seguro de vida de Deseray —concluyó Holmes mirando al Sr. Underwood.

Buscó en su bolsillo y sacó un par de esposas. James cogió a su padre del brazo y Watson empujó al anciano perfumista hacia Holmes.

Tras llamar a Lestrade, el Sr. Underwood y el Sr. Whitaker fueron detenidos, juzgados y posteriormente encarcelados por el asesinato de la pobre Deseray Underwood.

James Underwood se mudó de la casa que una vez compartieron, vendió todas las posesiones de su padre y no volvió a dirigirle la palabra.

Cuando el Sr. Mortimer, descubrió cómo murió Deseray y cuál era la obsesión del padre de esta, dejó de codearse con lo más popular de la sociedad, encerrándose en sí mismo como un hombre roto del que nunca más se supo.

# La última charla tranquila

Cathrine Mathilde Louise Hoffner
Odense, Dinamarca

*"Quédese aquí conmigo, quizás sea la última charla tranquila que tengamos."*

Holmes me tomó suavemente de la manga y me guió hacía el patio de esa preciosa casa donde tanto mal había tenido lugar. Dejamos a Von Bork atado en el coche, mirando hacia el lado contrario, y Holmes encendió nuestros cigarrillos con el aire de un hombre que está escribiendo el último capítulo de la obra de su vida.

—¿Qué quiere decir? —pregunté, intentando no sonar melancólico, lo cual era casi imposible. La noche se había tornado fría y cruel, con la luz de la luna revelando sin piedad los recuerdos agridulces de días pasados y la visión borrosa de un futuro inseguro.

—Quiero decir que quizás no nos volvamos a ver, Watson — dijo, su tono grave resonando en la distancia que nos separaba.

—¿Mañana, quiere decir?

Holmes dejó escapar una sonrisa breve, con la mirada aun fija en el oscuro horizonte más allá de las aguas tristes.

—Quiero decir nunca, Watson.

—Pero seguro que, Holmes…

—Hablo en serio, Watson. Ya sabe que siempre digo la verdad.

Me echó un vistazo rápido y, volviendo a su cigarrillo, hizo que la noche pareciera aún más cruel.

—Excepto cuando hablaba con Von Bork hace un momento — contesté tan brusco como pude, mientras intentaba desesperadamente mantener su mirada fija en mí unos minutos más.

Sherlock Holmes se encogió de hombros e hizo un gesto desdeñoso, los largos y blancos dedos dejando una espesa nube de humo en el aire.

—Eso era distinto, y lo sabe.

Suspiró profundamente y agitó la cabeza de esa forma que conocía tan bien de los días en los que se quedaba absorto en los casos de crímenes graves.

—La verdad de todo, Watson —continuó, con la mirada aún fija en algún punto lejano—, es que antes del amanecer, este país estará en guerra y la paz y seguridad que hemos conocido se tendrán que rendir ante la crueldad y la muerte. Un asesinato en Birlstone se convertirá en la más pequeña de las gotas en el océano interminable de los crímenes inhumanos. ¿Quién sabe qué será de nosotros, Watson, si usted se reincorpora al ejército y yo sigo trabajando para el gobierno? Esto no se acaba con la captura de Von Bork. Eso solo ha sido el comienzo.

Nos quedamos durante un rato en silencio y me asaltó una repentina sensación de dolor, la misma que había sentido hace tantos años, cuando creía que Holmes había muerto en las cataratas de Reichenbach, en su lucha fatídica con el ahora difunto profesor Moriarty. El mundo entero pareció pararse de nuevo, aunque solo fuese por un instante.

Los últimos rastros de la luz del sol se desvanecieron en los reinos de la noche y las estrellas centelleaban sobre nosotros desde otro mundo. Con el corazón apesadumbrado, estuve apunto de girarme para volver al coche, cuando a mi lado y para mi gran sorpresa, Holmes se rió suavemente para sí mismo. Le observé, recordando aquellas veces que lo había hecho en el pasado, e intentando sin éxito leer su mente como leía la de otros. Sus pensamientos parecían estar lejos, en algún lugar agradable, aunque no tenía forma de averiguar dónde.

—¿Qué pasa, Holmes? —mi voz estaba casi desprovista de esperanza, un susurro, pero aun así, no había nada ni nadie en toda esta tierra capaz de despertar mi curiosidad como el hombre que estaba a mi lado.

Sonrió, una sonrisa más amplia esta vez, y volvió al presente solo para llevarme con él a nuestro pasado compartido.

—¿Se acuerda de la noche en Stoke Moran, Watson? Sé que han pasado muchos años.

El peso sobre mis hombros parecía desaparecer mientras Holmes me hacía recordar cada una de esas aventuras que una vez habían sido mi vida.

—¡Claro que me acuerdo! —exclamé —. La primera de muchas vigilancias ¡Nunca había estado tan nervioso!

—Ciertamente, fue un caso muy insólito e interesante ese —

añadió Holmes, en su vieja voz de profesional.

—No tan insólito como el asunto con la liga de los pelirrojos —repliqué cálidamente, sintiendo de repente como todos esos años trabajando con Holmes volvían a mí.

Holmes se echó a reír jovialmente al pensar en su cliente pelirrojo y el misterio que envolvió a él y su tienda por un tiempo.

—En absoluto, Watson, en absoluto.

Cautivado, estoy seguro, por el momento, de pronto Holmes empezó a hablar rápidamente y animado. Como siempre, intentaba mantenerme a su nivel y juntos recordamos los casos antiguos y las numerosas y emocionantes aventuras vividas, como si hubiesen ocurrido ayer.

Podía haber jurado que, en ese momento, por un breve instante, ya no era agosto del año 1914 y no estaba en un patio cualquiera en un mundo caótico al borde de la guerra. De repente, podía sentir el calor del fuego crepitando a mi lado, mientras de nuevo me encontraba sentado frente a Holmes en nuestras viejas habitaciones de Baker Street. Fuera, el viento, la lluvia y la densa niebla se alborotaban contra nuestras pequeñas ventanas detrás de las cortinas, mientras dentro disfrutábamos de nuestro té sentados tranquilamente. Yo, detrás del periódico vespertino y Holmes enterrado en su querido álbum de recortes. Abajo, la Sra. Hudson preparaba la cena y el dulce olor de la comida subía lentamente por las escaleras, abriéndome el apetito.

Fue entonces cuando, durante ese atardecer veraniego de agosto, todos mis recuerdos de Baker Street me asaltaron a la vez: el humo del tabaco que me hacía lagrimear los ojos por las tardes; el relajante sonido del Stradivarius las mañanas de domingo; la vista perfecta de las calles, tiendas y gente desde el salón; el corazón palpitándome con fuerza cada vez que un nuevo cliente entraba por la puerta trayendo consigo una historia y un caso nuevo que resolver, dejando una huella en nuestras vidas para siempre.

Holmes estaba en lo cierto. Habían pasado muchos años, pero mientras que era imposible predecir el futuro, nadie podría cambiar el pasado. Nadie podría arrebatarnos esos años en el 221B de Baker Street, en el corazón de la gran ciudad de Londres. De alguna forma, pasase lo que pasase, ese lugar siempre sería mi hogar.

—Fue agradable estar ahí, Watson —dijo Holmes de repente, respondiendo a mis pensamientos y no a mis palabras.

Ahora que se había girado hacia mi, noté en Holmes el paso de los años. A poca distancia de aquel rostro iluminado por la luz de la luna, vi por primera vez las nuevas y finas líneas que bordeaban sus ojos y su boca. También me percaté de lo hundidas que estaban sus mejillas, de cómo su frente parecía más amplia y matices grises asomaban en el pelo negro azabache. Sherlock ya estaba entrado en años, me recordé a mí mismo, dándome cuenta que no había pasado ni un momento con él durante dos años.

—El tiempo pasa, Watson, y me temo que no tenemos ninguna otra opción que seguirlo —su voz sonaba algo ronca y su acento con una ligera influencia americana.

Buscando en su rostro, creí ver un pequeño indicio de tristeza en sus rasgos solemnes, porque sus palabras no decían más que la verdad. Los tiempos habían cambiado, el mundo en que había crecido, un mundo que una vez fue suyo, ya no existía. Las vidas que vivíamos antes, por razones que no podíamos controlar, ya no existían. Las luces de gas dieron paso a las luces eléctricas, y los coches de caballo a los automóviles. Los telegramas, que Holmes había enviado y recibido diariamente cuando trabajaba en un caso, ya estaban anticuados y apenas en uso, mientras que sus métodos tan polémicos y únicos, tantas veces ridiculizados y cuestionados por oficiales de la policía, se habían convertido en una parte imprescindible de todas las investigaciones de Scotland Yard. Holmes había sido famoso en el pasado por su mente innovadora y sus procedimientos admirablemente energéticos, destacándose como el investigador criminal por excelencia en el mundo. Ahora, pertenecía a tiempos lejanos junto con una serie de humildes historietas que ilustraban la vida de un hombre extraordinario con unas dotes extraordinarias que lentamente se iba desvaneciendo. Me halagaba pensar que estas historias también hablaban de la amistad, la lealtad y la devoción en su máxima expresión.

Esos pensamientos no me hicieron ningún bien y no pude evitar sonreír un poco mientras me esforzaba por controlar mis sentimientos, los cuales, había descubierto, y no para mi sorpresa, se volvían cada vez más sensibles con el paso de los años.

Volviéndome hacia el camino plateado que devanaba por la pesada y oscura hierba que nos separaba del borde del agua, intenté en vano convencerme de que todo aquello pertenecía al pasado y era para mejor. No más vigilancias, no más casos, no más Sra. Hudson ni Baker

Street. No más 'mi amigo y compañero, el Dr. Watson'.

Podía sentir como la brisa otoñal, a pesar de su calidez, enfriaba mis huesos mientras la realidad del asunto se mostraba tan clara como la luz de la luna a lo lejos sobre las colinas redondeadas. No podíamos volver, las cosas nunca volverían a ser iguales.

De repente, Holmes se aclaró la garganta inundando una vez más mis pensamientos y me vi obligado a regresar al patio solitario y al aire frío de la noche. Pude sentir cómo se me debilitaban las piernas y la cabeza me daba vueltas, lo cual era completamente normal considerando el día que había tenido.

—¿Se encuentra bien, Watson? —la voz de Holmes sonaba más amable esta vez.

Sin duda podía percibir mi desesperación, nunca había conseguido ocultarle nada.

—Perfectamente —mentí.

Era todo lo que podía decir, pero su mirada fija me informó de que, ciertamente, no le había convencido.

Fue entonces, en ese preciso momento, cuando la niebla que envolvía mi corazón se evaporó, tan repentinamente como se había condensado. Sus ojos grises, aquellos ojos que conocía tan bien, más brillantes que las estrellas que colgaban por encima de nosotros, me atravesaron con todo el poder del enlace que nos unía. Después de todo, él no había cambiado, nada había cambiado. Ahora lo veía claro. Él me lo mostró. Durante el más breve de los momentos tuve frente a mí al detective de antaño, sonriendo travieso con todo el calor que su restringido cuerpo podía reunir.

Debí haber reído alegremente, porque él hizo lo mismo, como si hubiera estado siguiendo mis pensamientos durante todo este rato. Tuve frente a mí de nuevo al joven atlético de 26 años girándose con el tubo de ensayo en la mano y con todo el entusiasmo de la juventud brillando con una dedicación ilimitada por el trabajo que, afortunadamente, se convertiría en su vida y en la mía.

Esa imagen de nuestro primer encuentro no duró mucho, pero sí lo suficiente. Solo Dios sabe cuántos años habían pasado desde aquel encuentro fatídico en el laboratorio en el sótano del hospital, y a pesar de todo aquí estábamos, los amigos y compañeros que siempre habíamos sido.

—Pase lo que pase —dijo.

Y Sherlock siempre tenía razón.


*En el camino de vuelta al coche Holmes señaló hacia el mar iluminado por la luna y sacudió la cabeza.*

*—Sopla viento de poniente, Watson.*

*—No lo creo Holmes, es muy cálido.*

*—¡El bueno de Watson! Siempre inamovible incluso en época de cambios.*

# El caso de la sombrilla de seda

Jude Parsons
Corsham, Reino Unido

Gladys volvió a colocar su taza sobre el platillo y se inclinó sobre la mesa mirando hacia su hermana.

—¿El señor Holmes? Un hombre singular, querida, ¡y tan inteligente!

Ella asintió, volvió a coger su taza y puso sus caderas en una posición más confortable en la silla, como si con ello quisiera hacerse valer más. Tomó con mucho cuidado un sorbo de su té y continuó.

—Oh, sí, de lo más respetado. Un poco extraño en sus hábitos, quizá. Sin embargo, su colega, el estimado Dr. Watson, es totalmente diferente. Un caballero de lo más agradable.

Se sonrojó un poco y elevó su mano para arreglarse el pelo con un gesto que la delataba.

—Siempre de lo más educado. Casado, por supuesto —añadió con un matiz de pesar—. No es que haya coincidido nunca con su mujer. ¡Dios mío, no! No nos movemos en los mismos círculos, en absoluto. Pero estoy segura de que es estupenda —dijo de forma concisa a la vez que recuperaba el ánimo.

Marjorie asintió dándole ánimos y bebió otro sorbo de té del mismo modo en que lo haría una imagen espejo de su hermana. Sabía por experiencia que obtendría más de Gladys si no la interrumpía. Asentir con la cabeza en los momentos adecuados y levantar las cejas ocasionalmente bastaba para mantener el chismorreo activo, como si de un caldo a fuego lento se tratase. Ella esperaba con una sonrisa atenta a que Gladys rebuscara entre sus pensamientos hasta encontrar el próximo chisme. Pero Gladys había perdido el hilo momentáneamente y, en su lugar, había recordado sus modales.

—¿Cómo fue tu viaje? —inquirió—. Espero que no fuera muy duro.

—Bastante cómodo —replicó Marjorie—. Durante la mayor parte del viaje fuí yo sola en el carruaje. Las vistas del campo eran

64

magníficas. ¿Es mi imaginación o los narcisos han florecido un poco antes este año?

—Pues no lo había pensado. Puede ser. No creo que les preste tanta atención como tú, querida.

Gladys miraba por la ventana mientras dos niños sonrientes pasaban persiguiendo a un perro.

—Estar sola... —comenzó a hablar—. Bueno, es duro a veces. Al principio, cuando un caballero de aspecto tan distinguido se alojó conmigo pensé que... pero no. No es mi tipo: demasiado brusco. No me refiero a nada impropio, ya sabes...

—¡Dios mío, no! —intervino Marjorie—. Pero una tiene que andarse con mucho cuidado, ¿verdad?

—¡Oh! Eso es indudable, y la gente lo sabe. Mantengo una casa respetable.

—Ciertamente sí —estuvo de acuerdo Marjorie— y la mantienes muy bonita también.

—Gracias por el cumplido, querida. ¿Y tu Frank? ¿Está bien?

—Oh, muy bien, gracias —dijo Marjorie educadamente.

Gladys nunca podía estar segura de si estaba celosa del matrimonio tan soso de Marjorie y la seguridad que este le ofrecía, o si ella realmente prefería su estado de viudez y su envidiable posición como casera del famoso detective. Ella suponía que en cualquiera de las dos opciones en las que una se pusiera siempre había cosas a tener en cuenta en la otra.

—¿Está el señor Holmes en casa ahora mismo?

Marjorie lanzó la pregunta más por darle motivos para hablar a la lengua fácil de Gladys que como una auténtica cuestión.

—No, querida —resopló Gladys—. Está fuera por trabajo — asintió dándose por enterada, como quien ya está al corriente de cierta información—. Una señora vino esta mañana pidiendo verle. Las diez y media eran, porque había puesto la tetera a hervir para el té matutino. Muy refinada era ella, también. Su capa estaba hecha a mano, de la mejor costura, y sus botas estaban perfectamente pulidas. De Italia, diría yo.

—¿Italiana? ¿Seguro? ¡Y vino hasta aquí para una consulta!

—No, querida, las botas eran italianas —corrigió Gladys—. La señora era definitivamente inglesa; y su acento era de la clase más alta. Y vaya un caso más inusual también.

Gladys paró un momento para conseguir el efecto que ella sabía que dicha pausa tenía en quien la escuchaba.

—¿Estuviste presente en la entrevista?

—Bueno, no —admitió Gladys—. No presente como tal, pero el caso es que el armario del pasillo necesitaba una buena limpieza y, naturalmente, no pude remediar escuchar por casualidad parte de la conversación.

—El sonido se transmite tan fácilmente en estas casas con paneles de madera —dijo Marjorie, para dar credibilidad a la excusa de Gladys por fisgonear.

—Precisamente. Y, por supuesto, el señor Holmes tiene una voz tan característica. Es casi imposible que una no escuche nada aunque lo intente.

Una vez ofrecidas y aceptadas las justificaciones, Gladys continuó con su historia.

—Parece que la sombrilla de la señora había desaparecido el día anterior; una sombrilla muy bonita y cara, parece ser.

Marjorie se inclinó un poco más, pero Gladys seguía mirando fijamente a la pared mientras recordaba.

—¿Recuerdas la sombrilla que solía llevar yo antes? La que tenía las cintas amarillas —Gladys suspiró—. Me encantaba esa sombrilla. Me disgusté mucho cuando la perdí.

—Me acuerdo.

Marjorie ciertamente se acordaba. Menudo escándalo montó Gladys a causa de la pérdida de la sombrilla.

—Y la sombrilla perdida. ¿Era también amarilla? —le preguntó Marjorie queriéndole sonsacar.

Gladys se fijó en la expresión inquisitiva de Marjorie.

—¡No! En absoluto. Esta era de las sedas más finas, un regalo de la tía de la señora de la que ella y su marido, al parecer, esperaban heredar una considerable suma de dinero. Por lo visto, a su tía no le hará mucha gracia que la señora la haya extraviado.

—Uhm —Marjorie pensó por un momento—. ¿Puede que quizás haya algo más de lo que parece? ¿Algún subterfugio para desheredar a la joven pareja?

—Esa es una de las posibilidades —dijo Gladys dándole la razón.

Marjorie frunció el ceño.

—Pero seguro que el señor Holmes no estaría interesado en un asunto tan poco importante como la pérdida de una sombrilla, ¿verdad?

—¡Oh, no! —replicó Gladys—. El señor Holmes tiene un muy buen instinto para estas cosas. Además, siempre dice que las cosas rara vez son tan simples como parecen.

—Entonces, el señor Holmes sospecha que hay algo más, ¿no? ¿Y en eso es en lo que está ahora? ¿Investigando el caso? —preguntó Marjorie.

—Sí, salió temprano esta mañana. ¿Pero en qué estoy pensando? Debes estar cansada después de tu viaje. Y aquí estoy yo sin parar de hablar y sin darte oportunidad para que me cuentes sobre tus cosas. Querida Marjorie, me alegro tanto de verte —Gladys se inclinó sobre la mesa y cogió la mano de su hermana—. Pero, ¿no será mejor que nos retiremos ahora y por la mañana me cuentes cómo lo lleváis Frank, los niños y tú?


Los ojos de Marjorie se abrieron del todo en la oscuridad. Estaba segura de que algo la había despertado. Escuchó atentamente. Allí estaba: el ruido de algo arrastrando y el ligero chirrido de una bisagra. La puerta de su dormitorio aparecía bordeada por una tenue luz proveniente del pasillo exterior. Salió de la cama y se acercó con lentitud a la puerta. Podía escuchar voces que venían del piso de abajo.

—Venga, mi querido compañero, está bien, siéntese.

Se escuchó el suave sonido de un cuerpo al sentarse en un sillón de cuero.

—Mi querido amigo, otra vez me ha rescatado de mi degradación debida a mis bajas pasiones.

—Sí, bueno. Pensaba que quizá pudiera encontrarle en ese lugar tan terrible.

—Entre los diablos y los ángeles —bramó la refinada y ligeramente mal articulada voz—. Ahí es donde están las soluciones a este caso.

—De verdad que creo que debería acabar con todo esto, ya sabe. No es bueno para usted —dijo la segunda voz, más suave.

—Mi queridísimo amigo. Siempre el doctor, ¿eh? ¡Pero si es bueno para mí! ¡Es mi inspiración! Mi musa está entre el humo y los murmullos del fumadero de opio. La encantadora amapola que crece tan salvaje en campos lejanos abre mi mente a la sabiduría de Oriente. Las cosas que veo. Todo se vuelve muy claro.

—Y mañana estará usted con la cabeza dándole vueltas y maldiciendo a su musa.

—Es usted un compañero tan leal, Watson, un amigo tan endiabladamente bueno. Hasta cuando está completamente equivocado. ¿Le he dicho cuánto valoro su amistad?

—Por lo menos una docena de veces por el camino, mi buen amigo. Ahora, váyase a dormir. Mañana tenemos que resolver este caso; me imagino que lo cobrado ya se ha gastado.

Una breve corriente de aire contra el pie de Marjorie indicó la apertura de la puerta frontal seguida por un suave clic. Marjorie se desplazó hasta la ventana y pudo ver a un hombre bajo y elegante alejándose por la acera de debajo. La oscurecida casa volvió a inundarse con el silencio una vez más, interrumpido únicamente por el tic-tac del reloj de pie del salón.


Cuando Marjorie volvió a abrir los ojos, la luz del sol se filtraba en la habitación a través de las cortinas. Gladys llamó a la puerta por segunda vez y entró sosteniendo una bandeja con té.

—Pensé que quizá te gustaría tomar un té en la cama, querida.

Me imagino que en casa no podrás hacerlo, teniendo un marido e hijos que atender todas las mañanas.

Marjorie sonrió y se incorporó sobre la cama.

—¡Qué amable, tiene una pinta estupenda!

Gladys puso la bandeja sobre una mesilla y sirvió una taza de té, la cual entregó a Marjorie antes de servirse una segunda taza a sí misma.

Luego se sentó sobre la cama.

—¿Has dormido bien?

—¡Oh, sí, gracias!

—¿No te ha molestado nada?

Así que Gladys también lo había oído, pensó Marjorie.

—No, nada en absoluto, —contestó mientras tomaba un sorbo de su té.

Si Gladys había escuchado la conversación entre Holmes y Watson de la noche anterior, no había necesidad de prestarle atención ahora mismo. Además, una mujer tenía que mantener su reputación, y

Marjorie no estaba dispuesta a privar a su hermana del orgullo que sentía al ser la casera del detective más famoso de Inglaterra. Algunas cosas era mejor no decirlas. Como lo infeliz que era en su propio matrimonio, o el mal genio de Frank. Las apariencias deben conservarse para poder mantener la dignidad. ¿A qué otra cosa podríamos agarrarnos en tiempos difíciles?

—Ahora —dijo Gladys interrumpiendo en sus pensamientos—, ponme al día sobre Frank y los niños.

Marjorie se rió.

—Bueno, ya sabes. Frank trabaja duro. Vamos tirando. El campo es mucho menos emocionante que la vida que llevas aquí. Y los niños están creciendo. Elizabeth ya tiene once años, ya sabes, y nos ayuda con las vacas. No sé cómo podría salir adelante sin ella. Y Geoffrey da de comer a los pollos todas las mañanas y ayuda a su padre con los cultivos. El tiempo ha sido bueno hasta ahora y esperamos una cosecha decente este año, lo que es un alivio después del desastre del año pasado.

Gladys asintió con la cabeza de forma compasiva. Fijó sus ojos en su taza al tiempo que le preguntaba.

—¿Y tu brazo, está mejor ya?

—¿Mejor? ¡Oh, sí!

Marjorie se frotó el brazo derecho.

—Está mucho mejor ahora, gracias. Una tontería que me pasó. Me caí en el patio. Pensarías que lo conocería mejor después de vivir allí durante todos estos años.

—¿Tontería? Realmente no.

Gladys levantó las cejas.

—Suerte que Frank estaba allí cuando pasó. No te han quedado secuelas permanentes, ¿no?

—No, los huesos ya están bastante restablecidos, según el doctor. Como he dicho, un accidente tonto —dijo Majorie de forma despectiva.

—Entonces bien —dijo Gladys—. Una vez que estés levantada y vestida, creo que deberíamos dar un paseo. Necesito hacerme cargo de un recado antes de comer.

No hubo señales del inquilino de Gladys durante el desayuno, ni tampoco durante la hora o así en la que Marjorie estuvo ayudando a Gladys con unas cuantas tareas domésticas antes de salir de la casa. Con las camas hechas y el suelo de la cocina limpio, salieron con las botas de andar y los paraguas por Baker Street y giraron hacía Marylebone Road.

—Había olvidado lo altos que parecen los edificios y el olor tan desagradable de los desagües. ¡Y el ruido! —exclamó Marjorie mientras un hombre que sujetaba un montón de periódicos vociferaba algo ininteligible junto a su oreja izquierda.

—Te acostumbras.

Gladys echó un vistazo sacando la cabeza de debajo del paraguas.

—Ya está, ha dejado de llover.

El paraguas de Gladys se convirtió en un bastón que iba marcando el paso en el suelo conforme andaba. Marjorie se guardó el suyo bajo su brazo y siguió el paso.

—La ciudad es tan ajetreada. La gente parece vivir a toda velocidad en estos días. ¿Alguna vez te has planteado cómo de diferentes habrían sido las cosas si te hubieses quedado en el campo?

—Sí —replicó Gladys—. Muy a menudo.

Había odiado el campo. Pensaba que los cerdos eran feos y sucios y además...¡olían fatal! Prefería el olor habitual de los desagües de la ciudad. Por lo menos podías refugiarte entre paredes y dejar el olor fuera. No tenían ese lujo en el campo. El hedor de los cerdos impregnaba todo, hasta el punto de que uno mismo podía pensar que también olía como un cerdo.

—¿Dónde vamos? —preguntó Marjorie.

—A recoger algo —dijo Gladys mordiéndose los labios—. A veces, Marjorie, las personas son tan listas que no pueden ver la playa por quedarse mirando a los guijarros.


El agente de policía llevó a las hermanas a una oficina pulcra y bien amueblada.

—Si no les importa esperar, señoras —les dijo señalando hacia dos sillas que estaban a un lado de un escritorio de aspecto bastante caro—. Estoy seguro de que el inspector Lestrade no tardará mucho en llegar.

Las gotas de lluvia empezaban a estrellarse sobre la ventana. Gladys giró la cabeza para ver con qué intensidad estaba lloviendo. Estaba a punto de comentarle a Marjorie que quizá sería mejor tomar un carruaje de vuelta a casa sin importar lo que pudiera costar, cuando se abrió la puerta.

—¡Gladys Hudson! —exclamó un hombre alto y bien vestido, cuyo bigote se movía al ritmo de sus palabras—. ¡Qué sorpresa tan maravillosa! ¿A qué debo este placer? —dijo mientras cogía la mano de Gladys.

—A mi hermana, la señora Perriman.

Gladys señaló vagamente con la otra mano en dirección a su hermana.

—El caso es, inspector, que el señor Holmes no se siente muy bien hoy y me preguntó si podía venir y recoger algo para él.

—¡Vaya! No será nada grave, ¿verdad?

—Estaba seguro de que estaría aquí —dijo Gladys ignorando la pregunta.

—Bueno, lo que quiera que sea, espero que podamos facilitárselo a nuestro buen amigo, el señor Holmes. Estoy bien seguro de que le debemos unos cuantos favores. ¿Qué es lo que le ha mandado recoger?

—Una sombrilla. Una estupenda pieza de seda estampada en tonos azules con lazos de color lila —dijo Gladys—. El mango es de marfil y hay una inscripción en él: 'Fortius quo fidelius'. Fue olvidado en un carruaje el martes por la mañana y se sabe que el conductor lo trajo aquí, al departamento de objetos perdidos.

—Bueno, déjeme ver si tenemos algo así por aquí.

Lestrade abrió la puerta y gritó hacia el pasillo.

—¡Gillings!

El agente Gillings apareció y se le dio la descripción de la sombrilla. Saludó y se fue a buscarla. El inspector se apoyó en el filo de su escritorio y sacó un puro de una caja.

—¿No les importa, señoras?

—En absoluto.

Gladys hizo un gesto con la mano dejando clara su idea de no objetar.

—Estoy bastante acostumbrada a estar donde hay hombres que fuman.

Encendió el puro y dio una calada. Un humo acre se propagó por la oficina.

—¿Se quedará mucho tiempo en Londres, señora Perriman? —

inquirió.

Marjorie sonrió.

—Me temo que solo unos días más. Mi marido y mis hijos estarán echándome de menos.

—Por supuesto —dijo el inspector mientras expulsaba el humo cuidadosamente hacia el techo. Volviéndose hacia Gladys comenzó a decir: "¿Usted...?".

El Agente Gillings reapareció con una exquisita sombrilla de seda con el mango de marfil. El inspector la cogió y la examinó dándole la vuelta con sus manos.

—Bueno, yo jamás imaginé. ¿Cómo lo hace? ¿Cómo podía saber que esto estaría aquí? Quiero decir, ¿cómo esta concretamente? Maravilloso. Me quito el sombrero ante él —dijo entregando la sombrilla a Gladys—. Por favor, dele mis recuerdos al Sr. Holmes y exprésele mis deseos de una pronta recuperación.

—Gracias —dijo Gladys mientras se levantaba—. El Sr. Holmes estaría muy agradecido si mantuviera la discreción. El caso es que... la señora afectada... bueno, estoy segura de que no tengo que explicarle cómo de delicadas pueden ser estas cosas.

El inspector levantó las cejas.

—¡Bien, bien! ¿Es así? Está bien, comprendo perfectamente.

Apretó los labios e hizo un gesto de cerrar con llave.

—Puede confiar en mí, la discreción es mi lema.

—Gracias. Ahora deberíamos irnos deprisa, o llegaré tarde para preparar la comida. Muchísimas gracias, inspector.

—Siempre es un honor servir de ayuda. ¿Quieren que les llame a un carruaje? Está lloviendo a cántaros, como ya han visto. ¡Gillings!


Marjorie frunció el ceño cuando el conductor sacudió las riendas y el caballo empezó a trotar a un ritmo constante.

—¿Cómo sabías que la sombrilla estaría allí?

Marjorie bajó la voz.

—Me sorprende que el conductor del coche no se la llevara y la vendiera. ¿Cómo sabías que no lo habría hecho?

Gladys sonrió.

—No lo sabía, pero aún hay muchas personas honestas, Marjorie, incluso aquí en Londres. La reputación de un conductor es bastante importante si quiere seguir manteniendo a sus clientes más pudientes. Sospeché que la señora, no queriendo que nadie se enterase de su pérdida, había tomado ella misma un carruaje en la calle, en vez de buscar a un sirviente para que lo hiciera. El conductor no sabría dónde se alojaba ella, así que no podría devolvérselo al hotel. La única opción segura que quedaba era la comisaría de policía.

—¿No estará el señor Holmes agradecido de que hayas encontrado la sombrilla? —exclamó Marjorie.

—No se lo diré —dijo Gladys con firmeza.

—Pero... entonces, ¿cómo vas a...?

Gladys dio unos golpecitos con la mano en la rodilla de su hermana.

—Querida, eres una mujer casada, y yo también lo fui una vez. Ambas entendemos cómo funcionan las cosas con los hombres, incluso con uno tan inteligente como el Sr. Holmes. No preguntará demasiado porque tendría que admitir ante una mujer que hay algo que él no sabe. El ego de un hombre no podría permitir semejante cosa. Por tanto, él me creerá cuando le diga que fuimos a dar un paseo, que empezó a llover y que tuvimos que coger un coche para volver a casa. Imagina nuestra sorpresa cuando descubrimos que alguien se había dejado una sombrilla en el coche que habíamos cogido. Se la enseñaré y le diré que, en vez de darle la oportunidad al conductor del carruaje para que la robara, he decidido llevarla al departamento de objetos perdidos en la comisaría de policía.

—Y de ese modo —interpuso Marjorie—, él insistirá en llevarla allí por ti.

Gladys sonrió.

—En efecto.

—Y entonces llamarán a la dueña de la sombrilla —prosiguió Marjorie—, y los honorarios quedarán pagados.

Gladys guiñó el ojo.

—Y yo cobraré mi renta y mantendré mi reputación como casera del detective más grande que jamás haya existido.

# Distracción
Ariane DeVere
Erith, Reino Unido


Sherlock no ha tenido un caso en dieciocho días y no podría estar más aburrido.

El decimonoveno día John le deja solo durante más de seis horas y cuando, por fin, llega a casa tiene el zapato izquierdo, que aún lleva puesto, envuelto en una bolsa de plástico.

—Vale —anuncia—. He estado por todo Londres, tomado un taxi a seis lugares diferentes y he pisado la tierra en cada uno de ellos. Tu misión es averiguar dónde he estado exactamente y en qué orden.

John se sienta en el sofá y levantando la pierna izquierda la apoya en el regazo de Sherlock, mientras sonríe con picardía.
—El juego está en pie.

# La aventura del coronel loco
Evgeniya Zimina
Kostroma, Rusia

—Bueno, Watson, usted ha vivido una guerra de cerca ¿no es cierto? Sabe muy bien cómo son estas cosas —dijo Holmes.

Aunque lo dijo sonriendo, su malestar era palpable. Nuestras estancias se encontraban en un estado deplorable y en el aire flotaba una gran cantidad de polvo.

—La guerra en la que estuve fue algo... hmmm ...distinta —contesté mientras recogía un pedacito de porcelana de la alfombra—. No había ni bombas ni ataques tan cruentos. Aquí, en Londres, me siento preso. No dejan de bombardearnos y nosotros nos quedamos de brazos cruzados.

—No podemos hacer nada —respondió Holmes.

Ahora examinaba la ventana, que se había hecho añicos a causa de la onda expansiva provocada por uno de los muchos ataques antiaéreos alemanes.

—Debemos mantener la calma y seguir adelante, tal y como proclaman esos nuevos carteles. ¿Los ha visto, Watson? ¡Ese es el auténtico espíritu británico!

—Últimamente, ni siquiera los británicos más fuertes son capaces de mantener la cordura. El coronel Warburton, sin ir más lejos. Qué historia tan triste. Seguro que la ha visto en...vaya, había olvidado que usted solo lee las noticias relacionadas con delitos o la columna de consejos sentimentales.

—Y bien, ¿qué le pasa al coronel Warburton?

—Se volvió loco tras perder a su hijo. Al parecer era un oficial al mando de una unidad de artificieros, ya sabe, del Cuerpo de Ingenieros. Un joven sin experiencia. Le detonó una bomba sin explotar. El pobre coronel vaga por la ciudad llamándolo y preguntado a los transeúntes si saben dónde está su hijo.

El sonido del timbre interrumpió nuestra conversación y la Sra. Hudson, nuestra casera, anunció que una mujer quería ver a mi amigo.

—La pobrecilla parece apenada —añadió la Sra. Hudson.

—Por extraño que parezca, nadie acude a mí cuando está

contento —dijo Holmes en tono mordaz.

Al cabo de un momento, la mujer entró en la habitación. Iba bien vestida; su rostro habría sido agradable de no ser por la confusión y vergüenza que se reflejaban en su mirada. Le temblaban los labios.

—Siéntese —le indicó Holmes.

—Sr. Holmes, he oído que usted ayuda a la gente y eso es precisamente lo que necesito en estos momentos. Me llamo Elizabeth Warburton, soy la esposa del coronel Warburton. Posiblemente ya conoce...

—Sí —respondió Holmes, mirándome de soslayo con expresión de sorpresa—. Le acompaño en el sentimiento. Perder a su único hijo...

—Sr. Holmes —interrumpió ella con voz firme—, por eso mismo he venido. Nosotros nunca hemos tenido un hijo.

Pude ver que Holmes, que había estado a punto de hacer gala de sus dotes de deducción ante la señora infiriendo información sobre su vida, se había quedado estupefacto.

—Pero, Sra. Warburton, su esposo, o más bien, su estado... ¿No es su marido el que afirma que ha perdido un hijo, David Warburton?

—Sí, constantemente. A veces, sin embargo —titubeó—, no creo que mi marido esté loco de verdad. Verá, Sr. Holmes, cuando James cree que estoy mirando hacia otro lado, su rostro cambia y parece totalmente cuerdo, pero de repente se pone a hablar de "su hijo" y ya no sé qué pensar. ¿Acaso la locura no se basa en hechos reales? ¿Y si tuvo un hijo? ¿Un hijo ilegítimo, del cual yo no supiera nada y que él hubiera perdido y cuya muerte lo haya trastornado? Han llegado a mis oídos unos rumores muy desagradables acerca del tema.

—¿Ha pensado en consultar a un psiquiatra? Parece la opción más sensata en estos casos —pregunté.

—Ya lo he hecho. Un amigo de la familia invitó al doctor Brown a cenar a nuestra casa la semana pasada y, si bien él cree que mi marido puede padecer problemas mentales, también ha admitido que todavía es pronto para llegar a tal conclusión.

—¿Y por qué no esperan un tiempo para ver cómo evoluciona?

—Porque estoy segura de que todo este delirio sobre su hijo no puede haber surgido de la nada. Tiene que haber habido otra mujer y ese chico, ese joven. Si su fallecimiento le ha afectado tanto... Sr. Holmes, se lo ruego, investigue sobre el teniente Warburton.

—Lo siento —contestó Holmes—, pero no suelo aceptar este tipo de casos. Los maridos infieles, estén locos o cuerdos, y los hijos ilegítimos no me interesan en absoluto.

—¡Por favor, Sr. Holmes! No puedo acudir a nadie más. Un poco de información me ayudaría a decidir qué hacer con mi marido. Solo intente averiguar algo sobre el hijo, David Warburton.

—Está bien, veré lo que puedo hacer.

Una vez la Sra. Warburton se hubo marchado, Holmes adoptó un gesto sombrío.

—Esto es degradante —espetó—. ¡Yo! ¡Investigando el caso de un hijo ilegítimo! Es evidente que el coronel ocultaba algo y el ramalazo de locura ha sacado a la luz su secreto.

—No se ponga melodramático, Holmes —le dije—. La pobre mujer está muy angustiada y nosotros la podemos ayudar.

—Cierto, se lo he prometido en un momento de debilidad, influido sin duda por el estado en el que se encuentran nuestras dependencias tras el bombardeo ¡En lugar de derivarla a un buen médico que tratase a su marido, le he dado esperanzas!

—No creo que investigar sobre este joven y averiguar si realmente existió o si se trata de un producto de la mente desequilibrada de un pobre hombre resulte complicado. Además, Holmes, ¿desde cuándo le preocupa a usted el desorden?

—Más vale esto que nada —Holmes admitió a regañadientes—. Delante del enemigo, los maleantes se comportan como santos. Si esto es lo más interesante que tenemos, intentaré hallar información sobre el hijo, si es que puedo.

—Lo cierto es que hay algo extraño en el comportamiento del coronel, al menos según su esposa. Tan pronto actúa con normalidad como...

—Como médico, usted sabe perfectamente lo complicado que resulta diagnosticar la locura. La mente humana es algo oscuro —Holmes bostezó—, a excepción de la mía, por supuesto, pero yo soy distinto. En cuanto a la Sra. Warburton, es evidente que desea que su esposo esté cuerdo y por eso es incapaz de ver más allá de sus narices.

En los días siguientes no encontramos nada nuevo. Lo único que Holmes pudo averiguar era que el coronel se comportaba, en efecto, como un perturbado. Paseaba por los puestos militares sitos en las estaciones de ferrocarril, preguntando a los soldados y oficiales si sabían algo del teniente Warburton. Su actitud no era para nada violenta.

Muchos lo reconocían y procuraban no hacerle caso, pero la tristeza inundaba sus caras cuando veían a aquel hombre tan fornido suplicando. "¿Sabe algo sobre Warburton, David Warburton? Es mi hijo. No está muerto, lo sé, estoy seguro."

Sin embargo, por más que Holmes indagase, no conseguía averiguar si el coronel había tenido algún hijo, ya fuese legítimo o bastardo.

Por mi parte, yo era incapaz de comprender nada de todo el asunto, ya que cada vez que intentaba deducir algo, me sumía más y más en un mar de sinsentidos.

—En resumen, el coronel quiere encontrar a un hijo que nunca ha existido y cuya muerte le ha hecho perder la cabeza. ¡Es totalmente absurdo, Holmes! ¡No tiene ni pies ni cabeza!

—Evidentemente, ¿no ve que estamos tratando con un chiflado? ¿Qué está leyendo, Watson? *¿Hamlet?* Otro demente...

—Holmes, que a usted no le guste el teatro no lo convierte en algo banal. Además, cualquier persona con estudios le dirá que el príncipe Hamlet no era un demente. Preste atención: *"Aunque sea locura, no dejo de observar método en ella..."*


Un día, al llegar a Baker Street, me percaté de que habíamos tenido visita, ya que el penetrante olor de los puros favoritos de Mycroft flotaba en el ambiente.

—En efecto, Watson —dijo Holmes mientras yo intentaba, sin mucho éxito, reprimir un ataque de tos—. Mycroft se marchó hace un cuarto de hora.

—¿Qué quería?

—Nada más y nada menos que encontrar a un espía y, como él mismo dice, salvar el mundo. Ha habido filtraciones y el Ministerio de Defensa está preocupado  ya que ahora el enemigo conoce algunos de nuestros secretos.

—¿Filtraciones en el Ministerio?

—No. Al menos Mycroft no lo cree posible. Yo, sin embargo...

—¿Qué piensa hacer al respecto?

—En primer lugar, terminar de una vez por todas con el caso Warburton. David Warburton no existe. He investigado cuanto he podido y se trata sin duda de un producto de la imaginación del coronel. Ahora lo más difícil será decirle a su esposa que debe llevarlo al médico para que este pueda explicarle el motivo del estado en el que se encuentra su pobre marido.

—Cómo son las cosas, Watson —continuó Holmes—, cuando la Sra. Warburton acudió a nosotros, usted mismo le recomendó una visita al psiquiatra. Lo mejor para el pobre coronel será que lo internen en un buen sanatorio para que así no ande vagando por las calles de Londres. Si, tal y como su mujer sospecha, hay algo más, desde luego no hay prueba alguna de ello. Sencillamente, se niega a afrontar la cruda realidad. Sin duda, no le resultará sencillo. Se siente deprimida por su marido y el nivel económico de la familia no es boyante ni mucho menos, pero el coronel necesita cuidados especiales.

—Es un personaje pintoresco, este coronel —dije—. Me gustaría examinarlo, por mera curiosidad profesional.

—¡Magnífico! Entonces podrá sustentar mi opinión cuando hablemos con la Sra. Warburton. Me centraré en el asunto de Mycroft de inmediato. El otro día dijo que no podíamos quedarnos de brazos cruzados, pues bien, esta es nuestra oportunidad para mejorar la situación actual y hacer algo útil por nuestro país, además de ser un caso mucho más interesante, si me lo permite. Un acto de patriotismo. En cuanto a Warburton, ¿qué le parece si vamos a verlo ahora? Después podemos hablar con su esposa y poner punto y final a la cuestión.

—¿Y cómo sabremos dónde encontrarle? ¡Podrían pasar horas antes de que localicemos al pobre chalado!

—Encontrar al coronel Warburton es la cosa más fácil del mundo. Todos los días sigue exactamente la misma rutina. Se diría que es como un empleado de banca que sale de casa y va a trabajar a la misma... —Holmes se quedó callado de golpe, anonadado. Su expresión, aburrida siempre que hablaba del coronel Warbuton, cambió de pronto — "Aunque sea locura, no dejo de observar método en ella..." Watson, no me canso de decir que como conductor de la luz no tiene usted parangón. ¡Deprisa, antes de que sea demasiado tarde!

Los aviones que sobrevolaban la sombría ciudad parecían fundirse en el mar de grises que era el cielo. Holmes caminaba tan rápido que me costaba seguir su frenético ritmo.

—Holmes, hace media hora no sabía cómo librarse de este caso y ahora corre como un poseso. ¿Acaso se ha contagiado del coronel?

—Método, Watson. ¡Método!

—¿Qué quiere decir, Holmes?

—Ahora mismo solo le diré que que he estado tan ciego que, si algún día decide dejar constancia de lo ocurrido hoy, prométame que no omitirá mi fallo. ¡He cometido el mismo error que usted comete siempre, Watson! ¡Miraba, pero no observaba!


Cuando llegamos a la estación, el coronel se encontraba en el andén, haciendo sus preguntas como de costumbre. Tenía un aspecto lamentable y la gente lo apartaba al pasar. Al verle, un sentimiento de profunda lástima se apoderó de mí.

—¿Por qué hemos corrido tanto, Holmes? ¿Acaso el coronel corre peligro? ¿Quién iba a querer hacerle daño?

—Fíjese en él, Watson, y dígame qué ve —susurró Holmes.

Cuanto más lo miraba, más pena sentía por aquel hombre, pues su sufrimiento era más que evidente. Un grupo de militares jóvenes se aproximó al andén. Iban hablando entre ellos, riendo y charlando animadamente. El coronel estaba de espaldas a ellos, de manera que lo veíamos solo de perfil.

—¿Y bien, Watson? —anunció Holmes con voz triunfante— ¿Qué está haciendo?

Los labios del coronel se movían. Parecía que estuviese contando o hablando consigo mismo y cuando levantó la cabeza pude apreciar, para mi total sorpresa, su expresión astuta y calculadora. Se dio la vuelta y nos vio. Su mirada fría delataba su total cordura.

—¡Deprisa, Watson! —gritó Holmes. El coronel intentó sacar su revólver, pero entre el grupo de oficiales a sus espaldas y Holmes corriendo hacia él a toda velocidad, su intento de ataque quedó frustrado.

Mycroft acababa de marcharse, pero el fuerte olor de sus puros todavía era más que palpable. Tenía prisa por interrogar al coronel Warburton

—Dos casos resueltos en una hora y yo me siento como un auténtico idiota —dije con amargura—. No he entendido nada de lo que ha ocurrido en la estación, excepto que el coronel fue arrestado.

—No se ponga así, Watson. Yo también he sido un idiota. La Sra. Warburton me proporcionó la pista clave: su marido parecía totalmente cuerdo en muchas ocasiones, pero, al ser mujer, se inclinaba más por la teoría de que el coronel le había sido infiel, teoría que me hizo perder todo el interés por el caso. Lo estuve observando bastante tiempo pero la rabia me impedía ver con claridad su patrón de comportamiento hasta que usted me preguntó cómo encontrarlo. Solo hablaba con militares y parecía que estuviese memorizando o repitiendo cosas. Este asunto requería una observación exhaustiva, pero al ofrecerme un caso tan frívolo hirieron mi orgullo y, por lo tanto, no observé debidamente. Además, pasé por alto algo en lo que usted siempre se fija, Watson.

—¿Qué? —pregunté sorprendido.

—Los sentimientos. Mientras yo intentaba usar la lógica, él utilizaba los sentimientos.

—¿Los sentimientos de quién?

—De las personas que tenía a su alrededor. Algunos cotillas, sedientos de detalles escabrosos, sentían una curiosidad maliciosa por el tema de la infidelidad. A otros simplemente les daba pena el pobre desgraciado. Usted mismo sentía lástima por él, ¿verdad? Aquellos que habían perdido a sus seres queridos sentían empatía y él los manipulaba inventando una serie de hechos inverosímiles y haciéndose el loco, pero había método en su locura. La gente, sin embargo, lo veía como una víctima, y eso es precisamente lo que él quería.

—Así que era un espía. ¿Por qué lo haría? ¿Por dinero? Usted dijo que la situación económica de la familia no era buena.

—Seguramente.

—Fuera cual fuese su motivación, resulta vergonzoso. Me llama la atención lo inusual de la tapadera. Un espía debería intentar pasar desapercibido, ¿no? Sin embargo, él daba rienda suelta a su locura por toda la ciudad. ¿Cree que llegó a averiguar muchas cosas deambulando y hablando con militares?

—Era lo suficientemente inteligente como para atar cabos con las cuatro palabras que escuchase aquí y allá. Me contento con saber que lo hemos detenido y que hemos avanzado un paso más hacia la victoria. Por cierto, Watson, ¿ha visto los nuevos carteles del Gobierno? "Abrir la boca hunde la flota".

—¿Ese lema se le ha ocurrido a Mycroft?

Holmes se encogió de hombros y sonrió.

# Camino por un sendero cíclico

Katharine McCain
Rosemont, Pennsylvania, Estados Unidos


Siéntate junto a dos hombres notables.
Observa cómo sumergen sus manos,
sin articulaciones oxidadas,
sin defectos ni manchas.
Las sumergen en frascos de miel
Dorada y bruñida por el sol,
endulzada por años de trabajo,
y que tal vez les aporte algo más
que sabor y alimento.

Puedo caminar más allá del zumbido de las abejas,
y saludar a aquel hombre de la esquina.

Derrotado por su ritmo,
se apoya pesadamente en la bruma.
Me pregunta si compartiría con él un cigarro,
pero yo solo quiero saber su nombre.

¿Eres Gabriel
George,
Gary,
o tal vez Greg?

Sigo caminando y veo a los hombres que nadie ve,
los que se sientan sobre sus telarañas meditando.
Uno, cómodamente revestido de cuero,
paneles de madera, fuego de chimenea,
y copiosas cantidades de comida.
El otro
se sustenta a base de contención
y polvo de tiza.

Sigo adelante,
mis dedos se deslizan sobre una puerta que me es familiar
hasta que llego a un hospital que también reconozco.
Allí, de entre los muertos, comienza una amistad
que posee una vida desmedida.
¿Qué podemos deducir
de todo eso?

Todavía más lejos,
se ve a un estudiante con su perro
(parece que no le ha puesto el nombre de un primer ministro,
ni el sinónimo de una piedra feliz).
Ha dejado que el chucho se acerque
a la pierna de otro hombre,
y el mordisco conduce directamente
a las palabras anteriores.

Retrocedo tan lejos como puedo,
y finalmente me asomo a una ventana anodina
situada en un lugar desconocido,
donde se ha reunido una familia anónima.
Observo cómo se otorga un nombre,
la decisión es…
Por suerte, no es Sherringford,
sino Sherlock.

Puedo hacer todas estas cosas,
puedo dejar mis huellas de tinta
y aún regresar a tiempo
para compartir el té y la miel.

# El comienzo

Annabelle Hammond
Norfolk, Reino Unido


John Watson entró cojeando en el aula, apoyándose lo menos posible en el tobillo lastimado. La clase estaba totalmente cubierta con dibujos de colores estridentes. Suspiró con amargura. La viveza de los colores contrastaba con su estado de ánimo.

La clase se quedó en silencio y la profesora se le acercó. Era una mujer mayor con el cabello corto y canoso que le sonreía con dulzura.

—Eres John, ¿verdad? Yo soy la señorita Hudson, tu profesora. Bienvenido al 5° curso —dijo mientras daba palmas de emoción. Sonreía tanto que parecía que se le fuese a desencajar la mandíbula de un momento al otro—. Siéntate donde quieras, por favor —al decir esto le dio un empujoncito en la espalda que le hizo tropezar. Los niños empezaron a reírse por lo bajo—. ¡Ay! Lo siento muchísimo ¿Necesitas ayuda? No me había dado cuenta de que te habías hecho daño en el tobillo —la Srta. Hudson puso cara de circunstancia.

John frunció el ceño muy molesto. El simple hecho de tener un tobillo lastimado no lo convertía en un tullido, podía cuidar de sí mismo perfectamente.

—Estoy bien —contestó. Aun así, la Srta. Hudson lo agarró del brazo, pero él consiguió zafarse y se apartó—. De verdad, me encuentro perfectamente, puedo yo solo —le aseguró, dándole la espalda.

La mochila le pesaba una tonelada porque sus padres se la habían llenado con un montón de libros que no necesitaba.

John se puso a buscar un sitio vacío y solo vio uno. A medida que avanzaba, los niños murmuraban. El pupitre, que estaba completamente despejado, se encontraba al final de la clase. El chico que estaba sentado allí parecía totalmente ajeno a lo que ocurría en el aula. Era muy alto y tenía el pelo negro y rizado, con un flequillo tan largo que prácticamente le tapaba los ojos. Además, tenía la piel clara y los pómulos marcados. Resultaba fácil imaginarlo mirando a la gente con cara de asco. Vestía camisa y pantalones negros, lo cual le hacía parecer demasiado maduro como para estar en la misma clase que John.

Eran polos totalmente opuestos.

John tenía el pelo rubio y liso y la cara redonda y, con tan solo 10 años, ya tenía arrugas en la frente de tanto fruncir el ceño. Llevaba un jersey de punto que su madre le había regalado y que le había obligado a llevar hoy para causar una buena impresión en su primer día de clase. Él se había limitado a gruñir, no valía la pena pelearse. También llevaba pantalones vaqueros y unos viejos zapatos Oxford que había heredado de algún pariente lejano. Al lado de aquel chico, John se sentía como un niño pequeño. La mirada de color acero del chico se fijó de pronto en él, lo examinó y volvió a mirar por la ventana.

John rodeó la mesa, se sentó y tiró la mochila al suelo, aliviado por poder descansar los pies. Sentía curiosidad por el chico tan extraño que estaba sentado a su lado. Parecía una persona reservada y adusta. John tosió para llamar su atención, pero solo consiguió que lo fulminase con la mirada e inmediatamente después volviese a ignorarlo por completo.

Al frente de la clase, la Srta. Hudson empezó a hablarles de las propiedades de los materiales pero John no la escuchaba. Estaba totalmente absorto pensando en la persona que tenía junto a él.

—Por más que me mires, tus incógnitas no se van a despejar. A menos, por supuesto, que poseas mis mismas dotes de observación, cosa que dudo mucho. Me llamo Holmes, Sherlock Holmes —dijo el chico, que por fin se había girado para mirarle.

John se quedó patidifuso y, por educación, le tendió la mano. Sherlock se limitó a mirarla pero siguió con los brazos cruzados a la altura del pecho.

—Yo soy John...

—John Watson. Acabas de mudarte aquí porque a tu padre le han ofrecido un puesto mejor en el hospital. Tu madre es ama de casa y parece que pasa mucho tiempo haciendo calceta. Tu jersey, sin duda, es obra suya, aunque no creo que sea una de sus mejores labores —soltó Sherlock del tirón.

Hablaba muy rápido y con seriedad. John le miraba de hito en hito, boquiabierto.

—¿Cómo...? ¿Cómo lo has sabido? —preguntó John con un hilo de voz.

—Observando y deduciendo, evidentemente. No te preocupes, sois todos demasiado tontos como para entenderlo y mucho menos para saber cómo se hace. Watson, cierra la boca, por favor. Veo que tienes dos empastes, uno blanco y otro gris. El año pasado comiste muchas golosinas y por eso tienes la cara tan redonda. Dentro de unos años perderás todo ese peso. En cuanto a la pierna, te has arrastrado hasta aquí como un alma en pena. Nunca apoyas todo el peso en la pierna izquierda. Supongo que hace poco te torciste el tobillo al saltar desde un árbol. El médico te ha dicho que se trata de una torcedura de segundo grado. Estoy seguro de que también tienes un cardenal en el tobillo izquierdo. Esos zapatos marrones tan feos que llevas son heredados, sin duda, nadie en su sano juicio se compraría una cosa tan espantosa — Sherlock hizo una pausa.

A pesar de la retahíla de críticas que acababa de soltarle a John, le sonrió de manera torpe.

—Sí, todo eso es correcto —John desvió la mirada hacia el pupitre, enfurruñado.

Sherlock le hacía sentirse incómodo.

—Sherlock, ¿quieres decirle algo al resto de la clase? —la voz de la Srta. Hudson interrumpió nuestra conversación.

—No me gustaría presumir, señorita Hudson —su tono denotaba la aversión que sentía hacia ella.

—No lo creo, Sr. Holmes. Díganoslo, por favor —replicó ella con una sonrisa falsa.

—Si insiste. Veamos —Sherlock juntó las manos como si estuviera rezando. Toda la clase se había girado para mirarlo. John se sentía aún más incómodo y había empezado a sudar—, le ha estado enseñando a la clase que los metales son sólidos, duros, brillantes y buenos conductores, lo cual resulta tremendamente aburrido, eso se lo dirá cualquiera —observó con desprecio. Sus ojos grises se movían de un lado al otro, como si estuviera mirando un mapa —. Puedo decirle que los metales son maleables porque están compuestos por varias capas de átomos que se desplazan unos sobre otros cuando el material se dobla o se deforma. Los metales también forman estructuras gigantes de manera que los electrones de las capas exteriores pueden moverse libremente. Estos electrones libres y los iones metálicos pueden unirse para crear enlaces metálicos. ¿Quiere que continúe, señorita Hudson, o le parece suficiente? —le preguntó Sherlock levantando la vista de la clase y sonriendo con suficiencia.

John no tenía ni la más remota idea de lo que Sherlock acababa de decir. Su cerebro era incapaz de procesar palabras como maleable. Después de todo, solo tenía 10 años. Cuando miró al resto de la clase, John pudo constatar la cara de estupefacción de los niños. La Srta. Hudson estaba de pie frente a los alumnos, con las manos en la cintura. Estaba roja como un tomate y le sudaba la frente.

—Sr. Holmes, vamos fuera un momento —dijo entre dientes.

Cuando Sherlock se puso en pie, su desgarbada silueta destacaba sobre el resto de la clase. Cogió un lápiz del pupitre de enfrente y se quedó quieto. La clase lo observaba en silencio. Él rió y siguió caminando, dio unos cuantos pasos y lanzó el lápiz, que no alcanzó a la Srta. Hudson de puro milagro. Un milagro calculado al milímetro. Sherlock salió del aula riendo.

Los niños empezaron a cuchichear y sus voces resonaban con fuerza en el aula. Nadie hablaba con John, que se quedó mirando la puerta. El chico le parecía increíble. Era mucho más inteligente que cualquier otra persona que conociese y, a pesar de tener solo 10 años, era extraordinario. John no entendía nada de lo que había pasado.

Fuera de la clase, la Srta. Hudson gritaba. Regresó temblorosa y sudando mientras Sherlock seguía fuera.

—Por favor, chicos, salid al patio a jugar. Tengo que castigar al Sr. Holmes —dijo la Srta. Hudson, visiblemente enfadada.

La clase se libró de la ira de la profesora, que cerró la puerta de un portazo. John bajó las escaleras cojeando y salió al patio. De nuevo, estaba solo. Vio que había un banco vacío cerca y se sentó allí mientras los demás niños jugaban y correteaban por todo el patio. Estiró las piernas, ignorando la molestia que le causaba en su tobillo. Le dolía, pero no usarlo solo lo empeoraría.

Miró a los niños persiguiéndose y corriendo. El juego le parecía muy tonto. ¿Qué gracia tenía correr porque sí? John no era una persona especialmente deportista, así que no entendía qué utilidad tenía ser capaz de correr durante horas. Él nunca tendría que huir corriendo de nadie, no si sus sueños se cumplían y acababa siendo médico. En el hospital no tendría que correr a toda velocidad.

—Qué cosa tan absurda, ¿verdad? —dijo una voz muy seria a sus espaldas.

John se giró y vio a Sherlock detrás de él. Llevaba un abrigo oscuro que, dada su enorme estatura, le quedaba algo corto. Sherlock se sentó junto a él, cruzándose de brazos y piernas. John asintió

—La mayoría de la gente tiene la inteligencia justa para pasar el día. No entiendo cómo esto les puede parecer divertido —afirmó Sherlock mientras observaba a los niños del patio.

—¿A ti qué te divierte? —le preguntó John una vez hubo reunido el valor necesario.

Lo cierto es que sentía curiosidad.

—Solo a la gente corriente le gusta correr. Lo que es realmente divertido es resolver un problema que nadie haya podido solucionar, desafiarse a uno mismo para llegar a ser el mejor, observarlo todo y que nunca se te escape un detalle. Algún día, tu vida podría depender de ello —la cara de Sherlock se iluminó mientras hablaba.

—Yo quiero ser médico —le espetó John nervioso.

Sherlock lo miró y levantó una ceja.

—Y lo serás, John. Un día de estos —le contestó.

John negó con la cabeza. Una cosa era deducir y otra muy distinta era predecir el futuro. Se quedaron en silencio, meditando acerca de lo que habían dicho.

Otro chico se les acercó. Tenía el pelo castaño y no era especialmente alto. Sonreía con cierto aire de superioridad y había algo en él que perturbaba a John, posiblemente la forma en que le miraba fijamente con esos ojos azules.

—Veo que te has echado un novio, Sherlock. Seguro que a los de la clase les interesa.

Entonces se puso a gritar "Sherlock tiene novio" tan fuerte que todos le oyeron y se acercaron, chillando, mirándoles y señalando con el dedo.

El chico caminó hacia John y apartó a Sherlock.

—Me llamo James Moriarty, no deberías hablar con Sherlock, te llenará la cabeza de mentiras. Finge que lo sabe todo para que no nos demos cuenta de lo imbécil que es en realidad —al decir esto, los niños se rieron—. No deberías juntarte con gente como él, solo son un lastre. Ven con nosotros y te enseñaremos cómo ser de los mejores —James dio un paso hacia atrás y abrió los brazos en señal de bienvenida a su pandilla.

A John no le gustaba este chico, era muy gallito. James se echó el pelo hacia atrás y sonrió enseñando unos dientes blancos como perlas. No debería hablarle así a Sherlock, todos debían tratarse como iguales.

John se puso en pie despacio, apoyándose en el banco para tener estabilidad. Sherlock lo observaba con curiosidad. John se puso una mano detrás de la espalda y le hizo una señal, enseñando tres dedos.

—Lo siento, pero voy a tener que declinar tu oferta. Sherlock no tiene nada de malo. Es verdad que parece un poco egocéntrico, pero tú tampoco te quedas corto —le soltó John con una sonrisa.

No le gustaban los abusones como James. Nunca había estado tan seguro de sí mismo. Sherlock se puso en pie detrás de él y John comenzó la cuenta atrás, señalando dos dedos.

—¿Estás seguro? Si no vienes con nosotros te convertirás en un rarito como él, y tú no quieres eso, ¿a qué no? —insistió James con una sonrisa impertérrita.

—La verdad, prefiero ser como él antes que ser como tú —le contestó John.

Solo quedaba un dedo.

—Como quieras —James frunció el ceño.

Al parecer, nadie hasta entonces había rechazado su oferta. James dio un paso adelante. Su nariz rozaba con la de John, que en ese preciso momento terminó la cuenta atrás formando un puño al mismo tiempo que Sherlock se ponía a su lado. Ambos empujaron a Moriarty, que cayó al suelo estupefacto al tiempo que John y Sherlock salían corriendo entre risas.

John no solo había trabado amistad con un chico, sino que además había puesto en su sitio a un matón. Sherlock Holmes y John Watson formaban un gran equipo. Saltaron la verja del colegio y siguieron corriendo y, aunque John iba un poco rezagado, se lo estaba pasando de maravilla. Momentos después pasaron de largo la señal de Baker Street. John vio que su reloj marcaba las 2:21 de la tarde.

—¡Chicos! ¡Volved aquí ahora mismo o llamo a la policía! —les gritó la Srta. Hudson.

Sherlock se echó a reír.

—¿Qué pasa? —le preguntó John.

—Mi hermano mayor, Mycroft, es policía local —le contestó Sherlock respirando entrecortadamente por la carrera.

—¿En serio? ¿Tú también quieres ser policía de mayor? —John intentó imaginarse a Sherlock de uniforme.

—Me temo que no, John, eso sería demasiado sencillo. Yo voy a ser detective asesor —anunció henchido de orgullo.

—¿Eso es un trabajo?

John nunca había oído hablar de esa profesión. Frunció el ceño, poniendo en funcionamiento todas sus neuronas.

—No. Yo seré el primero. Sherlock Holmes, el primer detective asesor del mundo —gritó a los cuatro vientos.

Su excéntrica risa resonaba en el aire y John no pudo evitar contagiarse de ella. Pensaba que Sherlock estaba completamente loco, pero no dijo nada.

Aquella noche, John se sentó en su abarrotado escritorio y anotó:

*Querido diario:*
*Hoy he hecho un nuevo amigo...*

# El casamentero de la calle Furrow
Aine Kim
Londres, Reino Unido


Era una fría y lloviznosa tarde la del 17 de mayo de 1895, cuando la atención que prestaba a mi pipa fue perturbada por el sonido de un cabriolé que traqueteaba al detenerse ante el 221B de Baker Street. Minutos después se oyó un ruido sordo proveniente del piso de arriba. Holmes pasó como una flecha ante mí para plantarse frente a la ventana y oprimir su rostro afilado y ansioso contra el cristal, tratando de advertir algo a través de la penumbra, como si quisiera atraer al pasajero del coche al interior de la vivienda. Inmediatamente, el timbre sonó y mi compañero bailó escaleras abajo para abrir la puerta y dar una entusiasta bienvenida a nuestro visitante.


El inspector Lestrade no tardó en acomodarse junto al fuego, mientras Holmes recorría la habitación de un lado para otro.

—Condenado tiempo fuera de estación. ¿No cree, Holmes? —comentó Lestrade.

Holmes no llegó a responder, pues la señora Hudson entró solemnemente en la habitación, trayendo consigo una bandeja de té y una edición del periódico del día.

—Gracias, señora Hudson. Lestrade, imagino que ha acaecido algún tipo de asesinato horrible sobre el cual viene a consultarme.

Holmes dio un golpe fortuito al periódico, que fue rápidamente recuperado por Lestrade.

—No lo encontrará ahí, Holmes. Scotland Yard está tratando de mantener este asunto en secreto.

Holmes se dejó caer en su asiento y se reclinó.

—En tal caso, le ruego que me ponga al tanto usted mismo.

La señora Hudson interpretó esto como su señal para abandonar la escena.

—Bien —comenzó Lestrade—, confío en que recordará el caso del Carnicero de Putney.

—Watson, mi archivo, si es usted tan amable.

Le tendí el archivo de papel manila marrón que contenía registros de la mayor parte de criminales y crímenes del último siglo.

—¡Hum! El Carnicero de Putney... sí. Asesinó a doce personas e hizo pasar sus cadáveres por los de animales durante seis semanas... Fue condenado a cadena perpetua en el Old Bailey, en 1886. ¿He de entender que se ha dado otra muerte similar, para que piensen que se trata de él? Pues, según recuerdo, escapó de la prisión de Pentonville a finales del mes pasado —caviló Holmes mientras echaba una ojeada al archivo.

Lestrade asintió:

—Está usted en lo cierto en todos los puntos, salvo por uno.

Ya era demasiado tarde. Holmes cerró el archivo de un golpe y comenzó a vagar por la habitación, agitando las manos cada vez que Lestrade intentaba hablar.

—Así pues... el Carnicero ha vuelto, ¿eh? Pero... ¿cómo pueden estar tan seguros de que se trata de él? Su reciente huida de prisión y la simplicidad de su forma de matar hacen de él un blanco fácil para los imitadores. Confío en que ya habrán buscado los indicios más obvios: la marca de un garfio de carnicero bajo la oreja derecha y heridas de cuchillo en la caja torácica...

—Holmes —interrumpió Lestrade—, ya sabemos que él no es el asesino.

Mi compañero se quedó inmóvil.

—¿Cómo puede estar tan seguro?

—Porque —explicó el detective pacientemente— él es la víctima.

Durante el trayecto en coche, observé a Holmes mientras hojeaba su siempre fiel archivo marrón y escuché sus reflexiones sobre el asesinato.

—Entonces, el Caníbal de Boston... hay motivos para ello, creo que se encontraron y llegaron a las manos en 1882... Pero supongo que tratándose de un asunto trasatlántico resulta inverosímil. Walter Wilkerson... Ciertamente motivado, pero también muerto.

El carruaje se aproximó a una oscura calle lateral, ocupada por una densa multitud de oficiales de policía. Holmes salió del coche como una exhalación y se dirigió a grandes y resueltas zancadas hacia el cuerpo que yacía sobre los adoquines manchados de hollín.

—Watson, ¿qué le dice esto? —inquirió. Me acerqué al cadáver y, para mi sorpresa, advertí que la piel estaba moteada con cardenales oscuros e irregulares.

—Este hombre ha sido lapidado.

—Exactamente. ¿Ha reparado en algo más?

Lo examiné con detenimiento y, al sostener la demacrada cabeza de cabellos blancos entre mis manos, me di cuenta de que quien inicialmente había tomado por un anciano arrugado era en realidad un hombre mucho más joven y fuerte.

—Holmes, este hombre está minuciosamente disfrazado, y a un nivel profesional.

Holmes rió vehementemente.

—Sabía que iría tras él; o al menos le pareció probable. No pueden llamarme para investigar a cada insignificante asesino que se fugue de una prisión de seguridad moderada.

Permanecí en el sitio mientras Holmes merodeaba por la escena del crimen, deteniéndose ocasionalmente para emitir un grito de alborozo y abalanzarse sobre algún pequeño elemento de los alrededores. De pronto se oyó el repique de cascos sobre la piedra y apareció otro coche de policía. Un joven agente saltó del mismo y corrió hasta el inspector Lestrade.

—¡Señor! —gritó—. ¡Hemos encontrado otro, señor!


Una vez más, me vi en la parte trasera de un carruaje con Holmes, cuya frustración iba en aumento.

—¿Quién podría ser? Ninguno de estos criminales provenía de una cultura en la cual se practique la lapidación, y el tamaño y forma de los cardenales nos dicen que todas las piedras eran pequeñas y puntiagudas, así que el asesino es una mujer muy joven o un hombre anciano y enclenque. Ahora bien, decir de cuál de estos se trata...

De nuevo nos apeamos y Holmes indicó la localización del cadáver.

—Ambas muertes han ocurrido en un radio de una milla cuadrada... Lo que podamos inferir de ello y lo que no lo confirmará la siguiente víctima.

—¿La siguiente víctima?

Pero Holmes ya había desaparecido calle abajo en la oscuridad, haciendo oscilar una pequeña y mortecina lámpara de petróleo y llevando consigo la respuesta a mi pregunta.

La presencia de un reguero de manchas de sangre en el suelo hizo que Holmes profiriese una sonora exclamación parecida a ¡ajá! que instantáneamente me llevó al final del callejón.

Lo encontré encorvado sobre el cuerpo de un joven, sus ojos fríos y grises iluminados por el júbilo de la cacería, como los de un sabueso. Sostenía en alto, entre sus dedos largos y huesudos, una tarjeta blanca con la leyenda: "Parejas formadas en el cielo" y una dirección.

—Puede usted observar, Watson —dijo—, que este caballero es cliente del Servicio de búsqueda de parejas Carhill, de la calle Furrow.

—Sí, Holmes. ¿Estaría en lo cierto si pensara que se trata de la misma calle Furrow que está a menos de media milla de aquí?

—Muy en lo cierto, mi querido Watson. Me sentiría muy honrado si me acompañase hasta allí.


La calle Furrow era bastante pequeña, estaba empedrada y mal iluminada y parecía ser transitada únicamente por hombres alopécicos de mediana edad, que se sentían atraídos sin vergüenza alguna hacia un local solitario. El Servicio de búsqueda de parejas Carhill se encontraba en un edificio pequeño y anodino que se alzaba, achaparrado como un sapo, en medio de la calle.

Holmes y yo penetramos en una taberna al otro lado del camino y nos abrimos paso hasta la ventana. Mi compañero sacó prontamente su archivo y se inclinó sobre él.

—Ambas víctimas, según hemos establecido, eran clientes de este servicio de casamenteros. El motivo de la primera de las víctimas era obvio: recién fugado de prisión, necesitaba establecer una nueva vida lo antes posible, y de ahí su obsesión por encontrar una esposa y también esos espantosos mechones en las sienes. El segundo... ¡hum! Ha sido identificado como el señor Benson Fforbes, que estaba felizmente casado.

—Podría haber estado buscando una nueva esposa, ¿no?

Holmes negó con la cabeza.

—Los casamenteros no prestan sus servicios a adúlteros. Un casamentero honesto sabe que sus clientes querrán saber hasta el más mínimo detalle acerca de la otra persona y si no puede proporcionar esa información con la seguridad de que esta atraerá a un cierto mercado potencial, no la proporcionará en absoluto. Sin embargo, no parece que este sea un casamentero corriente.

En ese momento, un hombrecillo medio calvo se escabulló de la parte frontal del Servicio de búsqueda de parejas Carhill y se coló en el asiento del conductor de un carruaje, que comenzó a alejarse lentamente calle abajo.

Holmes se puso tenso. Parecía a punto de saltar de su silla, preso de la excitación, pero pasado un instante volvió a aplacarse.

—Watson, confío en que recordará las dos posibles categorías que establecí para el asesino.

—Una mujer joven, o un anciano enclenque. Pero desde luego no creerá...

—Lo creo de hecho, mi querido Watson. Sugiero que salgamos a la calle y preguntemos por la identidad de nuestro caballero, el conductor del carruaje.


El propietario del servicio de búsqueda de parejas Carhill era un hombrecillo de apariencia ratonil que exudaba un acre hedor a pepinillos.

—Y bien, caballeros —preguntó—, ¿qué puedo hacer por ustedes hoy?

Sin esperar respuesta, el hombre se abalanzó sobre el armario pegado a la pared y comenzó a rebuscar en una de las gavetas.

—Señorita Rachel Wilson, 29, esbelta, pelo negro, padre banquero, viene con "coche familiar" y una dote de... no, permítanme que consideremos en su lugar a la señorita Lily Curtis, 32, constitución media, pelo rubio, padre desempleado en este momento pero receptor de una herencia de una compañía de té, viene con una casa pequeña y un...

En ese momento, Holmes perdió la paciencia.

—No estoy interesado en ninguna de estas jóvenes, por encantadoras que puedan ser —dijo lacónicamente—, pero le estaría muy agradecido si me diera el nombre del hombre que acaba de abandonar su establecimiento.

Levanté la mirada y vi que el rostro del señor Carhill se había vuelto taciturno y sombrío.

—Lamento decirle, señor —espetó—, que no podemos

compartir información personal de nuestros clientes con gente que no forma parte de nuestra clientela habitual. ¡Buenas tardes!

Y tras esto, cerró el armario de un portazo y se perdió en la lúgubre ciénaga de sus oficinas.

Los rasgos de Holmes se ensombrecieron y una adusta determinación cubrió su rostro.

—¿Qué hacemos, Holmes? —inquirí a mi compañero—. Claramente, el buen señor Carhill es reticente a darnos la información que requerimos, ¿pero qué hay del conductor del carruaje?

La sombra del carruaje abandonado era todavía visible, pues el cansado caballo que tiraba del mismo marchaba lenta y pesadamente sobre los adoquines.

—Nuestro conductor, mi querido Watson —contestó—, es la clave de esta investigación.

—¡Holmes! —exclamé—. ¿Es que no vamos a ir tras él? —pero mi compañero sencillamente sonrió y volvió a acomodarse en su silla.

Una vez que el carruaje hubo desaparecido completamente de la vista, Holmes se inclinó hacia adelante y comenzó a hablar.

—Ese hombre es ciertamente un sospechoso, mi querido Watson. Es un hombre mayor, incapaz de matar de otro modo que lapidando a alguien con piedras pequeñas y puntiagudas; y tiene un motivo...

—¿Un motivo? —interrumpí—. ¿Qué motivo podría tener?

—Watson, ¿se da usted cuenta de que la mayoría de clientes de este establecimiento son hombres pudientes de mediana edad?

Lo había notado.

—Nuestro caballero del carruaje no es ni rico, ni de mediana edad. Asesina a otros clientes con la simple e instintiva intención de reducir la rivalidad a la hora de encontrar pareja.

—¿Por qué no lo detenemos entonces?

—Porque —Holmes sonrió— su culpabilidad o inocencia dependerán de la identidad de la próxima víctima.

Llegados a este punto, mi paciencia comenzaba a agotarse.

—¿Cómo puede estar tan seguro de que habrá otra víctima? —pregunté exasperado.

—Mi querido Watson —contestó—, no estoy seguro de que vaya a haberla. Solo puedo esperarlo.

Permanecimos sentados en silencio durante unos minutos.

—Muy bien —dijo finalmente mi compañero—, dado que no parece que vayan a llegarnos noticias de otra víctima próximamente, sugiero que nos dirijamos a las residencias de las víctimas y busquemos pistas entre sus efectos personales.

El hogar de la primera víctima era un cuartucho sórdido y miserable, lleno de papeles y sin amueblar, salvo por una estera y un pequeño brasero. Una vez salvé penosamente las escaleras que me llevaban hasta él, encontré a Holmes, que había llegado antes que yo, rebuscando en el interior de una caja fuerte y arrojando papeles por doquier. Finalmente, asomó triunfal, sujetando un pequeño sobre con la inscripción "CMS".

—Mi querido Watson —dijo—, este sobrecito puede contener la clave de todos estos asesinatos.

Diciendo esto, lo rasgó y sacudió, dejando caer el contenido en la palma de su mano. Lo que cayó en dicha mano fue una tarjeta de visita del señor Carhill de Servicios de búsqueda de parejas Carhill, así como una pequeña fotografía que alzó entre dos dedos para inspeccionarla con detenimiento.

—¡Hum! Un rostro joven sin duda, Watson.

Me uní a él en el escrutinio. La fotografía mostraba a una mujer joven y seria que miraba de forma casi agresiva al fotógrafo, y aun así resultaba tan cautivadora que a duras penas pude apartar mis ojos del papel.

—¿Quién cree que es? —pregunté.

—Es nuestro enlace con el asesino —replicó Holmes, mientras guardaba la fotografía en su bolsillo—. Solo cabe esperar que la encontremos de nuevo en la vivienda de la segunda víctima.

El difunto señor Benson Fforbes había residido en una vivienda de dos pisos en Chelsea, Londres, con un amplio servicio de criados y su esposa. Seguí de cerca a Holmes mientras él se abría camino a través de un mar de quejumbrosos cocineros, doncellas, asistentas y esposa, hasta que alcanzamos la habitación de Fforbes.

La viuda Fforbes, una mujer pequeña y oronda con una fregona rubia por melena, abrió la puerta para nosotros, desgañitándose mientras lo hacía. Afortunadamente, si bien con cierta falta de sensibilidad,

Holmes se hizo a un lado para permitirme entrar y a continuación cerró la puerta delante de nuestra huésped. En diez minutos de búsqueda encontró tanto un sobre con la inscripción "CMS" como una fotografía de la misteriosa mujer, que con mucho tacto ocultó en su abrigo antes de irse.

Esa noche, mientras nos sentábamos junto al fuego en Baker Street, Holmes dio vueltas y más vueltas al caso, como si se aproximase a su conclusión.

—Así pues, mi querido Watson, ahora hemos de esperar.

—¿Cuánto tiempo cree que tendremos que hacerlo?

—¿Cuánto habremos de esperar antes de que nos informen acerca de la próxima víctima? Oh, no creo que más que unas pocas horas, si tenemos en cuenta el ritmo del asesino. Entonces, será una simple cuestión de encontrar la fotografía, detener al cochero e intimidarlo lo suficiente para que nos brinde una confesión... Watson, debo decirlo, aunque lo he disfrutado, este caso ha resultado decepcionantemente trivial.

En ese instante hubo un estrepitoso y tremendo ruido en el piso de abajo, seguido de un resonar sordo de pisadas. La puerta se abrió violentamente y entró Lestrade, pálido y exhausto. Holmes se había levantado de su asiento.

—¿De qué se trata, Lestrade? —gritó impaciente.

—Ha habido otro asesinato —fue la respuesta.

—Excelente. Ahora todo lo que hemos de hacer es encontrar la fotografía y detener al conductor del carruaje.

—Holmes, me temo que eso no va a ocurrir.

Mi compañero se detuvo en seco.

—¿Por qué no?

—Porque —replicó el inspector con cansancio— ha sido asesinado.

Holmes y yo fuimos en el coche de policía que corría a la escena del crimen. El ceño de Holmes estaba fruncido y sus ojos oscuros, y no pronunció una palabra. Finalmente, exclamó:

—¡Es la mujer, Watson! ¡Ha de ser ella! Todo este tiempo

99

hemos seguido el rastro equivocado, pensando que ella era el enlace con el asesino cuando ella es, en realidad, ¡el asesino!

El resultado de hurgar en los bolsillos del cadáver fue la esperada fotografía y un cambio radical en el humor de Holmes. Incitado a actuar, se esfumó durante unas horas para volver con gesto triunfal.

— ¡Es su hija, Watson!

Alcé la mirada y reparé en un enorme y mugriento peón que avanzaba por la sala de estar.

—¿Holmes?

Holmes, pues de él se trataba, se quitó el bigote y se sentó.

—La mujer es Elizabeth Carhill, hija de nuestro amigo el alcahuete. Es, además, la asesina.

—Pero Holmes... ¿cómo puede estar tan seguro? ¿Por qué habría de matar a los clientes de su padre?

—Todas las víctimas estaban interesadas en ella, y todas ellas fueron asesinadas en la primera cita. La víctima número uno, el Carnicero de Putney... no sospechó nada. Siendo él mismo un asesino, estaba perfectamente capacitado para defenderse, pero su potencial esposa descubrió su pasado y decidió que era su deber hacerle pagar por ello. La víctima número dos, Benson Fforbes... de nuevo, Carhill quiso vengarse al descubrir que estaba casado.

—¿Y el cochero? ¿Por qué lo mató?

Holmes se encogió de hombros.

—¿Por la emoción? ¿La satisfacción obtenida al matar a un inocente, el placer que sentiría teniendo el poder para hacerlo? ¿Quién podría decirlo? Posiblemente ni la propia asesina.

—En cualquier caso —proseguí—, ¿cómo podría haberlos matado, para empezar? Todos esos hombres medían al menos un metro ochenta, y uno de ellos era, de hecho, un asesino. Se tardaría un mínimo de veinte minutos en matar a un hombre con piedras tan pequeñas, y las víctimas podrían haber reducido fácilmente a su agresora en ese tiempo.

Holmes se rió.

—¡Ah, eso fue algo realmente astuto! En ello demuestra su ingenio. Llegó antes de lo acordado al encuentro, vertió un narcótico de efecto retardado en sus copas y llevó a las víctimas a un segundo emplazamiento, donde los mató. Por qué empleó piedras escapa a mi comprensión.

100

Ambos estábamos sumidos en nuestros pensamientos cuando Lestrade reapareció en el umbral.

—Si está usted listo, Holmes, vamos a proceder a la detención.

—¿A quién van a detener?

—A Elizabeth Carhill, por supuesto.

—¿Y solo a ella?

—¿Sí...?

Holmes se levantó de un brinco.

—No, no solo a ella. También han de detener a su padre.

El rostro de Lestrade se volvió inexpresivo. Holmes continuó su monólogo mientras cogía su abrigo y comenzaba a descender las escaleras.

—Elizabeth Carhill puede ser la asesina de facto, pero no es de ningún modo la única culpable. Encontré ciertas pruebas extremadamente incriminatorias en el escritorio del señor Carhill, consistentes en varias cartas dirigidas a él en las cuales se negociaba un precio para que su hija asesinase a ciertas personas. ¡Dese prisa, Watson!

—Pero, Holmes —exclamó Lestrade, detrás de nosotros—, ¿quién fue el cliente que encargó los asesinatos, para empezar?

Holmes se detuvo.

—Su nombre es Moriarty.

—¿Quién es?

—Eso es precisamente lo que tengo intención de averiguar.

# El mejor detective
Amber Butler
Bonnieville, Kentucky, Estados Unidos


Con los sonidos de Baker Street de fondo
el humo de su pipa se eleva lánguidamente,
flotando como la niebla de Londres.

Se sienta encogido en su sillón de cuero,
sus ojos profundos, penetrantes, atisban sobre las manos entrelazadas,
descubriendo indicios por todas partes.

Hay recuerdos muy profundos en el 221b:
el retrato de una mujer sobre la mesa,
un cuadro de las cataratas de Reichenbach colgado en la pared,
y un diamante azul guardado en un cajón.

Se alza la música de un violín,
sus cuerdas cantan las notas de Mendelssohn.
de pronto, con la mirada encendida, deja el violín a un lado.
Ahora está de pie junto al fuego,
como una estatua, seguro y confiado.
El juego está en marcha.

El crimen siempre fracasa ante Sherlock Holmes,
y la mano del doctor Watson toma la pluma.

# La aventura de las plumas negras

Julianne Ducrow

Normandía, Francia

John Watson sabía que estaba a punto de morir.

Bajo el manto de nubarrones grises, John notó que Londres se había vuelto inusualmente silencioso; la banda sonora de la ciudad se silenció al mismo tiempo que el hombre frente a él, la mano derecha en alto. Con el dedo índice flexionándose gradualmente, comenzó a hacer presión sobre el gatillo de la pistola que apuntaba directamente al pecho de John.

En aquel momento, comenzó a llover levemente, como si el mismo cielo estuviese llorando ante los acontecimientos por venir. Las finas gotas de lluvia oscurecieron gradualmente el cemento bajo sus pies, mientras John aguardaba a que la muerte finalmente se lo llevase aquella misma tarde en la azotea.

No era la primera vez que John se había visto ante el cañón de una pistola. Del mismo modo que la sensación del frío acero atravesando su cuerpo tampoco sería una experiencia nueva para él. . Lo habían descrito como un milagro en Afganistán. Si la bala hubiera impactado un centímetro más a la izquierda, John habría muerto antes de llegar a oír el disparo que lo había matado.

Pero no había sido así. El francotirador había hecho mal sus cálculos o alguien ahí arriba quería mucho a John, pues no solo había sobrevivido a la herida, sino que se había recuperado totalmente, volviendo a su Inglaterra patria con una licencia con honores.

Fue entonces cuando conoció a Sherlock Holmes.

Sería difícil describir los primeros pensamientos de John al topar con aquel extraño y frío pero brillante individuo. Desde su primer encuentro, sintió un instantáneo y sobrecogedor vínculo entre ellos, casi como si volviera a casa. John lamentó pensar que no volvería a ver a Sherlock de nuevo; no lo volvería a acompañar en un caso, no volvería a verlo realizar algún extraño experimento en el piso que compartían; y fueron pensamientos sobre Sherlock los que volaron por su mente cuando oyó el disparo y supo que su vida llegaba a su fin.

Era una lúgubre mañana encapotada de domingo a finales de abril cuando Michael Messenger había ido a visitar a los ocupantes del 221b de Baker Street. John había salido temprano a comprar los periódicos de la mañana y estaba sentado leyéndolos en su butaca, frente a la de su compañero, quien se encontraba en aquel momento leyendo su volumen favorito de Edgar Allen Poe, cuando el timbre de la puerta sonó.

El señor Messenger era un hombre alto y esbelto, de pelo oscuro y piel clara, similar a Sherlock. Incluso tenían en común los mismos movimientos felinos, por el modo en que surcó la estancia y se instaló en uno de los sillones después de aceptar una taza de té de John.

—Entonces, ¿de qué os conocéis? —preguntó John mientras se servía su propia taza.

Si bien era corriente que la gente conociese a Sherlock en ciertos círculos, parecía haber una cierta familiaridad entre ambos hombres. John no lo llamaría amistad, pero ciertamente era algo más cercano que un simple conocido.

La sonrisa más sutilmente esbozada recorrió los labios del visitante, mientras los recuerdos afloraban tras sus ojos azules. Tomó aire como si fuese a hablar y entonces se detuvo por un momento antes de responder. Michael parecía estar calibrando cuánto podía haber contado Sherlock a su amigo y cuánto, de hecho, querría que éste supiera acerca de las particularidades de su relación.

Al no mostrar Sherlock ninguna intención de hablar, Michael puso al corriente a John:

—Sherlock y yo trabajamos juntos en una ocasión. Ahora parece que hiciera un siglo de ello. En cualquier caso, teníamos diferentes ideas acerca de las cosas, y por ello cada cual siguió su camino.

La última palabra flotó en el aire como si la frase no estuviera completa.

—Y tú te hiciste abogado y Sherlock detective —John sonrió al sentir una tensión súbita en la sala, tratando de suavizarla como era costumbre—. Así que no son caminos tan distintos después de todo. Ambos trabajáis manteniendo la ley y el orden.

—Eso hacemos —convino Michael.

—¿En qué puedo ayudarte pues, Michael? —interrumpió

Sherlock—. Para traerte hasta aquí, ha de ser algo de gran importancia.

—Siempre directo al asunto —el abogado rió entre dientes, y se aclaró la garganta para contar su historia—. Uno de nuestros clientes más importantes, John Garrideb, tiene un problema, y creo que alguien con tus habilidades podría ser de ayuda en este asunto.

»El señor Garrideb tiene dos hermanos. Howard es socio suyo en su negocio, y luego está su otro hermano, Nathan, de quien ambos están distanciados. Desconozco los pormenores, pero cuando su padre Alexander murió, legó el patrimonio familiar, incluyendo Garrideb Hall, a partes iguales entre sus hijos. Los costes de mantenimiento de un edificio de ese tamaño, como podéis imaginar, son bastante considerables. Un magnate de Kansas, ansioso por adquirir la propiedad, se dirigió a ellos. Dado que ninguno de ellos vive allí, desean venderla, pero necesitan el consentimiento de Nathan, consentimiento que una vez dado le proporcionará un porcentaje de la venta en cuanto esta sea efectuada. No logran localizar a Nathan, y por ello he acudido a ti.

Los ojos de Sherlock se entrecerraron al mirar a Michael mientras juntaba las yemas de los dedos de un modo que John había visto hacer cientos de veces cuando pensaba.

—Así que quieres que localice a una persona desaparecida, para asegurar la venta de la hacienda familiar Garrideb —se limitó a enunciar Sherlock.

—Así es —asintió Michael—. Esa es la clase de cosas que dices hacer hoy en día, según creo.

—Entre otras —concluyó Sherlock—. Acepto el caso. Si está vivo lo encontraré y le haré una visita en tu nombre. No prometo revelarte su paradero, sin embargo, si después de hacerle saber la razón por la cual queréis contactar con él, desease seguir desaparecido.

Michael asintió, de acuerdo con los términos.

—Me parece justo. Creo que se alegrará mucho con todo esto, pues será un hombre muy rico una vez sea efectuada la venta de esta propiedad. Ha sido valorada en quince millones de libras.


John no se sorprendió por la velocidad con que Sherlock encontró al Garrideb desaparecido. Al día siguiente recorrieron la ciudad en un taxi negro y llegaron a un bloque de reciente construcción. John observó que

Garrideb no era el nombre del residente cuyo timbre oprimieron. Sherlock le explicó que Nathan había estado viviendo bajo otro nombre desde hacía algún tiempo, anterior a cuando dejó de vivir en su piso. Podría pensarse que había muerto, pero los vecinos habían visto entregas regulares de comestibles. Tras unas cuantas pesquisas, descubrió que el hombre tenía agorafobia y le aterrorizaba ir más allá de su porche.

Estaba claro que Nathan Garrideb los esperaba y tras las formalidades de rigor, Sherlock le transmitió la información que le había dado Michael Messenger con respecto a la venta de Garrideb Hall.

Aunque al principio se mostró excitado, al vislumbrar que tendría que abandonar su apartamento para renunciar por escrito a su parte de la propiedad disminuyó su entusiasmo por la inminente ganancia.

—Pero no puedo salir del piso —protestó.

—Entiendo que sufre una condición que hace de todo ello algo problemático para usted, pero le aseguro que no hay nada ahí fuera que pueda dañarlo —le dijo Sherlock con tono reconfortante, apretándole el hombro para alentarlo.

Nathan pareció calmarse al instante y John se preguntó si Sherlock conocería algún punto de presión aprendido como técnica de algún arte marcial.

—Díganos pues qué ocurrió la última vez que estuvo fuera de su apartamento. ¿Qué hizo que no debería y, lo que es más importante, qué vio que desearía no haber visto?

Al principio, lo preciso de la deducción de Sherlock tomó a Nathan por sorpresa, que lo miró asombrado y con los ojos abiertos. Guardó silencio por un momento, ponderando sus opciones, y luego hizo un súbito movimiento como si fuera a lanzarse sobre Sherlock. John se adelantó a ese último pensamiento y, antes de que fuera procesado, manoseó su pistola bajo el cinturón asegurándose de que el contorno era claramente visible, y lo previno.

—Si yo fuera usted, no lo haría. Solo queremos ayudar, y podríamos hacerlo, si comienza por responder las preguntas de Sherlock.

—Yo… yo... —comenzó a tartamudear Nathan—. ¡Solo fue por el dinero! —exclamó apresuradamente al final—. No sabía que alguien resultaría herido, les juro que no quería que nadie sufriese daño alguno,

106

¡pero aun así le dispararon! Justo delante de mí, y entré en pánico. Yo llevaba la bolsa con el dinero y salí corriendo. No saben dónde vivo, únicamente concertamos encuentros en lugares públicos y jamás di mi verdadero nombre, ni tampoco el que empleo aquí. Pero no me atrevo a salir. Todavía tengo todo el dinero, no he gastado un solo penique... ¡por el amor de Dios, está todavía en la bolsa! No era todo el dinero, había otro fardo más, pero aquí de seguro hay una parte mayor que la que me correspondía. Y sé que lo quieren de vuelta. No son la clase de gente con la que conviene mezclarse, como descubrió el guardia de seguridad, y no quiero me ocurra lo mismo que a él.

Sherlock no dijo nada al principio; luego se inclinó hacia delante y volvió a aferrar el hombro de aquel hombre.

—Esto es lo que va a hacer —le indicó en susurros—, va a contactar con sus hermanos ahora mismo y a citarles en el pub cercano mañana al anochecer. Dígame todo cuanto sepa sobre esos hombres con los que se ha relacionado y deme la llave de este apartamento, de tal modo que John y yo mismo podamos entrar mañana por la noche mientras usted está fuera.


Sherlock y John se marcharon finalmente una vez Nathan Garrideb hubo accedido a cada una de las peticiones de Sherlock, y John mostró su confusión ante los acontecimientos durante el trayecto en taxi, algo que no era raro en él cuando trabajaba en un caso con Sherlock.

—¿Así que son los Garrideb de Michael, que van tras él, quienes mataron al guardia de seguridad? —preguntó John.

—Oh no, realmente son sus hermanos y sin duda heredará una fortuna tras la venta de la casa familiar.

—Resulta irónico entonces que se haya visto envuelto en esta situación cuando, de haber aguantado lo suficiente, se hubiera hecho rico en cualquier caso. Entonces, ¿es solo una tremenda coincidencia que tu viejo colega Michael nos metiera en este caso?

Sherlock esbozó una sonrisa de tiburón.

—Las coincidencias no existen, John.


Al anochecer siguiente volvieron al bloque. Desde el otro lado de la calle vieron cómo Nathan hacía lo que Sherlock le había dicho y dejaba el edificio camino del pub de la esquina. John estaba asombrado ante la facilidad con que cumplió tal tarea después de haber estado confinado entre cuatro paredes durante tanto tiempo. Había oído de casos de agorafobia en los que había tomado años que el paciente diese el más mínimo paso hacia su recuperación, y en este caso, sin embargo, con una sola palabra de Sherlock el hombre parecía haberse curado.

Entraron en el piso de Nathan y esperaron a los hombres quienes, por razones desconocidas para John, según Sherlock irrumpirían con toda probabilidad aquella misma noche. Por descontado, en menos de una hora hicieron eso precisamente, y tras una breve refriega, Sherlock salió detrás de uno de los hombres y John fue a por el otro.

John persiguió al segundo hombre escaleras arriba del bloque de pisos y por la salida de incendios hacia la azotea, pero se dio cuenta demasiado tarde de su error.

La azotea parecía desierta y John se apresuró a buscar vía de escape alternativas alrededor. Fue entonces cuando lo sintió. El frío y duro metal le oprimió en la nuca.

—Date la vuelta, lentamente —John obedeció la orden del tipo pelirrojo—. Arroja al suelo tu pistola y levanta las manos adonde pueda verlas.

John siguió las instrucciones, alejándose de espaldas hasta que sintió que sus talones tocaban el borde de la azotea; entonces se detuvo de golpe y dio un paso adelante automáticamente.

—No te acerques más —le previno el hombre que le apuntaba—. ¿Dónde está el dinero?

—No lo sé —contestó sinceramente John.

—Es una lástima... parece que hay una caída infernal desde aquí, así que será mejor que sepas volar.

—En serio, no sé dónde está —repitió John, con una nota de pánico en su voz.

—Pues qué pena. No dudes que lo encontraré, aunque nunca llegarás a saberlo, porque para entonces serás una masa horrible en el asfalto.

John miró por encima de su hombro la calle que discurría abajo. No había nada que detuviese su caída si saltaba por sí mismo. No tenía elección: no había otra salida y las posibilidades de sobrevivir eran escasas, pero no podía quedarse quieto y esperar a que le disparasen.

El súbito movimiento de John pilló desprevenido al otro hombre, pero su dedo ya estaba apretando el gatillo y cuando el disparo sonó John sintió un dolor lacerante en el costado. Era solo un rasguño, se dio cuenta al instante. El lugar donde había impactado la bala no estaba cerca de ningún órgano vital y, aun sin inspeccionarlo, estaba seguro de que lo había atravesado, pero eso no lo mataría. El impacto de la bala había impulsado atrás a John, quien al perder pie cayó al vacío, atraído por la gravedad hacia el asfalto que lo esperaba abajo.

Cayó cara arriba y de pronto se sintió agradecido de no ver cómo se precipitaba contra el suelo. La extraña sensación de ligereza le pareció sorprendentemente liberadora a pesar de la obvia conclusión del viaje, pero aceptar tales situaciones había sido siempre uno de los fuertes de John, algo que suponía provenía de sus días en el ejército. Había visto morir a muchos hombres en la guerra y ahora, finalmente, era su turno.

Salvo porque la azotea no se alejaba, sino más bien parecía estar más cerca de nuevo. John se sintió súbitamente despejado. Se preguntó si sería la conmoción, pero tenía la perceptible sensación de unos brazos a su alrededor, sosteniéndolo y devolviéndolo a la azotea. Justo antes de que se desmayara totalmente, pudo ver por el rabillo del ojo lo que parecían unas alas de plumas negras batiéndose.

—Todo va bien, John, te tengo —le aseguró una voz familiar.

Cuando John despertó estaba en la cama de un hospital. Podía oír a Sherlock hablando con alguien en la puerta de su habitación. La otra voz de la conversación le pareció también familiar aunque hablara en susurros, y John tardó un momento en identificarla como la de Mycroft Holmes.

—Ése no era tu objetivo principal, Sherlock —gruñó Mycroft.

—John estará bien. No es la primera vez que le disparan y se recupera perfectamente —protestó Sherlock.

— ¡Precisamente! Es la segunda vez que le disparan y la de Afganistán también estuvo cerca. Ya son dos ocasiones en las que has sido descuidado. Sabes lo importante que es —siguió sermoneando Mycroft.

—No hace falta que me lo digas, Mycroft, sé lo importante que es John —replicó Sherlock, indignado.

—Entonces has de tener más cuidado en el futuro. Esta es tu

última oportunidad, Sherlock. Te ha sido asignado; si recibe un solo rasguño, ¡volverás a ser convocado y se revocará tu condición de guardián! ¿Me he explicado bien, hermanito?

Sherlock lo miró con furia.

—Claro como el agua, como siempre, Mycroft.

—Bien, estupendo —concluyó Mycroft con una amplia sonrisa burlona, como si todo fuese acorde a los planes y no como el desastre que podía haber sido—. Pongo en marcha la fase dos. ¿Ves aquella mujer de allí?

Sherlock giró la cabeza y miró en la dirección que Mycroft indicaba.

—Sí, la enfermera Morstan, quien ha estado atendiendo a John —asintió Sherlock.

—Sí, Mary. Un nombre encantador, ¿no crees? —preguntó Mycroft.

—Obviamente —convino Sherlock—. ¿Puedo asumir que forma parte de la fase dos?

Mycroft esbozó una sonrisa de tiburón similar a la de su hermano:

—¿Tú qué crees?


Justo una semana después John fue dado de alta y se encontraba sentado en su butaca habitual en el 221b leyendo el periódico. Sherlock había salido a conseguir más calmantes para John, a pesar de que estaba recuperándose con considerable rapidez dado que la costumbre hace maravillas cuando se trata de este tipo de lesiones.

La señora Hudson, su limpiadora, estaba pasando la aspiradora por el piso de arriba abajo y protestando por el desorden que los experimentos de Sherlock ocasionaban, haciendo que su trabajo fuese el doble de duro de lo que debiera.

—De entrada la ceniza de tabaco —refunfuñó—, luego aparece un Dios sabe qué disecado, y por todos los santos, ¿esto son tarros de lodo? ¡Por no hablar de los pollos! ¿Qué está haciendo Sherlock con todos esos pollos? No dejo de encontrar esas plumas negras en todas partes.

John no había estado escuchando, pues su mente volvía una y otra vez a los extraños eventos ocurridos tras su caída de la azotea, que se repetían en su memoria como un bucle interminable. Estaba convencido de que se trataba de un delirio ocasionado por la conmoción, pero aun así, parecía muy real y había algo que no acababa de entender.

Media hora después Sherlock aún no había regresado, pero la señora Hudson había terminado su labor diaria y se estaba poniendo su abrigo para marcharse.

—Me marcho ya, John. Imagino que Sherlock estará de vuelta en cualquier momento. ¿Estarás bien aquí solo? —preguntó con un tono cargado de preocupación.

John dejó a un lado su periódico un momento para contestarle.

—Sí, estaré bien. Sherlock se ha volcado en atenderme y nunca ha estado fuera de casa durante mucho tiempo desde que he vuelto del hospital, así que estoy seguro de que estaré bien.

—Sí, Sherlock ha sido realmente bueno todo este tiempo. Un auténtico ángel —asintió la señora Hudson.

Una sonrisa espontánea se dibujó en el rostro de John, como si vislumbrase finalmente un hecho esencial que durante mucho tiempo se le hubiera escapado.

Miró a la señora Hudson y dijo con total franqueza.

—Sí, así es.

# El 221b de Undershaw

Maria Fleischhack

Leipzig, Alemania

Sherlock Holmes es todo lógica y deducción. A pesar de estar familiarizado con cada emoción que el ser humano pueda experimentar y las consecuencias que de ello pudieran derivarse, ignora sus propias emociones y, normalmente, se centra en los problemas por venir.

Pero, cuando el gran detective abrió el periódico vespertino una noche de finales de primavera, sentado junto a Watson en su butaca del 221b de Baker Street, fumando, encontró un artículo que lo conmovió particularmente. El bosquejo de una hermosa casa abandonada que se desmoronaba captó su atención, y se sumió en la lectura del artículo que lo acompañaba.

Se decía que la casa estaba encantada; los fantasmas ahuyentaban a quienes visitaban el lugar, pero lo hacían parecer ya ocupado, y nadie sentía derecho a trasladarse allí sin estar familiarizado antes con dichos espíritus. Los vecinos hablaban de las risas de niños que se oían en el jardincito delante de la casa; de charlas de hombres, que discutían acerca de política y deportes; de historias de antes de irse a dormir, susurradas después del anochecer.

Sherlock Holmes sintió, por primera vez en su vida, un poderoso e irracional vuelco en el corazón, que, tras larga consideración, reconoció como un violento caso de nostalgia. Durante un instante él mismo fue un fantasma, y las lágrimas brillaron en sus ojos. Y, como la casa, su corazón se hizo añicos.

# El doctor y el loco

Cambria Trillian
San Antonio, Texas, Estados Unidos

Quizá no hayas oído que hubo un hombre una vez
que en Afganistán perdió la lucidez.
La arena le golpeaba, buscando su caída,
mientras curaba heridas de las balas perdidas.
Pero era tan valiente, más fuerte que el terror,
que nada dominó su cansado corazón.

Otro caballero, con la pipa entre los dientes,
símbolo singular del capricho de su mente.
Tocaba a todas horas un viejo violín,
y su afilado intelecto era un polvorín.
El fuego de sus venas se incendiaba de inmediato
solamente con oír: "Ha habido un asesinato".

Esta extraña pareja se conoció un buen día
y juntos en Baker Street compartieron siete vidas.
El soldado curtido y su voluble amigo,
cada uno en el otro buscando abrigo.
Resolvieron mil casos imposibles poco a poco,
siempre peculiares, el doctor y el loco.

# Un salto inesperado
William Warren
Moffat, Ontario, Canadá

—No veo cómo puedo serle de ayuda, la verdad —dijo Sherlock Holmes—. Hasta donde yo sé, no se ha cometido ningún crimen.

—En efecto, no ha habido ningún crimen —confirmó nuestra posible cliente—; solo queríamos asegurarnos.

La señora entrada en años alzó las manos en señal de súplica para que Holmes permaneciera sentado. Holmes se levantó de todas formas y se dirigió hacia la esquina donde descansaban un montón de periódicos de al menos tres meses de antigüedad.

—Un hombre se cae de una cuerda floja y muere. Un accidente. Caso cerrado. ¿Y qué? Cometió un error; dos, en realidad. El primero al juzgar de forma equivocada la distancia entre una plataforma y la otra, y el segundo al empezar a trabajar como equilibrista desde un principio. Se cayó justo antes de alcanzar el final de la cuerda, el caso no tiene nada de especial.

—Llevaba una venda sobre los ojos, Sr. Holmes —añadió la señora.

—Entonces podemos concluir que cometió tres errores —movió la mano descartando el asunto—. Definitivamente, no hay nada en lo que pueda serle de ayuda.

—Le pagaré solo por venir a echar un vistazo.

—El dinero no es lo único que me interesa, señora Browner —contestó secamente—. Lo que me interesa es atrapar a aquellas personas que creen que pueden jugar con las leyes de la naturaleza y los hombres sin sufrir consecuencia alguna. Eso, y encontrar alguna distracción para que no se me colapse el cerebro de puro aburrimiento. No. De forma definitiva y sin duda alguna: no.

—Holmes —protesté—, vamos. Solo quiere encontrar un poco de paz de espíritu tras la muerte de su hijo; ¿no podemos darle siquiera eso? Si al final resulta que fue un simple accidente, no hay nada más de lo que preocuparse. Además, le vendrá bien salir un poco.

—¿Podría hacer el favor —gritó Holmes— de parar ya con eso? No tengo que salir. No necesito salir. No quiero salir, y no puede obligarme a hacerlo. No voy a salir, y aún menos para investigar un accidente.

—En ese caso —anuncié—, ya que usted no quiere, iré yo.

—Watson, ¡ni se le ocurra! Cada vez que intenta deducir algo, acaba haciéndolo todo al revés.

—Se lo pediré a Mycroft pues. Seguro que él tiene más corazón.

—¿Conoce a mi hermano? —bufó—. Ya se lo he dicho, Mycroft no sale de su rutina diaria a no ser que se trate de un asunto de seguridad nacional —su atlético cuerpo temblaba de pura rabia—. Y, dígame, ¿es la muerte de un equilibrista un asunto de seguridad nacional? No, creo que no.

—¡Entonces iré yo de cualquier forma!

—Si lo hace, lo mataré.

—Entonces venga conmigo y así no tendrá que arrestarse a sí mismo.

Holmes se levantó y después de coger su sombrero, abrigo, bastón y guantes, abrió la puerta que daba a la entrada.

—En marcha pues.


Cuando llegamos al punto del West End donde se encontraba el circo, Holmes se precipitó fuera del taxi y corrió a toda velocidad hacia la carpa donde el equilibrista había realizado su último número. Cuando conseguimos alcanzarlo, ya se encontraba en lo más alto de la plataforma superior después de haber escalado la escalera en cuestión de segundos. Mientras yo echaba un vistazo a los alrededores, Holmes empezó a investigar la plataforma.

La carpa, hecha de un material amarillo con rayas rojas y azules, medía más de 60 metros de alto y a lo largo de los laterales había unas doce filas de sillas plegables de madera. Aunque nadie había entrado en la carpa desde el accidente, algunos agentes se encontraban apostados en las entradas.

—Ah, Sr. Holmes —nos recibió la voz de nuestro amigo, el inspector Lestrade—. Creía que había rechazado este caso.

—Al igual que usted —contestó Holmes—; y, sin embargo, aquí está.

—Sí, verá, hay algo que debo contarle sobre este caso antes de que siga adelante, ¿puede bajar de ahí? El hombre con cara de comadreja añadió esto último usando las manos como si fueran un megáfono.

—No, creo que no. La vista desde aquí arriba me parece más interesante, pero no tardaré en bajar. Cuando haya terminado, gracias.

—Este hombre es incomprensible —bufó Lestrade.

Lestrade es uno de los oficiales más competentes de Scotland Yard, nada que ver con el patán que mis lectores suelen hacer de él. De hecho, resulta imposible que fuera un bufón incompetente o mi amigo Sherlock Holmes nunca hubiera aceptado su compañía. Pero sí que pecaba de ser impaciente, razón principal por la cual era bastante frecuente que le pasara sus casos a Holmes. Lestrade siempre quería resultados inmediatos y no tenía la paciencia suficiente como para esperar a que sucediera algo, o para indagar en busca de pistas.

—Así que ha tenido que convencerlo para que eche un vistazo al caso, ¿no, doctor? —me preguntó, mientras se colocaba a mi lado dando la espalda a Holmes y a los asientos del público.

—En efecto, aunque no ha sido muy difícil.

—¿Qué ha hecho?

—Lo he amenazado con dejarlo en casa y venir yo solo.

Reímos durante un instante justo antes de que dos manos largas y delgadas nos agarraran por los hombros con una fuerza sorprendente; las siguió una cabeza, que apareció entre las nuestras, precedida por una nariz larga y afilada, unos pómulos marcados, esos ojos brillantes y oscuros y los finos labios de Holmes.

—Se lo están pasando bien, ¿no? —preguntó, la comisura de sus labios formando una sonrisa diminuta que más bien parecía una mueca pues su mirada no trasmitía ni un rastro de amabilidad y me daba la sensación de que sabía de qué nos reíamos —. ¿Echándonos unas risas a costa de la escena de un crimen?

—¿Crimen, Holmes?

—Sí, Watson, ¡un crimen!

—¿Y cómo ha llegado a esa conclusión?—me giré hacia él, sorprendido.

—Mire esto —sin dejar de agarrarme el hombro con fuerza, me dio la vuelta y señaló hacia la cuerda floja con la otra mano, una vez que había soltado a Lestrade—. Observe la distancia entre las dos plataformas.

Al mirar con atención, se podía ver que las plataformas estaban más cerca una de la otra de lo que se podía esperar. Cuando compartí mis observaciones con Holmes, éste emitió una pequeña carcajada.

—Exacto. Es altamente improbable que alguien pueda juzgar mal las distancias con un camino tan corto.

—Pero no puede basar sus teorías en eso —protestó Lestrade.

—Y no lo hago.

—Entonces ¿a qué se refiere? —preguntó el inspector.

—¿Qué hay de ese detalle del que quería hablarme?

—Ah sí, eso. Tan solo creo que debería saber que aquí no hay nada que hacer, ya nos estábamos marchando. Scotland Yard ha cerrado el caso, porque lo consideran una pérdida de tiempo.

—Y si le dijera que en realidad soy un mono —contestó Holmes fríamente—, ¿también se lo creería?

—Bueno, eso explicaría muchas cosas —musitó Lestrade.

—Watson, haga el favor de acompañarme, me gustaría ver otras zonas del circo. Lestrade, por favor continúe con su admirable trabajo.

Salió por la entrada y yo lo seguí de cerca.

—Holmes, eso no ha sido nada amable por su parte.

—Quizás, pero no ganamos la batalla de Waterloo siendo amables.


Holmes me llevó por diferentes pabellones aparentemente sin ningún orden predefinido, asomando la cabeza dentro de las carpas que pasábamos, y de pronto, en lo que tardé en mirar hacia atrás y darme la vuelta, Holmes había desaparecido. Volví sobre mis pasos hasta el punto donde me había distraído, mirando en cada una de las carpas que habíamos pasado hasta que noté su desaparición cuando oí una voz.

—Vaya, tenemos un mirón, ¿no?

Di un grito al tiempo que me daba la vuelta para encontrarme con un empleado del circo que me sacaba un metro de alto, vestido de azul brillante y con un sombrero de copa arrugado y adornado con plumas rojas. Tenía la cara retorcida, una nariz que mostraba marcas de haberse roto en varias ocasiones, ojos hinchados y la boca descolocada. Entonces me di cuenta de que estaba subido en unos zancos.

—Disculpe señor, pero parece que he perdido a mi amigo.

—¿Perdido? Vaya, debe de ser muy pequeño para que lo haya perdido tan fácilmente —tenía una voz aguda y artificial, un poco áspera.

—No, quiero decir que no lo encuentro.

—Entonces será mejor que vaya a buscarlo. ¡Buenos días! —con esto giró sobre su eje y se marchó pisando la hierba aplastada.

Después de una hora buscando a Holmes, lo encontré al otro lado del circo hablando con un grupo de artistas, así que me hice a un lado hasta que terminó de hablar con ellos. Después de algunas risas, chistes y una charla trivial, Holmes se separó del grupo y se acercó a donde lo esperaba.

—Un grupo interesante, la gente del circo —dijo—. Si alguna vez me canso de este trabajo, quizás me una a ellos.

—¿Y a qué se dedicaría?

He de admitir que su respuesta me sorprendió bastante:

—Creo que sería payaso. Malabarista.


Tras prometerle a la Sra. Browner que pondría toda su atención en resolver su caso, Holmes y yo regresamos a Baker Street. Nada más entrar en nuestras habitaciones, se apresuró hacía el sofá, donde se acurrucó a fumar su pipa.

—¿Eso es lo que entiende por dedicarle toda su atención a algo?—le pregunté.

—Sí, así es —tenía los ojos cerrados mientras tamborileaba con los dedos sobre el cuenco de la pipa.

—En ese caso, lo dejo con su agotador trabajo y voy a visitar a Mary.

—¿A quién?

—Mi prometida. ¿Lo recuerda?

A veces Holmes pretendía que no sabía quién era Mary Morstan, a pesar de haberla conocido durante el caso de *El signo de los cuatro* y haber estado con ella en múltiples ocasiones desde entonces. Nunca tuve muy claro si esta ignorancia deliberada se debía a que simplemente no le caía bien, o a la decepción que le causaba mi inevitable marcha cuando nos casáramos. Por alguna razón, lo primero me parecía más plausible. Holmes y yo siempre habíamos mantenido cierta distancia y, después de todo, para Holmes, tras terminar con su caso, Mary solo era una mujer más sin nada que ver con él.

—Ah, sí, por supuesto.

Ya que Holmes no parecía tener nada más que añadir, me marché sin más.

Durante los días posteriores, Holmes y yo apenas coincidimos en la misma habitación durante mucho rato. No porque nos estuviéramos evitando, sino porque los dos estábamos muy ocupados. Holmes me había anunciado anteriormente que tenía un caso que debía resolver cuanto antes, así que resultaba normal verlo salir con prisas del 221B a intervalos irregulares sin previo aviso. Mi actividad profesional se multiplica durante la época de la gripe así que solía pasar casi todas las horas del día fuera, mientras que las aventuras callejeras de Holmes tendían a empezar por la noche. Ya me había acostumbrado a encontrar mensajes bajo la aldaba de la puerta, escritos con el meticuloso garabateo de Holmes: *"He salido. Comida en los platos. No me espere despierto. Desayuno a las 6:22, ni un minuto más, por favor. No toque mi jeringuilla de cocaína.*

Cuando entré en el salón el sábado, me encontré con Lestrade sentado en el sillón preferido de Holmes con una expresión de disgusto en el rostro y un cigarrillo casi apagado entre los dedos, mientras golpeaba el suelo con el pie en señal de impaciencia.

—Ah, Watson, ahí está —me saludó, a la vez que se levantaba a darme la mano—. Ya estaba pensando en marcharme y volver más tarde. ¿Sabe cuándo estará Holmes de vuelta?

—No tengo ni idea, ha estado saliendo toda la semana de forma irregular. ¿Qué quería decirle? Puedo escribirle una nota para cuando vuelva.

—Ah, puedo esperar. Solo es un problemilla que tengo con un caso, que, debo admitir, me supera por completo.

Justo en ese momento oímos el ruido de la puerta delantera abriéndose de un portazo, seguido de una riña violenta subiendo por las escaleras y de pronto Holmes apareció en la puerta arrastrando a un hombre de la oreja. Tras soltar su carga sobre el sofá con brusquedad, lo detuvo del hombro con fuerza para que no se moviera.

—Holmes, Dios santo, ¿qué está haciendo? —balbuceó Lestrade.

—Les estoy presentando al señor Eugene Hailey, del circo.

Deles la mano, Gene.

Holmes le dio una violenta sacudida en el brazo, lo que hizo que el hombre estirara el brazo izquierdo para darnos la mano a mí y a Lestrade. El señor Hailey no era muy alto y llevaba un traje sucio a juego con el pelo grasiento.

—¿Y qué está haciendo con este hombre? —pregunté, al tiempo que guardaba la pistola que había sacado de mi bolsillo al oír el estruendo en las escaleras.

—Arrestarlo por el asesinato de Abram Browner.

—¿El artista del circo? —gruñó Lestrade— Ese caso se cerró hace tiempo, fue un accidente.

Debo confesar que yo también me había olvidado por completo del caso.

—Abra los ojos, Lestrade, tiene delante la prueba que demuestra lo contrario.

Holmes pasó a sujetar al hombre por el cuello haciendo que Lestrade reaccionara.

—Holmes, espero que sepa que podría arrestarle por la forma en que está tratando a este hombre —gritó el inspector.

—Sin duda. Arrésteme pues, adelante.

—Ah, yo, eh, acabo de recordar que tengo una cita muy importante en Scotland Yard —Lestrade se dio la vuelta y se encaminó hacia la puerta—. Adiós, doctor.

Cerré la puerta tras él cuando se marchó.

—Ahora, Watson —dijo Holmes—, ¿me permite su pistola?

—Holmes, no irá a...

—No, simplemente no quiero continuar con mi interrogatorio de esta forma —se levantó y cogió la pistola, la apuntó hacía la cara de nuestro invitado. Holmes, a su vez, se sentó en la mesa de la esquina, apoyó el mango de la pistola en ella y continuó apuntando a su prisionero—. Bien, Sr. Haley, director de la orquesta del circo, escuche atentamente. Y, Watson, usted también.

»Cuando llegó el momento de pagar su deuda del mercado de valores, el Sr. Abram Browner le prestó una cantidad considerable de dinero y, según he oído, era muy buen prestamista. Sin embargo, cuando pasaron tres años y usted aún no había pagado su deuda, empezó a perseguirlo y después de otros dos años, incluso lo amenazó con llevar el asunto al líder de los gitanos. Por supuesto, esto significaría ser expulsado del circo puesto que usted desde un principio era un forastero; un riesgo que no podía correr. Fue entonces cuando empezó a pensar en el asesinato —golpeó la mesa con la mano abierta, con lo que tiró el jarrón que se encontraba en el centro—. Mató a su único amigo, ¿no es así? —al no obtener respuesta de Hailey, Holmes apuntó al suelo con la pistola y disparó una vez— ¿No es así? ¡Contésteme!

—Sí, lo hice —Eugene alzó la barbilla, desafiante—. Pero nunca podrá probarlo y Scotland Yard nunca le creerá.

—Puede que sí —dijo una voz desde la puerta y Lestrade apareció con dos agentes.

—Vaya, qué reunión más agradable, ¿no creen?— Holmes se río entre dientes— ¿Decía, señor Hailey?

—Yo lo maté, es cierto, pero un jurado nunca me encontrará culpable, nunca lo creerán. La única prueba que dejé es circunstancial.

—Quizás si nos lo explica... —propuso Lestrade.

—No, déjeme a mí —Holmes se levantó—. Watson, coja la pistola y no le quite ojo a nuestro amigo, sería terrible que huyera antes de que pueda terminar mi explicación. Coger una pistola y dispararle no era una opción, los gitanos son demasiado listos y existía la posibilidad de que establecieran una relación con sus motivos y lo condenaran. Y sus métodos de castigo son bastante más medievales que los del gobierno así que no tuvo más remedio que fingir un accidente. ¿Cómo voy hasta ahora?

—Todo correcto, señor—dijo Hailey sin abandonar su actitud desafiante.

—Entonces, lo único que hizo fue organizar el "accidente" para el Sr. Browner. Los equilibristas con los ojos vendados usan la música para guiarse y saber cuándo han alcanzado el final de la cuerda, así que lo único que tuvo que hacer fue parar la música antes de tiempo. Incluso se cercionó de que, en caso que decidiera asegurarse de si había llegado al final, se cayera a causa del cable suelto. Pero cometió un error que le costará su victoria. El hecho de que usara aceite para lámparas para soltar los tornillos que sujetaban el cable me convenció de que el asunto no se trataba de ningún accidente. Paró la música antes de que llegará al final de la cuerda, y el cayó. Si no se hubiera preocupado de soltar el cable, sin duda hubiera parecido un accidente. Pero no consiguió limpiar el aceite de los tornillos por completo, y eso me dio que pensar. Para conseguir el motivo y los hechos, solo me fue necesario dar una vuelta por el circo haciéndome pasar por un zancudo con el que Watson se encontró previamente —Holmes me sonrío ligeramente a modo de disculpa—. Entonces me convertí en un experto en equilibrismo y conseguí entender cómo se coordinan las rutinas; la música es la clave. ¿Estoy en lo cierto?

—Completamente, Sr. Holmes. Y aún así, no llegará a ninguna parte frente a un jurado con las pruebas de las que dispone.

—Es muy posible que no. Pero por abusar de la música, al menos puedo proporcionarle un castigo completamente legal. Watson, la pistola, por favor. No, no voy a dispararle, deme la pistola.

Tras coger la pistola, la colocó junto a la oreja derecha de Hailey y disparó dos veces contra el respaldo del sofá. Entonces cambió a la oreja izquierda y disparó las tres balas restantes. Los disparos resonaron de forma extraordinaria en un espacio tan reducido, así que a esa distancia de su oído debían de haber ensordecido a Hailey considerablemente.

—Ya está, ya he terminado con él, Lestrade, todo suyo.

Cuando se disponían a marcharse, Holmes se dirigió a mí.

—Watson, ¿puede escribir una carta a la Sra. Browner explicándole todo el asunto? Ah, Lestrade, a propósito, ¿qué hay de ese caso que quería comentarme?

—Otro extraño accidente, he pensado que quizás le gustaría convertirlo también en un asesinato.

Mientras se llevaban a Eugene Hailey, al fondo se podían oír las risotadas de Sherlock Holmes.

# Un salto de fe

Emily Bignell

Brisbane, Australia

Cuando un cliente visitaba el 221b de Baker Street normalmente no lo hacía perseguido por paparazzi o gente deseando conseguir un autógrafo. Claro que ninguno de esos clientes era Aidan Crawley, aclamado autor de una serie de novelas de espionaje que, además de ser un éxito de ventas internacional, estaban siendo llevadas a la gran pantalla.

Sherlock esperaba su visita; en este caso no se debía a uno de sus procesos deductivos, sino a que había visto una entrevista suya la noche anterior en las noticias. Después de hacer público el fin de su relación con su mujer, Melanie, tras 10 años de matrimonio, Aidan anunció con lágrimas en los ojos que esta había desaparecido tras haberlo abandonado y que acudiría a Sherlock en busca de ayuda para dar con ella.

—Tratándose de encontrar a mi mujer, no quiero dejar nada al azar. Sherlock Holmes es el mejor detective del mundo, si él no puede dar con ella, nadie podrá.

Los ojos de Aidan volvieron a llenarse de lágrimas mientras les enseñaba a Sherlock y John fotos de Melanie y les contaba cómo, seis meses atrás, había llegado a casa para encontrarse con que su mujer había desaparecido.

—¿Hace seis meses? —repitió Sherlock sorprendido— ¿Se marchó hace seis meses y acude a mi ahora?

Aidan parecía estar avergonzado.

—Bueno, tenía esperanzas de encontrarla. O de que volviera. Verá, nuestro matrimonio ha pasado por algunos problemas últimamente. El precio de la fama y el éxito. Pasaba mucho tiempo fuera de casa y cuando volvía casi siempre estaba encerrado en mi estudio trabajando y Melanie se volvió un poco... irracional. Comenzó a acusarme de anteponer mi trabajo a ella e incluso de tener una aventura con Caroline Cooley, una absoluta ridiculez.

Sherlock y John arquearon las cejas a la vez al oír el nombre de la atractiva actriz que protagonizaba las adaptaciones cinematográficas de sus libros. Sin percatarse de ello, Aidan continuó con su historia.

—Llegó a amenazarme con pedirme el divorcio y quitarme todo mi dinero. Sea como sea, yo había estado en Los Ángeles supervisando el borrador final del guion para la nueva película y cuando volví a casa casi todas sus cosas habían desaparecido, junto con ella. Le mandé un mensaje para ver qué pasaba y esta fue su única respuesta.

Aidan metió la mano en el bolsillo y sacó un iPhone que mostró a John y Sherlock. El mensaje era breve y conciso: "Te dejo. Tendrás noticias de mis abogados."

—¿Y ha recibido noticias de sus abogados? —preguntó Sherlock.

—No —contestó Aidan—. Quiero creer que ha cambiado de parecer. Lo único que quiero es encontrarla y aclarar las cosas con ella.

—¿Sus familiares o amigos han sabido algo de ella? —dijo John.

—Melanie no trabaja amistad con facilidad y yo era su única familia. Era hija única de padres mayores y no tiene otros parientes vivos. Yo... era todo lo que tenía —añadió con tristeza—. Creo que por eso se volvió tan celosa, tenía miedo de perder a su única familia.

—Y eso es justo lo que consiguió al marcharse —concluyó Sherlock.

Aidan lo miró, sin saber qué contestar. John, dándose cuenta, entró en la conversación.

—Bueno, gracias por su visita, Aidan. Haremos todo lo que esté en nuestras manos para encontrar a su mujer, pero si ha conseguido esquivarlo a usted, no creo que nosotros podamos hacer mucho más.

John lo acompañó hasta la salida y volvió para encontrarse con Sherlock tumbado en el sofá mirando fijamente al techo.

—No creo que tengamos muchas probabilidades de encontrarla —dijo cuando John entraba en la habitación—. Ni siquiera sabemos por dónde empezar a buscar el cuerpo.

—¿Hablas en serio? ¿De verdad crees que Aidan mató a Melanie? —preguntó John.

—No lo creo, lo sé. Hay algo que no cuadra —Sherlock se levantó de un salto, se acercó a la ventana y  miró hacia la calle con la mirada perdida—. Pero, ¿por dónde empezamos a buscar? —dijo casi para sí mismo.

Mientras tanto, John ya estaba buscando información sobre Aidan Crawley en el ordenador portátil. Las noticias más leídas pertenecían a diferentes columnas de chismes y hablaban de su relación con Caroline Cooley. Las fotos, sin duda, daban pie a los rumores sobre ellos: Aidan untándole filtro solar en la espalda a Caroline, Aidan y Caroline abrazándose de forma apasionada en el asiento trasero de un taxi, Aidan y Caroline saliendo de un hotel juntos...

—Parece que la pobre Melanie tenía bastantes razones para estar celosa... —musitó John— ¡Qué malnacido!

—Disculpadme, chicos —la Sra. Hudson golpeó con los nudillos a la puerta abierta—. Perdón por molestar pero tenéis otra visita. Esta es Lucy Bennett.

Hizo pasar a una mujer bastante atractiva, de la edad de John y Sherlock. John se acercó a saludarla con entusiasmo.

—Soy John Watson y ese hombre que nos ignora es Sherlock Holmes. ¿En qué podemos ayudarte?

—Encantada de conocerte, John. Quizás esto suene un poco raro, pero vengo a hablaros de Melanie Crawley.

Con eso bastó para que Sherlock se separara de la ventana.

—¿Sabes dónde está? —le preguntó.

—Tal vez —contestó Lucy.

—¿Tal vez? O lo sabes, o no lo sabes. Si estás aquí para hacerme perder el tiempo, ya puedes marcharte.

—¡Es más complicado que eso! Tal y cómo he dicho, tal vez sepa dónde está, pero es importante que tengáis la mente abierta.

—Siempre tengo la mente abierta —contestó Sherlock altivamente.

—Dinos lo que sabes, por favor —interrumpió John, antes de que las cosas fueran a más.

—De acuerdo. Anoche estaba viendo las noticias cuando emitieron la historia sobre Melanie. Mostraron una fotografía suya y, por alguna razón, no podía dejar de pensar en ella ni en la palabra "Undershaw", aunque no tenía ni idea de qué podía ser. No le di mucha importancia al asunto en el momento, pero cuando me fui a la cama no podía dejar una imagen me seguía viniendo a la mente —hizo una pausa, como si no estuviera segura de cómo continuar.

John notó el escepticismo de Sherlock y lo silenció con la

mirada.

—Continúa, Lucy. ¿Qué viste? —preguntó con delicadeza.

—Estaba en el campo, tumbada bajo un árbol, mirando hacia arriba. Entre las ramas y las hojas del árbol podía ver el cielo, también lo que parecía una torre en ruinas en la lejanía. No tengo ni idea de dónde estaba, pero era tan nítido... como una fotografía. Y, una vez más, no podía dejar de pensar en la palabra Undershaw. A la mañana siguiente, lo busqué en Internet. Resultó ser las ruinas de una casa de campo que alguna vez perteneció a un autor famoso. Ahora la casa está completamente abandonada y nadie se acerca a ella.

—¿Estás diciendo que crees que Melanie está enterrada en los alrededores de un sitio que solo has visto en sueños? —preguntó Sherlock.

Lucy lo miró con la barbilla alzada.

—No, no lo creo, lo sé —contestó escuetamente.

—¿Dónde he oído esto antes? —murmuró John.

Sherlock empezó a reírse.

—Ah, así que eres una médium de esas. ¡Qué divertido!

—¡No soy una médium! —protestó Lucy con frialdad— No sé por qué sé las cosas que sé, simplemente las sé. Y no suelo contárselas a nadie, precisamente para evitar esta reacción. Pese a que estoy segura de que no ha sido una buena idea, he decidido contarte esto porque vi a Aidan Crawley decir que te iba a encargar el caso.

—¿Y de verdad creías que iría a investigar una vieja ruina en medio de la nada solo porque has tenido una visión? —Sherlock ya ni intentaba disimular su burla.

—Ya veo lo abierta que tienes la mente —dijo Lucy, antes de levantarse—. Bueno, yo ya he hecho mi parte. Será mejor que te deje con tus preciosas pistas tangibles y probadas científicamente. ¿Has conseguido ya alguna por cierto?

—Lucy... —empezó a decir John antes de que Sherlock pudiera contestar, pero ella negó con la cabeza.

—No te molestes, sé dónde está la salida. —Lucy se encaminó hacia la puerta y se dirigió una vez más a ellos.

—Ah, una cosa más. Casualmente, Undershaw está cerca del pueblo donde creció Melanie. Lo encontré en Internet, por cierto, por si piensas que también lo he soñado.

Sin más, Lucy se dio la vuelta y desapareció por las escaleras.

126

Sherlock la alcanzó antes de que llegara a la entrada principal.

—¿Cómo puedo estar seguro de que no te has inventado todo esto? —le preguntó.

Lucy le mantuvo la mirada sin pestañear.

—¿Cómo puedes estar seguro de que sí?


Si el camino que daba a Undershaw era un reflejo del mal estado en que se encontraba la casa, entonces esta debía estar en un estado lamentable. John hizo uso de toda su habilidad como conductor para sortear con éxito la carrera de obstáculos llena de ramas caídas y agujeros; aun así, Sherlock y él se alegraron de dejar el coche después de un viaje lleno de baches.

—Es una pena que esté en este estado —dijo Lucy en voz baja observando el edificio en ruinas—. Está claro que una vez fue una casa muy bonita.

Observó los árboles que rodeaban la casa, hasta que uno llamó su atención. Lo miró durante un instante antes de acercarse; John y Sherlock la siguieron de cerca. Cuando la alcanzaron, estaba mirando hacia una torre en ruinas que se perfilaba en la distancia.

—Aquí es —dijo—, Melanie está aquí.

John y Sherlock observaron la tierra bajo el árbol. Ambos sabían lo que estaban buscando, así que no les costó mucho dar con un montículo evidente, cubierto con hierba de diferente color al resto. Se miraron por un instante y entonces John sacó su teléfono para llamar a Lestrade.


John no creía que fuera buena idea hacer pasar a Lucy por la experiencia de ver cómo los forenses exhumaban el cadáver de quien estuviera enterrado en la tumba solitaria, así que decidió marcharse con ella al pub donde tenían reservadas sus habitaciones, dejando solo a Sherlock con Lestrade y sus ayudantes. Después de encontrar una mesa cerca de la chimenea, John se acercó a la barra a pedir un vaso de vino para ella y una cerveza para él. Cuando volvió con las bebidas, se sentó y la observó con atención.

—¿Estás bien? —le preguntó.

—Sí —contestó ella con una sonrisa triste, y bebió un sorbo de vino antes de devolverle la mirada—. ¿Y tú?

John imitó su sonrisa triste.

—Un poco... sorprendido, para serte sincero. Sherlock es capaz de averiguar todo sobre alguien en cuestión de minutos con solo mirarlo, porque se fija en los detalles y ata cabos. Pero esto es algo completamente diferente, ¿de verdad soñaste con ese lugar exacto?

—Ese lugar exacto —confirmó Lucy amargamente—. Pero no te preocupes, no es algo que pase a menudo, y esta es la primera vez que tiene que ver con una persona desaparecida. Por eso digo que no soy ninguna médium, no es algo que pueda controlar, por así decirlo. Tan solo... a veces sé cosas, es la única explicación que tengo.

John asintió con la cabeza. Podía notar el estrés en la expresión de su cara, así que decidió cambiar de tema a algo más ligero. No tardaron en entablar conversación, por lo que ni siquiera se dieron cuenta del paso del tiempo hasta que Sherlock apareció y acercó una silla para sentarse con ellos en la mesa.

—Han encontrado un cuerpo —empezó—. Harán falta pruebas de ADN para confirmar la identidad, claro, pero hemos encontrado un medallón con la inscripción "De Aidan para Melanie".

Sherlock observó a Lucy durante un instante y volvió a apartar la mirada.

Para John era obvio que estaba tan sorprendido como él, posiblemente más. Sherlock no confiaba en aquello que no se podía comprobar, medir o analizar. Incluso cuando se aventuraba a deducir siempre lo hacía basándose en pruebas para apoyar sus teorías. Estaba claro que el hecho de haber encontrado a Melanie mediante intuición y sueños no le había sentado nada bien.

—Ah, y Lestrade quería saber qué estábamos haciendo aquí —continuó Sherlock—, así que le he dicho que Lucy es tu nueva novia y que estáis aquí de vacaciones.

—¿Y da la casualidad de que tú has venido con nosotros? —preguntó John incrédulo.

—Bueno, a Lestrade no le ha parecido nada extraño.

—No, seguro que no —murmuró John entre dientes—. Espero que no te importe, Lucy.

—Si a ti no te importa, a mí tampoco —contestó Lucy sonriendo.

—Le he dicho a Lestrade que estábamos echando un vistazo a

Undershaw —continuó Sherlock, antes de que John pudiera contestar— y que encontramos la tumba cuando estábamos dando un paseo por los terrenos.

—Buena historia, Sherlock. Si el tal Lestrade es como tú, estoy segura de que no habría creído mi historia —dijo Lucy.

—No, en todo caso probablemente te hubiera llevado a la comisaria para interrogarte.

—¡Sherlock! —John le advirtió con su tono que no continuara.

—¿Quieres decir que soy sospechosa? —preguntó Lucy, muy calmada.

—No, no es eso —contestó John—. Tan solo está enfadado porque tenías razón.

Sherlock y John aún estaban mirándose fijamente el uno al otro cuando Lucy interrumpió el silencio incómodo.

—Mirad, Aidan está en la tele de nuevo —señaló la televisión en la pared.

Estaban emitiendo un programa de entrevistas y el invitado del día no era otro que Aidan. El volumen no estaba lo suficientemente alto como para que pudieran escuchar la conversación pero, a juzgar por sus gestos, Sherlock y John podían suponer que Aidan estaba contándole al presentador la historia que ellos ya sabían. La cámara enfocó por un momento una foto de Melanie antes de cambiar de plano y mostrar de nuevo a Aidan con los ojos llenos de lágrimas.

El camarero, al verles tan atentos, se acercó a ellos.

—Qué historia más triste, ¿no creen? —dijo— ¿Sabían que Melanie creció en este pueblo? Ella y Aidan solían venir durante las vacaciones. Siempre se alojaban aquí.

—¿Supongo que no les ha visto recientemente? —preguntó Sherlock.

—De hecho, Melanie estuvo aquí hace unos seis meses, pero sin Aidan. Justo cuando me estaba preguntando si todo estaría bien entre ellos, él apareció y se la llevó de vuelta a la ciudad.

—¿Aidan vino por ella? —se interesó Sherlock.

—Algo así. Aidan quería darle una sorpresa a Melanie, pero ella había salido, así que fue en su búsqueda. La encontró cerca de Undershaw a ella siempre le había gustado ir a caminar ahí y decidieron volver a Londres.

—Y Melanie volvió aquí a recoger sus cosas, ¿no? —insistió

Sherlock.

El camarero parecía un poco sorprendido por la pregunta, pero contestó de todas formas.

—No, de hecho fue Aidan. Al parecer Melanie quería estar un rato más en Undershaw, así que él la dejó ahí, volvió por todas sus cosas y pagó la cuenta. Discúlpenme, debo atender a los clientes.

El camarero se marchó dejando a sus interlocutores en silencio, estupefactos. John y Lucy cruzaron una mirada y después observaron a Sherlock.

—Aidan recibió el mensaje y supuso que ella estaría aquí...— dijo— Así que vino directamente y tuvo la suerte suficiente como para encontrarla en Undershaw. Un lugar despoblado, sin un alma en varios kilómetros a la redonda, perfecto para cometer un asesinato y enterrar el cuerpo. Ya no tenía por qué preocuparse de lo que le costaría el divorcio. Entonces anunció que ella lo había abandonado, fingió que la buscaba y, después de seis meses, ¡me encargó el "caso"! Vosotros lo escuchasteis: "Si Sherlock Holmes no puede encontrarla, nadie podrá". Todo el mundo perdería las esperanzas de encontrarla al ver que yo no había sido capaz y Aidan podría mudarse con Caroline Cooley sin levantar sospechas. Incluso si alguien sospechara algo, ¿cómo iban a probarlo? Ah, ¡muy listo!

—¿Y podemos probarlo? —preguntó Lucy, dudosa.

—Cuando las pruebas de ADN demuestren la identidad del cadáver y la policía escuche la versión del camarero, Aidan tendrá muchos problemas para justificarse —respondió Sherlock—. Él mismo admitió haberse encontrado con ella en Undershaw, vino a recoger sus cosas y el camarero no volvió a verla nunca más. Estoy seguro de que si investigamos las cuentas del banco y el registro de llamadas del teléfono de Melanie descubriremos que no los ha usado desde que Aidan vino aquí. Con eso ya tenemos bastantes pruebas circunstanciales.

—Entonces solo queda esperar a que lleguen las pruebas de ADN —concluyó Lucy.

—Eso es, ahora esperamos.


Las pruebas de ADN dieron positivo y demostraron que los restos encontrados pertenecían a Melanie Crawley. Tal y como Sherlock había pronosticado, tras oír la historia del camarero, Lestrade detuvo a Aidan

Crawley para interrogarlo. Al final, cuando no le quedó otra salida, Aidan confesó el asesinato de Melanie y la historia se convirtió en una de las noticias más importantes en años.

—Pobre Melanie —dijo Lucy.

John la había invitado a pasar por Baker Street antes de su cita para ir al cine y estaban viendo la noticia por televisión.

—Me alegro de que se haya hecho justicia.

—Si no fuera por ti, tal vez hubiera sido imposible —contestó John.

—Seguro que Sherlock lo habría resuelto al final —contestó ella, mirando hacia donde se encontraba, pegado a su microscopio.

—No hace falta que finjas modestia, Lucy —contestó él, sin levantar la vista—. Por mucho que no me guste, tu intuición en este caso estuvo en lo cierto.

—Igual que la tuya —respondió Lucy.

Ante esto, Sherlock levantó la vista y la miró con cierto descontento.

—Explícate —dijo.

—John mencionó que creías que Aidan había asesinado a Melanie; pese a que no había nada que diera a entender eso, tú lo sabías. De la misma forma que yo sabía que Melanie estaba en Undershaw.

—Era obvio —dijo Sherlock secamente.

—Pero no puedes explicar por qué, ¿verdad? De la misma forma que yo no puedo explicar por qué sabía dónde estaba. A lo mejor por eso fuiste tan cruel conmigo la primera vez que te hablé de ello, tu intuición era tan imposible de verificar como la mía. Lo sabías y no te gustaba. ¿Por eso decidiste dar un salto de fe y venir conmigo a Undershaw?

—No, tan solo esperaba demostrar que estabas equivocada —dijo Sherlock volviendo a concentrarse en su microscopio.

—Por supuesto —contestó Lucy con sequedad—. ¿Cómo he podido pensar otra cosa? Será mejor que nos vayamos, John, o llegaremos tarde a la película.

# Un detective que vale la pena

Jacoba Taylor
Albany, Nueva York, EE.UU.

¿Así que andas buscando un detective,
uno que nunca haya sido vencido?
Te diré dónde buscar, amigo:
el 221b de Baker Street es su domicilio.

Es el mejor de todo el planeta
sí señor, es bueno de verdad.
Resuelve crímenes mejor que nadie
(ya quisiera Scotland Yard).

Su inteligencia es de veras asombrosa;
el más listo que pueda presentarte.
Sabe de todo lo que se puede saber
desde el violín, a las abejas, al arte.

Pero es especialmente increíble
cuando aplica al crimen sus conocimientos:
puede deducir con la pista más sutil,
tu enigma será resuelto en poco tiempo.

Y viene también con un extra:
un amigo doctor muy servicial
Mientras el primero se encarga de pensar
su adjunto te velará hasta el final.

¿Quieres que te guarde un secreto?
Cuéntaselo sin posponer.
Jurará por su vida ser discreto,
a nadie lo dará a conocer.

Este hombre también es ágil
boxea, esgrime y sabe disparar.
Así que no es "solo" listo,
también va bien con botas de montar.

Goza plenamente de su trabajo
con su Doctor a su lado
solucionan todo lo criminal
y a un precio moderado.

Solo queda una pregunta:
estos hombres, ¿quiénes son?
Sherlock Holmes y Watson,
unos héroes sin parangón.

# El violinista ciego
Amy White
Hampshire, Reino Unido

En varias ocasiones he oído a Holmes rasgar su violín, a menudo con el fin de ayudarle a pensar en uno de sus casos. Sin embargo, a estas meditaciones disonantes les solían seguir obras muy conocidas tocadas de manera brillante, como para disculparse por la música desafinada de antes. Por tanto, cuando surgió un caso cuya mortífera trama se centraba en este instrumento, fue algo totalmente natural para Holmes aceptar el encargo.

Ocurrió más o menos un año después de mi boda, en una época en la que tenía menos contacto con Holmes. Había recibido un telegrama solicitando mi presencia en Baker Street y cuando llegué, Holmes estaba acurrucado en su sillón, ataviado con un batín de seda azul. Sentado frente a él se encontraba Joseph Tsaikov, uno de los violinistas más prestigiosos de Europa. Sus dedos largos y ágiles repiqueteaban impacientes sobre el brazo de su silla y, cuando entré, se giró bruscamente hacia mí, a pesar de que sus ojos eran de un color blanco lechoso. Tsaikov se había quedado ciego por quemaduras de ácido carbólico a la edad de siete años y sus cicatrices todavía eran visibles.

—¿Es esta la persona a la que esperábamos, señor Holmes?

—El doctor Watson ha sido indispensable en muchos de mis casos, maestro. Espero que pueda serlo de nuevo.

El inquieto golpeteo de los dedos cesó.

—En ese caso, le contaré mi historia. Me ha enviado aquí el inspector Lestrade, que parecía pensar que usted manejaría este caso mejor que él. En mi casa tengo un estudio donde practico con el violín. Cada noche dejo mi Stradivarius guardado allí, a buen recaudo, ya que las únicas llaves que existen están en mi poder y en el de mi ama de llaves, que ha estado a mi servicio durante veintidós años y en la que tengo confianza plena. La pasada noche, a eso de las once, me despertó un grito repentino proveniente de mi estudio. Dado que tengo el sueño muy ligero, fui el único que se despertó, así que me dirigí al lugar de donde había venido el ruido. Conseguí abrir la puerta a tientas y tropecé con algo caliente. A medida que avanzaba, oí un sonido como de gárgaras y, al cabo de un momento, me di cuenta de que provenía de mi mayordomo, Worcester, que estaba tirado en el suelo con el Stradivarius en una mano, el arco en la otra y un corte muy feo en el cuello.

Holmes sonrió. Cuando esto ocurría, raramente presagiaba buenas noticias. Juntó los dedos de las manos y apoyó la barbilla sobre ellos.

—¿Cuánto tiempo llevaba su mayordomo con usted?

—Desde que yo era pequeño. Cuando me trasladé aquí fue el único miembro del servicio que vino conmigo.

—¿Qué ocurrió con los demás?

—Decidieron quedarse en mi país.

—¿Está usted seguro de que el arco y el violín son los suyos?

—Completamente seguro. Mandé grabarlos con unos dibujos muy característicos para poder reconocerlos al tacto.

—¿Quién se encargó del grabado?

—Un buen amigo mío, Hans Bolkov. Le conozco desde hace muchos años.

—¿Se comportaba su mayordomo de forma extraña últimamente?

—No más de lo habitual.

—¿Qué quiere decir? —preguntó Holmes abruptamente.

—Worcester siempre ha tenido un carácter... extraño, desde que le conozco. Creo que hubo un altercado con mis padres, justo cuando yo empecé a ir al colegio, y a consecuencia de ello su actitud hacia mí es hostil.

—¿Y aun así lo tiene a su servicio?

—Es un mayordomo excelente. El mejor que he tenido nunca.

—Ya veo. Bueno, Watson, considero que ya es hora de que le echemos un vistazo a la escena del crimen.


Antes de salir, Holmes cogió su violín, que estaba en su estuche sobre la mesa. No le pregunté por qué, ya que probablemente no obtendría respuesta, así que el trayecto a la mansión de Tsaikov transcurrió en silencio. Cuando bajamos del coche fuimos recibidos por Lestrade, que se frotaba las manos, en parte debido a su entusiasmo y en parte por el frío.

—Pensé que este caso sería ideal para usted, señor Holmes —dijo mientras tosía —, por el violín y todo eso. En fin, es un asesinato muy ingenioso y muy bien planeado. El mayordomo, Worcester, tenía más de sesenta años, y llevaba trabajando para la familia Tsaikov desde los veintiuno. Esa es toda la información que he logrado reunir, así que le agradecería que le echase usted un vistazo.


El difunto Andrew Worcester había fallecido a causa de un corte fino pero mortal a la altura de la arteria carótida y la cantidad de sangre que había perdido dejaba claro que había muerto antes de que la asistencia médica pudiera llegar. El charco de sangre sobre el que yacía había empapado su cabello, así que Holmes pululaba a su alrededor, inclinándose sobre él. Examinó con su lupa la herida, las manos y la cara de la víctima antes de pasar a observar el violín y el arco, que el cadáver todavía sostenía en sus manos. Comprobó el peso del instrumento y lo comparó con el de su propio violín, que había traído consigo. Cuando examinó el arco de su violín y el de Tsaikov a trasluz, su rostro se iluminó durante un segundo y se volvió de nuevo inexpresivo. Ya había resuelto el caso.

—Lestrade, sé quiénes son los culpables.
—¿Culpables?
—Exactamente. Pásese por Baker Street dentro de una hora y se los entregaré.


—Le alegrará saber, Watson, que estaba seguro de la identidad del asesino incluso antes de terminar nuestra entrevista con el señor Tsaikov.

—¡Dios bendito, Holmes! —nos encontrábamos de nuevo sentados en nuestro apartamento, esperando la visita del inspector Lestrade y de los hombres que habían causado la muerte de Worcester.

—El violinista me reveló mucho más de lo que debía.
—No querrá decir que...
Antes de poder siquiera terminar la frase, fuimos interrumpidos por la llegada de Lestrade, Tsaikov y un hombre de aspecto frágil y cabello blanco que parecía no haber visto la luz del sol en mucho

tiempo. Holmes se levantó e hizo un gesto hacia él.

—Caballeros, permítanme presentarles a Hans Bolkov, el cómplice de esta miserable conspiración entre amo y criado, en la cual un asesino invidente decidió organizar el asesinato del mayordomo que de niño lo dejó ciego con un producto de limpieza debido a una discusión que había tenido con sus padres.

—¡No pienso quedarme aquí escuchando estas ridículas patrañas!

—¡Espere un momento, señor! —Lestrade sujetó por el hombro al virtuoso, que acababa de levantarse de su asiento en un ataque de ira.

Holmes no hizo caso de este arrebato, y se volvió hacia el inspector de policía.

—Lestrade, creo que ha traído usted el arco del violín del señor Tsaikov, ¿verdad?

—Efectivamente, aunque no entiendo por qué me pidió que trajera el arco y no el instrumento —dijo mientras se lo entregaba a Holmes, que a su vez soltó la nuez que tensaba las crines y las sujetaba al extremo del arco.

Sin embargo, en vez de soltarse, se desprendió un fragmento de madera de unos dos centímetros, dejando al descubierto un trocito de metal reluciente. Holmes tiró de él y apareció la hoja de una espada tan larga, fina y cuidadosamente fabricada que al ponerla de perfil resultaba casi invisible.

—Les presento —dijo suavemente— el arma del crimen. Tsaikov atrajo al mayordomo a su estudio, le cortó el cuello, puso el Stradivarius en sus manos y dio la alarma como si acabase de encontrarlo allí.

—Pero, ¿por qué? —pregunté—. Antes dijo usted algo acerca del motivo, pero admito que estoy confuso.

—Eso, eso —dijo Lestrade, asintiendo solemnemente.

—El propio Tsaikov nos contó que Worcester había discutido con sus padres. También nos dijo que más o menos por esa época tuvo un accidente con ácido carbólico. No habría sido muy difícil, incluso para un niño, darse cuenta de que era el mismo ácido que el mayordomo usaba como producto de limpieza.

Tsaikov se sentó, balbuceando de ira. Bolkov, en cambio, miraba a Holmes con una mezcla de asombro y respeto.

—Debe ser usted un mago —musitó— para darse cuenta de

algo así. O eso, o tiene un pacto con el diablo. ¿Cómo lo ha descubierto, en nombre del cielo?

—Muy fácil —dijo Holmes sonriendo. Siempre le halagaba que la gente admirase su genio, por muy frecuente que esto pudiera ser—. Desde el principio me di cuenta de que a Worcester le habría sido imposible robar el Stradivarius. En primer lugar, no tenía las llaves y, en segundo lugar, ¿por qué esperar hasta ahora para robarlo? A menudo digo que cuando se ha eliminado lo imposible, lo que queda, por improbable que parezca, debe ser la verdad. La única opción posible era que el violín hubiera sido colocado junto a él a propósito. Tuvo que haber sido alguien que tuviera la llave, y las únicas dos llaves que existen estaban en poder de Tsaikov y del ama de llaves, que no tenía móvil para el crimen. Por lo tanto, debía haber sido él, pero ¿cómo lo mató? El método resultaba obvio. Sin embargo, faltaba el arma homicida. Me llevé mi propio violín simplemente para compararlo con el Stradivarius pero, cuando examiné los dos arcos juntos, vi que no solo se diferenciaban en el estilo y los grabados, sino que, debido a su peso y a los sonidos que emitía, pude deducir que había una delgada pieza de metal dentro de la vara y que esa pieza se correspondía exactamente con el corte en el cuello del mayordomo. La única persona que podía haber realizado esta modificación era el artesano que había grabado los característicos dibujos en el arco, y así atrapé también a Bolkov en mi red. Sin duda, Tsaikov habría preferido librarse del arma, pero hubiera resultado inútil cambiar el arco por otro, ya que las marcas del grabado son inconfundibles. Ah, y mis sospechas de que fue el mayordomo quien arrojó el ácido se confirmaron cuando descubrí una quemadura química en su mejilla derecha, cerca de la oreja.

—Eso podía haberle ocurrido mientras usaba el producto para limpiar —señaló Lestrade, aunque estaba visiblemente impresionado.

—No, no. Una salpicadura de esa forma solo pudo haberse producido al arrojar la sustancia, ya que una pequeña cantidad siempre salta en la dirección opuesta.


—Bueno, Holmes —le dije una vez Lestrade se hubo llevado al asesino y a su cómplice—, ha sido un hallazgo excepcional. Un caso insólito, tanto por sus grotescos detalles como por la forma admirable en que lo ha resuelto.

—En efecto —el detective se recostó en su butaca y de su vieja pipa brotaron anillos de humo azul—. Rara vez acepto casos ordinarios. Y ahora, centrémonos en el objeto de este ruin delito, pero esta vez en condiciones más inocentes.

Dicho esto, cogió su violín y, con la pipa todavía entre los labios, empezó a tocar.

# La constante del primer encuentro
William Maulden
Londres, Reino Unido

==GI/2185d.C./03/04/21:06GMT==

==GI/FRAGMENTO RECUPERADO==

Durante mi entrenamiento militar, nuestro instructor solía decir que la única constante es la guerra. No estoy de acuerdo. Hay otra: mi amigo Sherlock Holmes.

==GI/CORRUPTO/CARGAR INICIO/BUSCAR: PRIMER ENCUENTRO==

==GI/2183 d.C./05/23/15:32GMT==

Aún no he terminado de familiarizarme del todo. Me llamo John Watson, tengo 34 años y soy médico. O mejor dicho, serví como médico en el ejército.

Mi experiencia puede resumirse como una mezcla extraña de situaciones vividas por dos personas diferentes que luchan por congeniar, como si acabaran de conocerse. Me han sugerido que reactive el GI y lo use para grabar todo lo que sienta o pase por mi cabeza mientras me recupero de la cirugía. Un intento de "reconciliar a las dos mitades de tu personalidad, John", según el personal del Criterion. Me llaman "John", como si no fuera mi nombre de verdad. Supongo que no lo es.

En ocasiones, cuando cierro los ojos, casi puedo recordar la imagen de una cara borrosa, como la sombra que se queda después de fijar la vista en una luz muy brillante durante mucho tiempo. Ayer pude sentirla parada sobre mí, y de pronto se fue.

Voy a necesitar un tiempo para acostumbrarme a esto, sobre todo teniendo en cuenta que no consigo dormir.

==GI/2183 d.C./05/26/10:04GMT==

Bueno, los últimos dos días han sido una curva de aprendizaje. El GI ya no tiene la función táctica a la que estaba tan acostumbrado, supongo que esto es una buena señal. No más bombardeo de información constante, aunque una parte de mí casi lo echa de menos. Los médicos piensan que la cirugía ha sido un éxito absoluto, pero por el momento sigo cojeando. En fin, me han dejado suelto por Londres. Una ciudad en la que nunca he estado, en un país que no conozco, en un planeta que no había pisado nunca.

Solo que sí he estado aquí antes. Sé dónde están los sitios más emblemáticos y cómo llegar a ellos en taxi y Mag Lev. Mientras tanto, otra parte de mí no deja de maravillarse ante todo con una fascinación infantil. Por alguna extraña razón, lo primero que he hecho ha sido encaminarme hacía el Támesis, en el área de Patrimonios de la humanidad. Ahí he estado observando la Torre de Londres, el Tower Bridge y el Shard, todos ellos construidos cuando la humanidad aún estaba afincada en el planeta; ahora parecen diminutas bajo la sombra del Greenwich Sky Hook, que se encuentra río abajo, desaparece entre las nubes, atraviesa la atmósfera y se pierde en el espacio. Increíble, ver tanta historia junta y sentir esta lucha interna constante para mí, al sentirme como un turista incluso cuando conozco estos lugares de forma tan íntima y los he visto antes, pero con otros ojos.

Stamford, a cargo de mi tratamiento psicológico tras la operación, me ha pedido que me reúna con él en el Hospital de Saint Bartholomew mañana. Al parecer tiene a alguien que puede ayudarme con los preparativos para mi búsqueda de alojamiento. Sé que es algo que tengo que hacer, pero no por eso deja de sorprenderme. La lucha interna no parece disminuir, pero al menos ahora me estoy cansando, algo que no solía pasar antes. Unos días más y supongo que podré conciliar el sueño, así que supongo que una cama es el mejor lugar para hacerlo. Por ahora, estoy intentando disfrutar la ciudad de nuevo por primera vez.

==GI/2183 d.C. /05/27/09:46GMT==

Cuando llegué a St. Bart, muy temprano, para conocer a mi nuevo compañero de piso, Stamford ya estaba esperándome en la puerta y me acompañó adentro. Este es sin duda el edificio más antiguo que he visitado nunca, es increíble que aún siga en pie después de tantos siglos.

La primera vez que vi a Sherlock Holmes fue en un laboratorio en el sótano de este viejo hospital. Era un hombre alto y delgado, de unos cuarenta años, vestido con un traje de dos piezas con el pelo negro hasta los hombros. Nos daba la espalda mientras sujetaba unas de esas viejas tabletas de luz sólida en cuatro dimensiones. Hacía unos quince años que no veía una, tan de moda antes de que aparecieran los Gestores de información en forma de chip. Y sin embargo, ahí estaba él, usando tecnología del pasado para estudiar lo que fuera que tenía sobre el escritorio frente a él.

Se dirigió a nosotros sin girarse.

—Hola, doctor Watson, ¿cómo se encuentra? —me dio la impresión de que alzaba los hombros, antes caídos, al hablar.

Al parecer Stamford ya le había hablado sobre mí, aunque a mí no me había dado mucha información  más allá de su nombre. Me acerqué a él cojeando.

—Mejor, gracias señor Holmes.

Cuando se giró de nuevo, lo primero que noté fue una sonrisa tímida acompañada de un brillo en sus ojos. Ambos se endurecieron y desaparecieron tan fugazmente como el curioso sentimiento de reconocimiento que sentí yo mismo.

—Bienvenido a la Tierra. Imagino que debe de resultarle muy diferente de Nuevo Kabul.

Me giré hacía Stamford, que se limitó a sonreír y negar con la cabeza. Él no le había contado nada, después de todo.

—¿Cómo sabe de dónde soy?

—Es bastante simple. Podría haberlo deducido por sus modales militares, o la ligera cojera que sufre por culpa de la prótesis de luz sólida pero, sobre todo, por el diminuto código de barras que lleva impreso en la nuca, el cual indica que no hace mucho que dejó de ser propiedad del ejército. Un honor que imagino debe resultar extraño e inesperado. Según la información que me proporciona mi hermano, el único planeta que ha estado recientemente en guerra está situado en el cinturón de asteroides del sector de Piazzi, entre Marte y Júpiter, donde nuestros soldados están luchando contra unas sectas de idiotas que creen en extraterrestres por conseguir una roca que gira especialmente de forma particularmente lenta y que responde al nombre de Nuevo Kabul.

Me dejó sin palabras. ¿Tenía un código de barras en la nuca? Más tarde Stamford iba a tener que explicarme un par de cosas. Como es obvio, Holmes se percató de que había contado algo sobre mí mismo que ni yo sabía.

—Me gusta alardear. Llámame Sherlock, por favor, si es que yo puedo llamarte John.

—Por supuesto —conseguí balbucear.

—Bueno, ya que nos llevamos tan bien y ambos necesitamos un sitio donde vivir, debes saber que soy desordenado, a veces beligerante y, definitivamente, lo que los demás definirían como "maleducado". Soy un animal de costumbres y prefiero las viejas tecnologías antes que las nuevas, como habrás podido comprobar al entrar al laboratorio. Tengo un violín de 300 años y a veces lo toco, haciendo mucho ruido, a horas intempestivas cuando mi cerebro no tiene información que procesar. Además, suelo recibir llamadas de la policía local en calidad de consultor durante el día y en mitad de la noche. Si sumamos todo esto, podrás deducir que la vida en el piso será menos tranquila de lo que imaginabas cuando dejaste el hospital hace un par de días.

—¿Cómo sabes que dejé el hospital hace un par de días? —dije sin pensar.

—Una vez más, gracias a esas prótesis de luz sólida que llevas. Me han comentado que cuesta acostumbrarse a ellas al principio. Aún sientes el picor de la extremidad, incluso con la nueva ocupando su lugar. Además, el reajuste del ritmo cardíaco para producir el campo miocardial que genera la prótesis también es un contrapunto al equilibrio normal del cuerpo. Se supera con el uso regular o continuado, o eso dice la copia estándar del manual.

Miró rápidamente a Stamford al decir esto último y se volvió hacía mí una vez más. Permanecí con la boca abierta durante un rato ante la velocidad con la que había recitado tanta información y Sherlock se giró a coger un abrigo marrón oscuro, que parecía estar 10 años pasado de moda entre los civiles.

—No creo que te haga bien pasar otra noche más despierto por la calle, así que nos vemos en Baker Street esta tarde, ¿sobre las 3? Número 221, puerta B —asentí con la cabeza y Sherlock se acercó para estrecharme la mano, la de verdad—. Hasta luego.

Con eso, desapareció tras la puerta. Me giré hacia Stamford, posiblemente con una expresión acusadora.

—Yo no le he dicho nada —dijo—, pero fue él quien solicitó encontrarse contigo cuando se enteró de que estabas en el planeta.

Asentí con la cabeza, un poco aturdido. Esto es muy raro, pero lo único que me queda por hacer es descubrir cómo llegar a Baker Street.

==GI/2183 d.C./05/27/16:02GMT==

Conseguí parar un taxi sin muchos problemas, una práctica que me iba a salir cara si seguía así, pero me encontraba ansioso por llegar a Baker Street y reunirme con Sherlock. Cuando llegué me quedé estupefacto. Acostumbrado al polímero y el cristal tan presentes fuera del planeta, la simpleza del ladrillo de la calle me pareció algo deslumbrante, a la vez que ligeramente reconfortante. Toqué el panel de entrada y me sorprendí al ver que la cerradura de la puerta se abría de forma automática. En cuanto entré y la puerta se cerró detrás de mí, me llegó la voz de una señora, extrañamente familiar, que parecía salir de las paredes.

—Hola John, querido. Sherlock te está esperando arriba.

—Gracias —conseguí tartamudear, sorprendido.

Al entrar a la habitación principal del piso me encontré a Sherlock sentado en una mesa y observando un disco pruebas a través de una lupa generada gracias a su vieja tableta de LS. Levantó la vista en el acto, una amplia sonrisa dibujándose en su rostro.

—Ah, hola de nuevo, John.

—¿Por qué sabe mi nombre la IA? —le pregunté, sin dilación.

—Oh, tomé una prueba de tus células cutáneas cuando nos estrechamos las manos y las he usado para programar los permisos de entrada de la señora Hudson. He creído que agilizaría las cosas. Además, me daba pereza levantarme en caso de que llamaran a la puerta y no fueras tú.

—Ya veo. ¿La señora Hudson?

—Es la Inteligencia artificial del edificio. Imagino que estarás más acostumbrado a que sean puramente operativas, pero he descubierto que permitiendo que el software conserve sus valores iniciales se consiguen grandes avances en personalidad y libre pensamiento. Incluso si no es más que una gran ama de llaves glorificada.

Desde el techo, o quizás las paredes, nos llegó un "Soy un poco más que eso, Sherlock" en una voz amable pero algo petulante.

—Mientras la casa esté caliente en invierno, eso es todo lo que importa, señora Hudson —contestó Sherlock al aire.

Estaba en lo cierto, para mí las IA no eran más que simples herramientas, no algo a lo que responder. Eché un vistazo a la habitación, con todo patas arriba y repleta de extraños objetos y antigüedades tecnológicas.

—Veo que llevas un tiempo por aquí... —le dije a Sherlock.

—Sí, varios años, de hecho. Mi anterior compañero tuvo que marcharse, contra su voluntad, he de decir.

—Stamford me ha dicho que me querías a mí, específicamente.

—O alguien parecido a ti —contestó Sherlock en actitud defensiva—. No a ti, específicamente. Estoy acostumbrado a tener un punto de vista contrario. Los militares han demostrado cumplir ese papel en el pasado.

—¿En el asunto de resolver crímenes?

—Exacto.

—¿Por qué demonios iba la policía a pedir consejo alguien fuera del cuerpo?

Sherlock usó esa sonrisa suya, como si ya le hubieran preguntado esto miles de veces.

—Tienes un chip grabador de GI de grado militar implantado en el hipocampo, John, como todos los miembros del cuerpo. Yo no.

—De acuerdo, así que pueden conseguir información sobre cualquier cosa, estén donde estén.

—Exacto, pero la confianza lleva a la indolencia. Son capaces de acceder a cualquier tipo de información en cuestión de segundos, pero muy a menudo carecen de la inteligencia suficiente para atar cabos. Yo soy capaz de pensar con libertad y procesar los datos como quiera, y eso me da una gran ventaja.

—¿Por qué les implantan esos chips, entonces?

—Bueno, es perfecto, incluso resulta útil, con los crímenes callejeros más mundanos y sin importancia. La policía no acude a mí para cosas mundanas y sin importancia.

—¿Y qué te hace pensar que me interesa vivir aquí y ayudarte con este asunto?

—No he dicho nada sobre esperar tu ayuda, pero ya que lo has mencionado... Excelente. Estás acostumbrado a ser de utilidad, me atrevo a aventurar que fuiste creado para ello. Está en el código de tu ADN. Cuando me enteré de que habían recibido en el Criterion a un soldado retirado e inválido, usé mi famoso cerebro para concluir que dejarte a la deriva sería una gran pérdida. Esto no es más que una propuesta, por supuesto, la decisión es tuya.

Estaba a punto de sentarme, sintiendo una punzada de exasperación, cuando la omnipresente señora Hudson volvió a hacer aparición.

—El inspector Lestrade está en la puerta, Sherlock.

Sherlock me mantuvo la mirada, sin dejar de sonreír.

—Allá vamos, John. Hazlo entrar, señora Hudson.

Y aquí estamos ahora. Estoy escuchando a un oficial de policía llamado Lestrade informando a Sherlock sobre un cuerpo que han encontrado en lo más alto del Shard. Un asesinato en una atracción turística de más de 50 años llama la atención, una provocación abierta y pública. Puedo entender por qué han acudido a él, la verdad. Puede que lo sepan todo sobre el edificio, su historia y su significado; que conozcan cada entrada, salida o el sitio más visitado de toda la estructura. Pero incluso con toda esa información, son incapaces de entender cómo puede cometerse un asesinato y que no haya ni rastro del asaltante. Sherlock, sin embargo, es probable que sea capaz. Por mi parte, creo que lo acompañaré para descubrir cómo lo ha hecho el perpetrador.

==GI/DATOS NECESARIOS RECUPERADOS/CARGAR BÚSQUEDA INICIAL==

==GI/2185 d.C. /03/04/21:01GMT==

Esta tarde he vuelto al piso solo para encontrarme a Sherlock perdido en sus pensamientos, debido, con toda seguridad, a la ausencia de trabajo, ya que no estaba sufriendo ninguno de sus "episodios". Entré y ocupé el sillón opuesto al suyo. Su violín descansaba a un lado, con un par de cuerdas rotas.

—Resulta curioso, John, que la gente sea capaz de olvidarse —empezó a hablar— de que, desde que se aventuraron en el espacio hace cuarenta años, en realidad la Tierra no ha cambiado nada. Nada de nada. Nuevos lugares por explorar, nuevas batallas autoimpuestas que luchar, pero aquí, el crimen sigue igual.

Asentí con la cabeza, no muy seguro de a donde quería llegar con todo esto.

—No he sido del todo honesto contigo, John, pero creo que esta noche debo serlo.

Creo que fue entonces cuando me quedé sin aliento.

—Esta noche, hace diez años de la muerte de John Watson. No fue culpa suya, sino mía, o eso me repetía a mí mismo al principio. En realidad, no hay forma de parar a un hombre enloquecido con un arma. Solo la naturaleza aleatoria del destino. Eso sí, James Winter pagó por su crimen.

Sherlock hizo una pausa. Su rostro no reflejaba ni un ápice de emoción. En cambio, formó un triángulo con las manos, las yemas de los dedos tocándose y los codos apoyados en los brazos del sillón. Tenía la mirada fija en el espacio que nos separaba, pero no enfocada sobre mí.

—Antes de conocernos, John había trabajado como médico en el ejército y prestó todo su ser a cualquier cosa que le pedían, lo que culminó en tu creación y la de cientos como tú. Físicamente, al menos. Debido a varias protestas sobre lo ético del procedimiento, decidió mantener en privado su propia esencia. De este modo, se suponía que tú nunca acabarías en la Tierra, así que cuando, hace ahora 2 años, me enteré de que estabas en una de las oficinas de Criterion, me quedé perplejo. Entonces me di cuenta, por supuesto: Mycroft. Él era el único con poder suficiente para llevarte ahí, esperando que yo te encontrara, y mantenerte a salvo. Así que, en efecto, como ya sospechabas, nuestro primer encuentro estaba preparado. Pero era necesario que fuera así. Solía trabajar solo, pero mi hermano se había dado cuenta del vacío que había dejado en mi vida la muerte de tu predecesor. Le di instrucciones precisas a Mycroft para que dejara intacta tu libertad de pensamiento y te implantara los recuerdos del John Watson original antes de conocernos. Incluso  así, existía el riesgo de que no fuera posible borrarme por completo.. Teniendo en cuenta lo rápido que aceptaste mi confianza el primer día, puedo deducir que ha sido así.

Dio esta larga explicación sin tomar aliento e hizo una pausa.

—Espero que no pienses mal de mí...

Me quedé sentado durante unos minutos que parecieron horas, pero estoy bastante seguro de que mi reacción fue instantánea.

—No, Sherlock —dije, con la voz algo entrecortada—. No es tu culpa. Si no me hubieras arrastrado a esta locura de existencia, habría muerto en cuestión de días, o sin duda andaría vagando sin rumbo.

Sherlock me miró, por fin, y mantuvo la mirada por encima de las puntas de sus dedos. La comisura de sus labios se arqueó, formando una media sonrisa.

—Hay tantas constantes en este mundo, John, y aquellas cosas que damos por sentadas son el resultado de aquellos que nos precedieron. La miel es un compuesto azucarado sintético que untamos en pan tostado, pero en el pasado la humanidad criaba unos insectos asombrosos para producirla. Ahora, incluso cuando las abejas se han extinguido, su legado continúa. Yo di por sentada la amistad de John Watson y de pronto un día se fue. No tengo ninguna intención de volver a cometer ese error.

Emití un gruñido en mitad de una risa ante tal desfachatez. El hombre responsable de mi integración en la sociedad tenía el valor de decirme esto, además de compararme con un insecto muerto, pero así hace él las cosas.

—No creo en las segundas oportunidades —le dije—. Pero esta ciudad no tiene derecho a estar aquí, todo lo que hay en ella debería haberse tirado abajo y reconstruido un millón de veces. Aún así, ahí siguen. Y gracias a ti, yo también.

Me recliné hacia adelante en mi sillón con la mano extendida hacia él. La mano con la prótesis de LS. Sherlock permaneció quieto durante unos segundos y entonces movió la mano hasta estrechar la mía, con una sonrisa que demostraba haber entendido la ironía de mi oferta.

Durante mi entrenamiento militar, nuestro instructor solía decir que la única constante es la guerra. No estoy de acuerdo. Hay otra: mi amigo Sherlock Holmes.

==GI/FIN/BORRAR BÚSQUEDA==

# Vir requiēs

Kaylin C. Sapp
Ohio, EE.UU.

Escalas cadenciosas y acordes discordantes
arrancadas de cuerdas, más rasgueo que melodía
se alían con el crepúsculo mortecino
envolviendo todo con luna en niebla vestida.

Tenue parpadea la luz de las farolas
arrojando sobre su pensativa cara
sombras que delatan los más oscuros
peligros de la raza humana.

La esperanza de un niño, la pesadumbre de un padre,
de una gentil dama una firme petición;
pero el arte por el arte, porque al Maestro
no lo persuaden riqueza ni blasón.

¡Y entonces! La melódica contemplación se detiene
cuando las enrevesadas mentiras echan a volar.
Sofistería y tergiversación
Deben ceder ante la Verdad.

La Verdad es Luz, y su Conductor,
modesto, discreto, fuerte,
fiel amigo y cronista,
al sabueso de Baker Street protege.

Estudios en escarlata, Juegos y locos,
bandas de lunares y peligro mortal.
El valle del terror pasa a ser de Sombra
augurando la Caída final.

Una casa deshabitada se alza silenciosa
como monumento al genio que fue
pero ningún héroe verdadero yace olvidado
mientras que un cronista siga en pie.

# El momento más lúgubre

Peter Holmstrom
Oregón, Estados Unidos

Solo tras una profunda reflexión y al darme cuenta de mi inminente muerte he decidido contar esta historia, ya que trata sobre el momento más lúgubre de mi vida.

Cuando se declaró la guerra en Europa, me ofrecí como voluntario para cualquier tarea en la que pudiera ser de utilidad. Al ser un hombre de avanzada edad, no negaré que pensé que mis servicios consistirían en ejercer como instructor médico o, en el peor de los casos, atender a los heridos que enviaban de vuelta a Inglaterra. Sin embargo, dado que el número de bajas y heridos aumentaba por millares, me destinaron al frente, directo al infierno de la gran Batalla del Somme.

Sin duda, fue la experiencia más horrible de mi vida. El puesto médico se encontraba dentro de una iglesia abandonada y más que salvar vidas, aceleraba las muertes. A los pocos días la morfina empezó a escasear. Lo más que podíamos hacer era limpiar las heridas y encomendarlos a Dios, aunque esto servía más bien de poco. El aire apestaba a muerte. La tierrra se había teñido de sangre y los gritos resonaban constantemente en nuestras cabezas. Era imposible no pensar en ellos.

El peor recuerdo que tengo de la guerra fue un día especialmente agotador a finales de julio, cuando estaba atendiendo a uno de los muchos hombres heridos. Un pedazo de metralla le había perforado el pulmón derecho hasta sobresalir por el otro lado. Cuando bajé la mirada para mirar al chico, demasiado joven para morir, me vino a la mente ese pensamiento habitual y algo reconfortante de que este joven ni siquiera habría nacido cuando conocí a mi viejo amigo Sherlock Holmes. Nuestras aventuras no habrían sido más que gritos sin sentido del vendedor de periódicos, completamente ajenos al dolor y los males del mundo. Y sin embargo, aquí estaba este chico ahora, muriendo en mi mesa de operaciones improvisada.

Mi mente regresó a aquellos años en Baker Street, al fuego acogedor, al sillón tan cómodo en el que casi siempre me sentaba y a Holmes, de pie junto a la chimenea tocando su violín. El timbre sonaba y algún pobre diablo subía las escaleras para pedirle ayuda al gran Sherlock Holmes. Sin importar lo terrible de una situación, Holmes parecía podía vencer a cualquier mal. Pero él ya estaba retirado en su granja de abejas y hacía 10 años que no lo veía. Ahora existía un mal que ni el mismo Holmes podría derrotar.

El muchacho en la mesa de operaciones murió gritando y luchando por respirar como tantos otros, rezando por un milagro que nunca llegaría. La sangre chorreaba por mi delantal mientras observaba cómo se extinguía la vida de los ojos.

Salí de la iglesia furioso, maldiciendo el día en el que decidí presentarme como voluntario en esa maldita guerra, pero entonces vi algo por el rabillo del ojo. Cuando miré con más detenimiento casi pensé que estaba alucinando. Ahí, al otro lado de la plaza que separaba la iglesia del maltrecho pueblo, estaba Sherlock Holmes.

Al menos yo creí que era Holmes. El hombre vestía como un anciano pordiosero y caminaba encorvado con ayuda de un bastón, pero había algo en sus ojos y en su forma de caminar que me hizo pensar que, casi con toda certeza, aquel era mi viejo amigo.

No podía creer lo que veían mis ojos. Caminé hacia él con la firme intención de hablarle. No me importaban ni la lluvia ni la muchedumbre. Ni siquiera me importaba la guerra. Necesitaba verlo.

Sin embargo, cuando crucé la plaza, el hombre ya no estaba. Miré por todas partes frenéticamente, sin duda llamando la atención de algunos de los soldados de alrededor, pero me daba igual. Avancé a través de la multitud y me dirigí al callejón más cercano, que parecía la ruta más lógica que podría haber tomado. Las sombras se alzaban a mi alrededor a medida que avanzaba a través de las ruinas del pueblo.

Justo cuando ya me había resignado a abandonar mi búsqueda, una mano salió de la nada y tiró de la manga de mi camisa. Al darme la vuelta, vi al mismo viejo decrépito encorvado en la oscuridad. Dijo algunas palabras en francés que no entendí, pero ese brillo en sus ojos seguía ahí.

—¿Holmes? —debí sonar muy desesperado, pues en ese momento Holmes empezó a reírse entre dientes, casi como queriendo disculparse.

—Vaya, mi querido Watson. ¿Qué está haciendo en un lugar como este?

Emití un suspiro cargado con todas las semanas de tortura emocional a las que me había visto sometido en este agujero infernal. La tensión de mis músculos se disipó al ver a mi viejo amigo, Sherlock Holmes.

—¡Holmes, de verdad no tiene idea de cuánto me alegro de verlo!

—El sentimiento es mútuo, viejo amigo, pero le ruego que hable en voz baja, ya que este disfraz no es baladí —me dio a entender con una seña que me adentrara más en las sombras y ambos nos sentamos sobre una pila de escombros.

Observé a mi amigo lo mejor que pude bajo aquella luz tenue. A pesar del disfraz pude notar que los años no le habían tratado bien desde la última vez que hablamos. Las canas y las arrugas bajo los ojos eran suyas. Cuando habló, sin embargo, me di cuenta que su espíritu seguía tan fuerte como siempre y, a pesar de todos estos años, seguía siendo Sherlock Holmes.

—Supongo que se estará preguntando por qué abandoné mi vida pacífica como apicultor para venir aquí.

—Sinceramente, Holmes, en lo que a mí respecta podría haber venido a tomar una taza de té. Me alegro tanto de verlo. Esta guerra me ha estado carcomiendo de una manera que ni yo creía posible.

Holmes me miró un instante, exhaló profundamente y sacó su conocida pipa de madera de cerezo momentos después.

—Siento lo que le ocurrió a su esposa, Watson...

El dolor me atravesó como una aguja incandescente. Además del calvario por el que estaba pasando, el recuerdo de la muerte de mi esposa a manos de una enfermedad que no pude curar me hirió más allá de lo imaginable en esta ciudad sangrienta. Me enjugué una lágrima del rostro, casi aliviado por poder seguir siendo capaz sentir algo.

—Cuénteme su historia, Holmes. ¿Cómo ha acabado aquí?

Holmes sonrió con suavidad y me dio unas palmaditas en la rodilla.


—Solo hace un par de semanas, de hecho. Estaba tan tranquilo en mi granja de abejas en Sussex, conforme con dejar que la guerra se desarrollara sin mi participación, cuando llegó un coche... ¿Tiene una cerilla, viejo amigo?

Negué con la cabeza; habían pasado meses desde la última vez que fumé.

—Vaya. En fin, como iba diciendo... El conductor resultó ser mi hermano, Mycroft. Estoy seguro que recordará que la posición de Mycroft en el gobierno le otorga un papel indispensable en esta guerra, así que enseguida supe que esta visita no era de índole social. Imagínese, vino para pedirme que lo acompañara al norte de Francia nada más y nada menos que por un asunto urgente.

Noté cierto desprecio en su voz. Sin duda, Mycroft había usado su influencia sobre él.

—Llegamos a un pequeño pueblo cerca del frente y condujimos hasta un hospital militar, sin que Mycroft me informase sobre lo que estaba pasando:

—Sherlock, lo único que puedo decirte es que hay una situación que requiere de tu experiencia.

—¿La ayuda de un apicultor? Lo dudo mucho.

—No seas frívolo, Sherlock, se trata de un asunto delicado y de gran importancia.

—Estoy que tiemblo de emoción.


—Como puede imaginar, Watson, me recosté con el orgullo herido. Al llegar al hospital me encontré con un panorama que para usted no es nuevo, pero a mí me dio qué pensar. Nos hicieron pasar a una habitación privada donde yacía un hombre cuya estatura fue alguna vez de un metro setenta. Había perdido las piernas y el resto de su cuerpo no parecía estar mucho mejor:

—¿Por qué estamos aquí, Mycroft?

—Espera...Teniente... ¿me oye?

El hombre abrió los ojos y se quedó mirando al techo, pero no dijo nada. Miré a Mycroft esperando algún tipo de explicación.

—Este es el teniente Prendergast, Sherlock. Lo hicieron prisionero hace tres meses a las afueras de Ypres. La semana pasada logró escapar a través de las lineas enemigas. Lo encontramos desangrándose en los campos del Somme y creemos que fue allí donde se le infectaron las heridas más recientes. Desde entonces se encuentra en un estado de semiconsciencia pero, a pesar del delirio, hay una cosa que repite una y otra vez...

Mycroft se inclinó sobre Prendergast para decirle algo al oído.

—Prendergast, díganos el secreto que le contó a las enfermeras.

—Por un instante, Watson, pensé que Prendergast moriría ahí mismo. No hacia más que temblar y sudar copiosamente, pero de alguna manera encontró la fuerza suficiente para luchar por articular las palabras:

—Los escuché, creían que había muerto, pero los escuché...

—¿Qué fue lo que escuchó, Prendergast? —dijo Mycroft.

Es ese momento Prendergast levantó la cabeza y miró a Mycroft directamente a los ojos.

—Hay un espía, señor... un espía alemán, en Somme... ¡Un espía alemán nos está tendiendo una emboscada!

—¿Cómo puede estar tan seguro? —dije.

—Los escuché hablar... soldados que pasaban junto a mí, no se dieron cuenta de que estaba allí, pero los escuché… dijeron que obtenían información de alguien en las líneas británicas. Ellos sabían cuándo atacaríamos nosotros...incluso antes que nuestros propios soldados...Aunque parezca extraño, es la verdad... Lo sabían días antes que los que iban a estar luchando. ¿Quién podía saber eso, señor? ¿Quién podría saber nuestros movimientos antes de que nosotros mismos los supiéramos?

Salimos del hospital y no dijimos nada hasta que estuvimos dentro del coche.

—Mycroft, no sé qué esperas que haga.

—Es obvio, resuelve el caso. Encuentra al traidor.

Al escuchar lo absurdo de su razonamiento bufé airado.

—Si lo que él dice es verdad, que los alemanes saben nuestros planes de ataque antes de estos lleguen a los soldados, entonces solo puede haber cuatro o cinco personas que...

—¡Es una situación delicada, Sherlock! Cada día llegan noticias sobre motines en el frente. ¡Si se supiera que estamos investigando a los oficiales de alto rango, podría haber una sublevación! Debemos actuar con discreción para que nadie se entere. Si encuentras al culpable, no habrá un Scotland Yard que llegue y lo aprese. No habrá juicio, Sherlock. La moral de las tropas en esta guerra ya está lo suficientemente baja. Nadie debe enterarse de la traición. ¿Lo

155

entiendes?

Me quedé mirando a Holmes sin dar crédito a lo que estaba escuchando.
—¿Mycroft le estaba pidiendo lo que creo, Holmes?
Holmes masticó su pipa aún sin encender y miró al vacío.
—Nos estamos moviendo en aguas extremadamente turbias, Watson, y puede que el destino que nos espera no sea uno placentero.

Permanecimos sentados en silencio, sin que ninguno quisiera decir la verdad en voz alta. El sonido de la lluvia se fundía con el de las balas a la distancia y deseé con toda mi alma que estuviéramos en Baker Street de nuevo. Al cabo de un momento, Sherlock se giró hacia mí.
—Y así es como acabé aquí, Watson... Al investigar un poco estaba claro que el espía debía estar aquí; las órdenes llegaban de muchas personas diferentes como para haber sido enviadas desde el cuartel general. No, la clave debía estar en el receptor. Me disfracé de esta guisa y vine aquí.
Apenas pude oír esta última frase. Un espía alemán...en nuestras líneas, pasando información sobre los movimientos de las tropas y los planes de ataque. Esto podría costarle a Inglaterra miles de vidas.
—¿Puedo ayudar de alguna manera, Holmes?
—Faltaría más, Watson. He determinado que la información no está siendo enviada por telegrama u otra tecnología más moderna, así que he estado vigilando el frente durante las dos últimas noches. De momento no he visto nada.
—En ese caso, esta noche iré con usted.
—Gracias, amigo. Reunámonos aquí sobre las nueve ¡Quizá juntos podamos detener al traidor y salvar a Inglaterra!

Pasé el resto del día atendiendo a los heridos, y el número de personas que conseguí salvar fue muy superior al de fallecidos, lo que me proporcionó algo de alivio. Me di cuenta de que estaba mucho más animado. La idea de volver a perseguir a criminales junto a Holmes hizo que por un tiempo incluso la guerra pareciera tolerable.
Cuando dieron las nueve, salí discretamente de la iglesia y me adentré en la oscuridad. Encontré a Holmes justo donde habíamos estado unos horas antes. Ya no llevaba el disfraz y ahora se parecía más

al viejo Holmes que yo recordaba.

Caminamos a través de las sombras, más allá del pueblo, acercándonos cada vez más al frente. Nuestro viaje culminó junto a una colina, desde donde podíamos ver tanto el pueblo a lo lejos como las trincheras donde había miles de muchachos ingleses, la mayoría de los cuales probablemente nunca volvería a casa.

Pasamos un rato sentados juntos, escondidos tras un peñasco mientras mirábamos fijamente los inhóspitos campos del Somme. Lo que más recuerdo son los gritos.

Debido la gran cantidad de heridos en cada ataque y al número de ataques ordenados por el General cada día, la mayoría se quedaban donde caían, abandonados, pidiendo auxilio a gritos, pero la ayuda nunca llegaba. Un silencio hueco y escalofriante se filtraba por el aire entre todos sus débiles alaridos. El cielo estaba especialmente despejado, la luna brillaba con intensidad e iluminaba el maltrecho paisaje, perforado y marcado con infinidad de heridas punzantes causadas por los disparos de la artillería. Lo que una vez fueran bellos campos ahora se habían convertido en tierra de nadie, trozos de tierra grises de los que probablemente la vida nunca volvería a brotar. No pude evitar pensar estas cosas mientras esperábamos sentados algún indicio de traición en esa fría noche de verano.

—¿De verdad vale la pena todo esto, Holmes? ¿Toda de esta muerte y destrucción tienen un propósito?

—Quizá sí, Watson, pero nosotros no somos quienes para juzgarlo. Este deprimente panorama que tenemos ante nosotros y los horrores de los que ha sido usted testigo en el hospital se usarán como un símbolo, una señal de advertencia para las generaciones venideras que les recuerde que la guerra no es el medio que justifica los fines de los políticos. De las cenizas de este conflicto surgirá un mundo más concienciado y pacifista. Por eso luchamos, Watson. No lo hacemos por los políticos de Whitehall, sino por el bienestar de todos y por un mundo mejor.

—Ojalá.

De repente, Holmes se inclinó hacia adelante, mirando atentamente al cielo nocturno mientras su expresión se volvía más seria. Me giré esperando ver lo que él veía, pero no vi nada.

—¿Holmes?¿Qué pasa?

—Por supuesto.¡Qué tonto he sido!

—¿Holmes, qué ha visto?

Holmes no me escuchaba. Incluso en la oscuridad podía ver claramente que la mente de este gran hombre se movía más deprisa que la del común de los mortales.

—¡Cómo he podido ser tan idiota! ¡Vamos Watson, se nos acaba el tiempo!

Salimos corriendo ladera abajo antes de que Holmes terminara de hablar. Ya no le importaba mantenerse oculto en las sombras, así que salió disparado, corriendo a la velocidad de alguien con la mitad de su edad pero con el doble de determinación. Apenas podía seguir su ritmo y sujetar el revólver que llevaba guardado en el bolsillo.

Corrimos a través de la noche y llegamos al pueblo en unos pocos minutos, culminando la travesía en la misma iglesia de la que yo había salido hacía unas horas.

—¿Holmes, qué hacemos aquí? ¡Dígamelo! ¿Qué vio?

Holmes me hizo un gesto para que me adentrará en las sombras frente a la iglesia, desde donde teníamos una vista clara de la entrada.

—He sido un imbécil por no pensarlo antes y de no haber sido una noche tan despejada no me habría dado cuenta.

—¡Yo también estaba mirando pero no he visto nada!

—Ha sido solo un instante, ha pasado volando directamente bajó la luz de la luna. ¡Era un pájaro, Watson! Una paloma mensajera. Deben haberla pintado de negro para camuflarla por la noche ¿Y en qué lugar el gorjeo de una paloma pasaría inadvertido?

—¡En el campanario de la iglesia! ¡Maldita sea, Holmes, me está diciendo que el traidor ha estado bajo mis narices todo este tiempo!

—Así es. Espero que siga aquí.

Nuestra espera no fue larga. Al cabo de cinco minutos las enormes puertas de roble se abrieron y un hombre salió caminando alegremente.

—¡Holmes! Es el General...

—¡No diga su nombre, Watson! Ni lo susurre siquiera. Guarde silencio, debemos seguirlo.


Lo acechamos a través de la noche de vuelta a su alojamiento. Miré fijamente al hombre que teníamos frente a nosotros mientras lo perseguíamos. El hombre que había enviado a miles de hombres a una muerte segura. El hombre cuya preocupación yo creía era nuestro bienestar. El hombre que nos había traicionado.

Había un guardia en su puesto frente a los cuarteles del General, pero Holmes nos llevó por la parte de atrás cerca de una ventana con el cristal roto. Permanecimos al otro lado de la calle mirando fijamente en dirección a la ventana, sabiendo quién se encontraba dentro.

Aún en la oscuridad, la duda en el rostro de Holmes era evidente.

—Debo admitirlo, Watson, no sé qué hacer.

—¿Por qué no hacemos que lo arresten? Estoy seguro que el nombre de Sherlock Holmes podría convencer a alguien para que lo investiguen.

—No, Watson; Mycroft tenía razón. Si esto se llegara a saber, las repercusiones serían catastróficas

Los siguientes minutos me parecieron una eternidad. No podía creer lo que estaba oyendo. Sherlock Holmes, un asesino...

—Tiene que haber otra manera...

Holmes exhaló prolongadamente, pero yo hubiera deseado que su suspiro durase más.

—Entonces, deje que lo haga yo...

Holmes me miró.

—No, Watson...

—¡Es mi comandante! Cuando un comandante comete traición el castigo es la muerte. Lo siento, Holmes, pero algunos héroes deben permanecer puros.

Nos quedamos ahí un tiempo. El aire pesaba tanto que pareció congelarse. Lentamente, Holmes asintió con la cabeza.


Dos días después Holmes abandonó el frente y la muerte del General se atribuyó a un infarto.

Debí haberme preguntado sobre los motivos del General tiempo después, ya que aún recuerdo claramente la respuesta de Holmes.

—No lo sé, Watson. Quizás al ver toda la muerte y destrucción que él mismo ordenaba sintió que apoyar al enemigo sería la manera más rápida de acabar con esta guerra. Cuando el pecado de un hombre es la virtud de otro ¿qué es lo correcto? ¿De verdad somos capaces de distinguir el bien del mal?

# Un viaje en tren a Londres

C.M. Vale

Bronx, Nueva York, Estados Unidos

No tuve motivos para pensar más en aquel asunto hasta que, al bajar del tren en la estación de Euston, encontré un objeto muy extraño en mi bolsillo...

Cuando recibí la noticia de la muerte de mi padre, en diciembre de 1887, llevaba cerca de seis años viviendo en un tranquilo pueblo escocés. Allí me hacía cargo de una consulta rural, lejos de las calles mugrientas y el aire venenoso tan habituales de esa gran cloaca que es Londres.

De esta forma, al ser yo el mayor de los hermanos y el único varón con capacidad para heredar nuestra insignificante fortuna, el funesto encargo de poner en orden el patrimonio familiar recayó por completo sobre mí. La tarea prometía ser difícil, ya que los documentos financieros de mi padre se habían mantenido siempre en un estado de absoluto desorden. Lo que más me incordiaba de todo el asunto no era tanto la molestia de tener que cerrar temporalmente mi lucrativa consulta como el tener que organizar el caos de facturas y cuentas bancarias seguramente en números rojos. La principal fuente de mi irritación era el tener que estar lejos de mi hogar durante la época navideña, que además era la primera que iba a celebrar con mi joven y encantadora esposa Violet.

Siendo como es una mujer tan testaruda, cuando se empeñó en acompañarme ninguna de mis razones pudo convencerla de lo contrario. Yo esperaba que al menos uno de los dos pudiera librarse de este tedioso asunto y pasar la navidad cenando frente a un buen fuego en casa de algún pariente cercano, pero no iba a ser así.

Habíamos comenzado nuestro fatigoso viaje el día anterior, así que en Nochebuena llegamos a la estación de tren de Oxfordshire, desde donde iríamos directamente a Londres.

El tiempo que pasamos esperando al condenado tren fue horroroso. A pesar de que llegamos puntualmente a las siete y cuatro

161

minutos, tal y como indicaba nuestra guía de ferrocarriles Bradshaw, hacía tanto frío que  los breves momentos que estuvimos allí de pie fueron suficientes para que nos quedásemos congelados. También parecía haber un alboroto en la parte más lejana del andén, ya que a un sujeto algo extraño, que además estaba obviamente trastornado, se le ocurrió la genial idea de darse un paseo por las vías. En consecuencia, cuando el tren llegó, tuvo que detenerse  por culpa de este temerario individuo. En total, once minutos y trece segundos de retraso que podíamos haber pasado descongelándonos dentro del tren.

Finalmente, todo volvió a la normalidad, o mejor dicho, se silenció lo ocurrido. No sabría decir exactamente cómo se resolvió el asunto ya que, a pesar de lo tarde que era, una muchedumbre se había agolpado en la estación. Sin duda todos querían pasar la Nochebuena con sus familias, pero por su culpa no pude ver nada.

Cuando finalmente nos permitieron subir al tren, le pregunté al revisor qué había ocurrido.

—Lo más extraño que he visto nunca —comentó—. Un tipo que no debía estar bien de la cabeza se ha puesto a examinar el polvo del suelo, mientras decía que necesitaba recoger unas muestras para un artículo. ¡En mi vida había oído nada semejante!

—Qué raro —le dije yo, mientras nos conducía hacia el último vagón libre—. ¿Para qué están los manicomios si se permite a los lunáticos ir y venir a su antojo?

Él tampoco supo cómo responder a esto y se fue mientras nos preguntábamos eso de "¿Dónde vamos a ir a parar?"

Siempre que viajo en tren, prefiero hacerlo en un compartimento privado, ya sea durante un trayecto corto o largo, porque toda precaución es poca con tanto perturbado suelto por ahí. El tranquilo paseo por las vías de nuestro amigo era un claro ejemplo.

Por esa misma razón, me alarmé bastante cuando, al entrar en el compartimento cargado con los baúles de Violet y mi pequeño maletín, mientras ella se quedaba charlando con alguna señora, me encontré con que ya había un individuo escuálido y larguirucho ocupando un asiento. Bueno, asiento no es del todo correcto en este caso, ya que aquel hombre tan desconsiderado se había tumbado de forma que sus pies invadían la butaca de enfrente. Sus larguísimas piernas me estorbaron sobremanera cuando intenté subir las maletas de mi esposa al portaequipajes. No alcanzo a entender cómo alguien con un aspecto tan demacrado podía abultar tanto.

Para colmo, una nube de humo maloliente se elevaba desde debajo de su gorra, cuya visera le cubría la cara.

—Disculpe, señor, pero este es un compartimento de no fumadores —le informé una vez hube tomado asiento. Al menos había tenido la deferencia de bajar los pies de mi lado del asiento.

Sin embargo, la única respuesta que obtuve llegó en forma de una nueva nubecilla de humo.

Una vez se hubo cerciorado de que no tendría que ayudarme con el equipaje, mi esposa entró en el compartimento y, en ese momento, la desfachatez de nuestro compañero de viaje casi me saca de mis casillas. El tipo, imagínense su atrevimiento, profirió un gemido lastimero cuando ella se sentó, murmurando no sé qué acerca de las intolerables inclinaciones del sexo débil.

Estaba a punto de abrir la boca para defender a Violet cuando el sujeto rompió su silencio.

—Mi más sentido pésame por el fallecimiento de su padre.

—Muchas grac... ¡Santo cielo! ¿Cómo es posible que sepa usted eso? —Mi brazalete negro de luto estaba, por supuesto, oculto bajo mi abrigo.

Por si sus misteriosos conocimientos acerca de mis asuntos personales no fueran suficientes, para mi sorpresa se echó a reír.

—¡Sherlock Holmes! —exclamé, ya que cuando levantó la cabeza reconocí inmediatamente sus rasgos afilados —¡Le juro que creía que no volveríamos a vernos!

De hecho, deseaba no tener que volver a verlo jamás. Más si cabe desde que fui consciente de las consecuencias que mis actos tuvieron sobre un pobre e inocente inválido que solo buscaba un poco de paz y normalidad para sanar su agotado cuerpo. Resultaba comprensible que el doctor se interesara por un sujeto tan fascinante y poseedor de un intelecto tan agudo, pero soportar su compañía constantemente era otro cantar.

Admito que el hombre no podía permitirse pagar un alquiler él solo, y yo intenté advertirle pero, ¿cómo iba a saber el pobre doctor Watson el alcance de la locura en que se estaba metiendo sin haber compartido antes alojamiento con él? Definitivamente, no se merecía vivir junto a un hombre que apaleaba cadáveres en nombre de la ciencia y que despreciaba los sentimientos más primarios. Cuando pensé en los horrores a los que el doctor Watson se habría visto sometido en compañía de aquel hombre...Vaya, no pude evitar estremecerme.

Me imaginé que, por muy desesperado que hubiera estado, el doctor debió de maldecirme durante años.

—Yo tampoco —dijo Holmes, y me pareció detectar una pizca de sinceridad en su voz.

La siguiente sorpresa de la noche llegó cuando el señor Sherlock Holmes me extendió la mano y sonrió con calidez, ofreciéndome lo que para él era el más efusivo de los saludos. Semejante cordialidad era lo último que esperaba de un personaje tan frío. ¿Qué demonios habría provocado esto?

—Veo que aún sigue practicando sus viejos trucos, aunque solo el Dios sabe cómo lo hace —comenté—. Pero sí, sin duda ha acertado. Mi padre acaba de fallecer y mi esposa y yo nos dirigimos a Londres para poner sus asuntos en orden.

—Dios no tiene nada que ver en esto, Stamford. Lo que a usted le parece magia en realidad lo he deducido al observar cómo se ha atado usted su bota izquierda, y la forma desastrosa en que se ha afeitado esta mañana.

—Obviamente —dije, permitiéndole continuar con sus delirantes ideas.

A continuación presenté a Violet a mi viejo amigo y juraría que hizo una mueca burlona cuando mencioné que estábamos casados.

Él nunca se había interesado mucho por las damas. No era ninguna sorpresa verle tan solo ahora, sin alianza y probablemente sin ningún amigo, aunque el Sherlock Holmes que yo recordaba tampoco sentía la necesidad de tener amigos. Simplemente, era el tipo de persona a la que se admira por su sorprendente intelecto, pero, como mantenía al resto de la humanidad a distancia y contemplaba a sus congéneres con tanta indiferencia, resultaba imposible entenderse con él a largo plazo. Desde luego no era una persona amigable. Al fin y al cabo... ¿Quién podría sentir algún afecto por una máquina tan fría y racional?

—Cuénteme, ¿qué ha sido de su vida durante todos estos años? Siempre hemos sentido curiosidad acerca de en qué se podrían emplear sus... atípicos intereses.

Holmes dejó escapar un suspiro de satisfacción.

—Mi profesión es sin duda singular. De hecho, soy el único del mundo.

Sí, ciertamente Holmes era único, tan petulante y arrogante...

—Oh, pero no nos deje con la duda —intervino Violet—. ¿A qué se dedica usted exactamente, señor Holmes?

Se inclinó hacia delante, apagando su cigarrillo en el cristal de la ventanilla y declaró con orgullo que era un "detective asesor", dejando claro que no dependía de esos "ineptos" de Scotland Yard, por supuesto. Ante un discurso tan grandilocuente, arqueé una ceja sorprendido. Él se dio cuenta e hizo un gesto desdeñoso.

—¿Un detective? Venga, hombre. ¡Debe estar de broma! —admito que era un comentario cruel, sin embargo, su clásica altanería pareció agudizarse.

—Por supuesto que no —dijo, cruzando los brazos con gesto enfurruñado—. He creado mi propia profesión, en la que soy un consumado experto. Si no me cree, mi cronista convencerá de ello, aunque tiende a otorgarme mayor crédito del que merezco —afirmó, y al mencionar a este supuesto cronista advertí un cierto brillo en sus ojos.

La verdad es que todo esto empezaba a desconcertarme. ¿Quién iba a tomarse el trabajo de escribir la biografía de Sherlock Holmes?

—¡Creo que está yendo usted demasiado lejos! ¿Qué proezas ha llevado a cabo para justificar algo así?

De todas las posibles razones a las que podía haber aducido, la contestación que finalmente obtuve fue la que me dejó más asombrado.

—Ninguna —entonces, con su aplomo habitual, continuó—. Mi éxito está basado únicamente en una especie de deducción elemental que va más allá del agudo ingenio de los profesionales. Lo único extraordinario que he hecho ha sido basarme en una buena dosis de lógica y de imaginación. De hecho, habitualmente invito a Scotland Yard a que aplique mis métodos, pero parece que éstos son demasiado complicados como para que ellos los comprendan.

—Si es tan sencillo como usted dice, ¿por qué demonios querría alguien tomarse la molestia de relatar sus hazañas?

—Anda, querido, cállate. Mi esposo se está comportando de forma muy grosera. ¿Ha resuelto usted algún caso importante, señor Holmes?

—Unos cuantos de gran relevancia, ciertamente, aunque yo prefiero ponerme a prueba con problemas más abstractos que a menudo no le interesan en absoluto a Scotland Yard, ni tampoco a la prensa.

Yo pensaba que todo aquello no era más que una fantasía

provocada por su desmedida vanidad y estaba a punto de decírselo cuando otra persona entró en el vagón, trayendo consigo una ráfaga de aire endiabladamente frío.

Era un individuo elegante, de estatura y constitución medias, con pelo claro y bigote y con un aire que daba a entender un carácter afable. Aunque cojeaba e iba cargado con varias maletas muy llenas y un maletín de médico, no dejaba de sonreír. El hombre me resultaba vagamente familiar, pero me costaba recordar en qué ocasión se podían haber cruzado nuestros caminos.

—Lo siento muchísimo —se disculpó mientras, con gran esfuerzo, subía los bultos al portaequipajes, operación que le resultó bastante más difícil que a mí.

Con un profundo suspiro se dejó caer en el asiento contiguo al del detective, que estaba entretenido encendiendo una pipa que acababa de sacar del bolsillo de su abrigo.

—Creo que el maquinista se ha quedado algo desconcertado —comentó Holmes mientras jugueteaba con una cerilla.

—Mi querido amigo, ¡se ha puesto furioso!

—Un hombre muy poco razonable.

—No se preocupe. Todo se ha aclarado, aunque debo mencionar que ha amenazado con dejar suelto a ese perro cojo que tiene si nos vuelve a ver cerca de las vías.

El decoro me impide reproducir aquí la respuesta de Holmes.

— Me parece —dijo Sherlock Holmes mientras se volvía nuevamente hacia mí— que ya conoce usted a mi amigo, colega y, últimamente, cronista, el doctor John Watson. doctor, se acuerda de Stamford, ¿verdad?

Sus ojos azules brillaron cuando me reconoció después de mirarme fijamente un momento. Estaban algo más apagados que la última vez que nos habíamos visto, pero sin duda se trataba del médico militar retirado que le había presentado a Holmes varios años atrás. Watson había cambiado notablemente; su aspecto demacrado y nervioso había desaparecido, y el rostro que antes aparecía ojeroso ahora estaba lleno de vida. Había ganado algo de peso, lo que le sentaba estupendamente, y aquel aire tan sombrío que presentaba el día de nuestro encuentro en el bar Criterion había sido sustituido por una sensación de jovialidad.

Cómo había logrado este cambio en compañía del único

detective asesor del mundo me resultaba un misterio imposible de resolver.

Por muy descortés que pueda parecer, en esta ocasión me pudo la curiosidad.

—¿No me guarda usted rencor por haberle presentado a Holmes? —me atreví a preguntar mientras le estrechaba la mano.

Sorprendentemente, Watson me devolvió el apretón con más fuerza y se echó a reír ante lo que yo consideraba una pregunta de lo más lógica.

—Esta debe ser su encantadora esposa —dijo dirigiéndose a Violet. El doctor siempre había sido un portento de las buenas maneras, aunque no se podía decir lo mismo del otro pasajero, que fumaba en silencio, al parecer harto ya del esfuerzo de conversar con el resto de los mortales.

A lo largo de las horas que siguieron mantuvimos una agradable conversación, hasta que surgió de nuevo el tema del inusual empleo de Holmes. Debo admitir que Watson nos tenía absortos con el relato de los excepcionales casos de su colega y era evidente que poseía un talento natural para contar historias. Sin embargo, Holmes apenas podía resistirse a poner los ojos en blanco de vez en cuando o a despreciar todos los detalles interesantes que animaban la narración y que nos mantenían tan embelesados. Aun así, me dio la impresión de que a veces podía ver la sombra de una sonrisa asomando por detrás de su detestable pipa, un gesto que al principio confundí con la arrogancia y la satisfacción de ver su genialidad expuesta ante el público.

Al filo de la medianoche, el tren se detuvo en la estación de Euston.

—Feliz Navidad, Holmes —dijo el doctor a su amigo, dándole una afectuosa palmadita en la rodilla.

—¡Memeces! —fue todo lo que obtuvo a cambio, aunque esta respuesta tan gruñona no pareció sorprenderle lo más mínimo.

—¿Qué le ocurre? —pregunté mientras bajaba las maletas. Watson se había levantado para echarme una mano, aunque parecía que la pierna le dolía bastante.

—Nada —dijo él, extrañamente tranquilo—. Solamente está molesto porque durante las fiestas parece que los criminales se limitan a cometer delitos sin importancia.

La locura, por lo visto, es contagiosa.


En cuanto bajamos al andén, Watson me llevó aparte y me agradeció de nuevo que le hubiera presentado a Holmes, explicándome que la campaña militar en Afganistán le había afectado más de lo que había creído en un principio y que no sabía de qué otra forma habría sido capaz de sobrevivir a aquellas heridas invisibles.

En el aire flotaban unas palabras que no pronunció, y debo confesar que me sentí aliviado de que el señor Holmes bajara del tren en ese preciso instante y se dirigiera a nosotros, interrumpiendo los sombríos pensamientos de Watson. Se dispuso a lanzar un par de comentarios irónicos sobre cuánto lamentaba que una tarde tan interesante tocara a su fin, fingiendo un bostezo para demostrar mejor su hastío. Esto dio pie a una represalia del doctor acerca de sus lamentables hábitos de sueño nocturno y, a continuación, los cuatro nos despedimos estrechándonos la mano con verdadero afecto.


Tal y como he mencionado al inicio de esta larga historia, después de habernos despedido del doctor y del insoportable detective, consideré aquel incidente como un agradable encuentro con unas viejas amistades, una forma placentera de matar el tiempo durante un trayecto fastidioso. Entonces, me metí la mano en el bolsillo y descubrí que alguien había puesto en él un objeto muy extraño.

Era una revista enrollada, *Beeton's Christmas Annual*. En la portada figuraba el anuncio de un relato de un tal A.C. Doyle, agente literario de John H.Watson, que estaba señalado con una nota escrita en letra angulosa. Era corta y concisa, y durante un momento me quedé allí, petrificado, mirando algo aturdido las palabras que he releído tantas veces como para memorizarlas para siempre. Pude apreciar entonces una pequeña muestra de lo que el doctor vio tantos años atrás en aquel arrogante erudito del laboratorio que presumía de su experimento con la hemoglobina.

Mientras tomaba del brazo a Violet leí la nota una última vez y, antes de entrar en el coche que nos estaba esperando, murmuré sin dirigirme a nadie en particular:

—Feliz Navidad.

*Querido Stamford:*

*Considere esto un regalo de Navidad. Si no me equivoco, a su debido tiempo descubrirá que es una valiosa muestra de nuestro aprecio mutuo. Gracias por haber salvado a dos almas extraviadas.*

*S.H.*

# La aventura de la luna detonante

Scott Varnham
Slough, Reino Unido

Corría el año 1897 cuando nos llamaron a Sherlock Holmes y a mí para el caso de la embarcación conocida simplemente como *Luna*. Se trata de una historia con algunos pequeños detalles interesantes para los aficionados al arte de la deducción.

Mi amigo me arrullaba al son de su violín con una de sus composiciones tras haber dado por concluido el caso de Abbey Grange. Justo cuando estaba a punto de caer en los brazos de Morfeo, mi sopor se vio interrumpido por el ruido de unos pasos que subían los 17 escalones de nuestro apartamento de Baker Street. Nuestro viejo amigo, el inspector Lestrade, abrió la puerta y entró de repente.

—Por favor, Lestrade, siéntese. Hay un buen trecho desde los muelles y a esta hora tan temprana no había muchos taxis disponibles. ¡Está usted en buena forma! —remarcó mi amigo.

—Maldita sea, Holmes, ¿Cómo ha sabido que vengo de los muelles? —Lestrade estaba completamente anonadado ante la casual deducción de mi amigo.

—Muy sencillo. Al ver a un hombre empapado en sudor en una fría mañana londinense, resulta obvio que hizo un gran esfuerzo para recorrer una larga distancia y venir a verme. Además, noto que huele usted ligeramente a brisa marina, Lestrade, por lo que no resulta muy complicado discernir el lugar del que viene. —Holmes se recostó y dejó que Lestrade asimilara sus deducciones.

Lestrade me dirigió una mirada petulante.

—¡Sumamente sencillo!

Conversaciones como esta se repetían con tanta frecuencia que Holmes y yo nos miramos exasperados. Lestrade tomó asiento y por fin comenzó su historia.

—Hace aproximadamente dos días recibimos un telegrama en Scotland Yard que mencionaba unos sucesos extraños a bordo del barco de vapor *Luna*, que partió hace poco desde Terranova rumbo a los muelles de Londres. Al parecer, el ingeniero enfermó cuando una mañana entró en el cuarto de máquinas y vio una extraña sustancia blanca que cubría las paredes. A pesar de que la limpiaron, la sustancia volvió a aparecer al día siguiente y en mayor cantidad. Esa misma noche también hubo varios hurtos. Al parecer, el día antes de que el telegrama llegara, estaban intentando tenderle una trampa al canalla para capturarlo pero no lo consiguieron.

En ese momento, Holmes le interrumpió

—¿Me permite ver el telegrama?

Lestrade rebuscó en su bolsillo y le entregó a mi amigo un pedazo de papel arrugado que ojeó por encima. Frotó ligeramente los dedos a lo largo del papel y lo dejó sobre su escritorio para examinarlo más tarde.

—Por favor, continúe.

—Bien, aparte de la sustancia del cuarto de máquinas, no había nada fuera de lo normal. Esta mañana he ido con un par de agentes a los muelles para esperar la llegada del barco con intención de tomar declaración a los pasajeros y registrar a los que parecieran sospechosos.

—Pero imagino que el barco jamás llegó, ¿cierto?

Holmes le dio la espalda al leal policía para buscar su zapatilla persa, y aunque yo estaba sentado sobre ella, no dije nada.

—Todo lo contrario. El barco arribó a puerto, pero justo cuando estaba atracando, señor Holmes, explotó.

Nunca había visto a Holmes darse la vuelta tan rápido como en aquella ocasión.

—¿Que el barco qué?

—Explotó. Avanzaba lentamente hacia el puerto sin dificultad alguna cuando, de repente, estalló en una bola de fuego y comenzó a escorar a gran velocidad.

Holmes parecía muy perturbado por este brusco giro en el curso de los acontecimientos, así que de manera sutil me saqué la pantufla de su escondite y la dejé caer al suelo. Se dio cuenta de inmediato e hizo un gesto para que se la diera, así que se la pasé mientras le hacía algunas preguntas a Lestrade.

—Qué horror. ¿Hubo supervivientes?

—No vimos ninguno. De todas formas, no había mucha gente a bordo, solo el personal mínimo indispensable y uno o dos viajeros que buscaban pasaje barato a las colonias. Estamos totalmente confusos.

¿Quién podría beneficiarse de algo así?

—Eso mismo pienso yo. No resultará difícil averiguarlo. Quizá las listas de pasajeros hayan sobrevivido a la explosión. ¿Ha podido llevar a cabo un análisis exhaustivo del barco?

Al oír esto, Lestrade sonrió ligeramente, gesto nada habitual en él.

—No, vine de inmediato. Sé lo mucho que le gusta buscar y analizar pistas que no han sido descubiertas.

—Sin duda. Le parecerá extraño, Lestrade, pero es posible que con su relato de los hechos no solo haya planteado la incógnita, sino también la solución.

Holmes esbozó una sonrisa y dejó que Lestrade meditara sobre sus palabras.

—¡Vamos, hombre, no bromee! ¡Ha habido víctimas!

La actitud de Holmes cambió de pronto. Su rostro reflejaba una sincera tristeza que evidenciaba el paso de los años.

—Le aseguro que no afirmaría tal cosa si no fuera verdad. Lo cierto es que ya tengo una hipótesis, pero me llevará tiempo verificarla. Tendré que ir a donde está el barco y echar un vistazo.

—¡Excelente! —exclamó Lestrade —¡Estaba a punto de proponer eso mismo! ¿Nos vamos ya, entonces?

Holmes me dirigió una mirada casi imperceptible. Asentí para mostrar mi acuerdo.

—Si su investigación requiere que yo intervenga, no debemos perder ni un segundo más. ¡Watson, vaya a por su revólver! No creo que lo necesitemos, pero es mejor estar preparado, ¿no cree? Ah, veo que ya lo tiene.

Con su melodiosa voz, llamó a gritos a nuestra casera, como de costumbre.

—¡Señora Hudson! ¿Sería tan amable de llamar un taxi? ¡Cuanto antes!

Y así fue como, al cabo de un rato, llegamos a los muelles. Las noticias del terrible suceso se habían propagado con rapidez y tuvimos que abrirnos paso a través de una multitud de curiosos para acercarnos al barco. Una vez esquivamos al gentío, Lestrade nos condujo hasta donde se encontraban los restos de la embarcación. La mayor parte seguía prácticamente intacta, ya que, a pesar de la magnitud de la explosión, ningún otro navío se vio afectado, de manera que los bomberos pudieron actuar con diligencia. Holmes echó un vistazo a la embarcación, aunque tenía que pisar con cautela en algunas zonas. Pasamos junto a unos celadores que sacaban cuerpos fuera del barco con camillas. Me detuve a conversar con ellos sobre la índole de las heridas mientras Holmes y Lestrade continuaban. Me cercioré de que la mayoría de los cuerpos fueron encontrados con quemaduras graves pero, sin embargo, el que llevaban en ese momento fue hallado con una herida en la parte posterior de la cabeza que se correspondía con un golpe con una tubería de plomo. Prometí que le haría llegar esta información a Lestrade, ya que, cuando se descubrió este hecho, él se encontraba con nosotros. Presenté mis respetos al hombre de la camilla y fui rápidamente a buscar a mis compañeros.

Cuando los alcancé estaban en el cuarto de máquinas y deduje que había sido el lugar más afectado por la explosión. Se encontraba en un estado lamentable. El motor estaba totalmente destrozado e inutilizable, las paredes estaban calcinadas y el mobiliario había quedado a reducido a un montón de cenizas. Holmes estaba en medio del cuarto con Lestrade y un agente de policía, que respondía a la preguntas de este último. Holmes me vio de soslayo.

—Watson, pase, por favor. El agente Harrison nos contaba que han hallado un superviviente. Tiene una conmoción, pero ya lo están atendiendo y se recuperará en breve. ¿Ha averiguado algo importante?

—Los hombres con los que he estado hablando dicen haber encontrado una víctima con una herida en la cabeza además de las quemaduras. Sin duda, le golpearon antes de que se quemara.

—Es una conjetura obvia, Watson. Después de todo, no hay razón alguna para apalear a alguien que  ya ha muerto quemado. Sin embargo, teorizar sin poseer toda la información es un error mayúsculo. Esperaremos al informe del forense antes de emitir un veredicto final.

Escribí una nota para acordarme de preguntar acerca de la presunta víctima de asesinato en los próximos días, por si acaso a él se le olvidaba. Lestrade le dio algunas órdenes al agente, que se marchó y nos dejó seguir con la investigación.

—¿Ha encontrando alguna pista, Holmes? —le pregunté, sabiendo que probablemente aún no había descubierto nada. Estaba en lo cierto.

—Todavía no, Watson. El agente nos distrajo. Dado que este cuarto fue sin duda el epicentro de la explosión que destruyó a la nave, veamos qué podemos averiguar al examinarlo.

Tras esto nos pusimos a buscar alguna pista que pudiera esclarecer el motivo de este espantoso suceso. Tuve el leve presentimiento de que Lestrade y yo no encontraríamos nada relevante, ya que solo Holmes sabía lo que estaba buscando. Me esforcé cuanto pude para encontrar algo importante, pero el cuarto estaba vacío y apenas quedaban objetos intactos. Evidentemente, cuando Holmes exclamó de forma súbita, a ninguno de los dos nos pilló por sorpresa. Corrimos hacia él a toda prisa para ver qué había encontrado.

—¿Qué pasa, Holmes? —grité algo exasperado. Son contadas las veces que te puedes sorprender cuando tu amigo más inteligente demuestra ser mejor que tú en su propio ámbito.

—Ah, caballeros. Observen que en toda esta pared hay unos pequeños residuos de la extraña sustancia que se mencionaba en el telegrama de Lestrade. Evidentemente, el fuego no la quemó del todo. ¡Es hora de hablar con el superviviente, Lestrade!

Salimos del barco y fuimos a hablar con el superviviente del *Luna,* un joven llamado Jack que se estaba recuperando de la conmoción en uno de los hospitales de la localidad. Llamamos a un taxi y llegamos en 20 minutos. Una vez allí, nos llevaron hasta el joven, que resultó ser un muchacho fornido de unos 20 años que, sin duda, llevaba poco tiempo como parte de la tripulación.

—¿Jack, verdad? Tiene buen aspecto, teniendo en cuenta lo ocurrido. ¿Podría contarnos cómo sobrevivió al accidente? —se aventuró Holmes para intentar sonsacarle su versión de lo ocurrido.

—Bueno, señor, lo que pasa es que toda mi vida he tenido muy mala suerte, así que estaba dispuesto a cambiar como fuese. Me embarqué en Terranova con la esperanza de encontrar trabajo en Londres. No soy nada quisquilloso, así que acepté un trabajo como mozo de la limpieza por unas pocas monedas. La segunda noche escuchamos un grito que venía del cuarto de máquinas. Bajamos a toda prisa y vimos al ingeniero jefe cerrar la puerta farfullando algo sobre fantasmas y ectoplasma en las paredes. Echamos un breve vistazo dentro, pero el ingeniero era un tipo dominante y si él nos decía que no debíamos permanecer ahí mucho tiempo, créame cuando le digo que más valía obedecerlo. Recuperó la razón poco después y le pidió a su ayudante que quitase esa cosa de las paredes. Me sorprendí mucho cuando encontramos más al día siguiente, incluso en mayor cantidad que la noche anterior.

—¡Un momento! ¿Quién más tenía acceso al cuarto de máquinas cuando el ingeniero o su ayudante no estaban? —le interrumpió Holmes.

—Pues, en teoría nadie, pero el cuarto no se cerraba por si había un problema con el motor y el ingeniero no estaba cerca, así que supongo que cualquiera pudo entrar.

El muchacho miró a Holmes como esperando otra pregunta y este no lo defraudó.

—Me parece que si nos centramos en fantasmas y demás nos vamos a desviar de la verdadera esencia del caso. Verá, por cada delito cometido hay un criminal, y este caso no es ninguna excepción. En fin, continúe con su historia, pero intente dejar de lado la parte más...sensacionalista.

—Supongo que puedo intentarlo, señor Holmes —el muchacho bebió un poco de agua antes de continuar—. Aparte de eso, todo estaba tranquilo. Hubo algunos robos, pero nada grave. Todo iba muy bien hasta que entramos en el puerto. Yo estaba parado en la cubierta, sintiendo por primera vez el aire inglés, cuando escuché los gritos de dos hombres por el cuarto de máquinas y, así, de repente, hubo una enorme explosión. Salí despedido por la fuerza y debí aterrizar en el muelle o algo así. Al final resulta que sí que soy un hombre con suerte. Después desperté aquí.

Tras escuchar el relato, Holmes le dio las gracias al chico y nos marchamos. Salimos del hospital y pedimos un taxi. Lestrade no pudo contener su curiosidad.

—¿Y bien, Holmes? ¿Ya está más cerca de capturar a nuestro hombre?

—Ya sé quién lo hizo, Lestrade. Solo necesito averiguar algunos detalles esenciales que se me escapan. Regresaré a Baker Street a las siete. Watson, vaya para allá y prepare todo para cuando vuelva. Los lugares a los que debo ir no son aptos para hombres civilizados como ustedes.

Después de este comentario, nos sonrió con ironía y tomó el taxi que habíamos parado. Lestrade tenía asuntos que atender, así que cada uno se fue por su lado y yo me dirigí a Baker Street para intentar recuperar el sueño perdido.

A media mañana ya me sentía como nuevo, así que pasé gran parte del día escribiendo notas sobre casos pasados y resolviendo el crucigrama de Holmes, una costumbre que había adoptado un día en que la convivencia con él me estaba resultando particularmente difícil. Estaba absorto en esa actividad cuando Holmes llegó y subió las escaleras a toda prisa con voz triunfante.

—¡Buenas noticias, Watson! —entró en la estancia dando un salto con un pequeño pedazo de papel en la mano—. La policía ya tiene a nuestro hombre. Antes he ido a Scotland Yard y he estado presente en la confesión del criminal. No podría haber terminado de otra manera, por supuesto.

Le arrebaté el telegrama y lo leí.

—"Holmes. Ingeniero es nuestro hombre. Encontrado en taberna local. Gracias por consejo". Lestrade. ¿El ingeniero es su hombre? Holmes, ¿qué demonios está pasando?

Holmes se sentó en su sillón favorito.

—No le mentí a Lestrade cuando le dije que había resuelto el caso desde el principio, con la excepción de algunos detalles. Ha sido un asunto misterioso, sin duda alguna —la melancolía se apoderó de su voz cuando comenzó el relato de todas sus deducciones—. Mi primera pista surgió al saber que, a pesar de haber perdido la razón por culpa de un "fantasma", el ingeniero limpió el cuarto de máquinas. Evidentemente, se negaba a que otra persona que no fuera él o su ayudante entrasen en ese cuarto. Por cierto, el ayudante era el muchacho al que visitamos esta mañana. Una vez tuve toda esta información, el resto fue fácil. La sustancia de la pared era cera. El ayudante la obtuvo de la bodega, donde se almacenaba como reserva para las velas. El ingeniero la derritió y los dos cubrieron las paredes y apagaron la caldera durante la noche para que se endureciera. A la mañana siguiente, la rascaron y guardaron los restos en unos baldes para repetir la misma operación al día siguiente, añadiendo más velas para acelerar el proceso y cubrir las paredes todavía más, y así hasta la noche anterior. Embadurnaron las paredes con toda la cera disponible y colocaron la bomba para que el barco explotara. El ingeniero estaba escondido en una zona segura cuando la bomba se detonó y más tarde unos compañeros que lo esperaban en tierra lo sacaron en una camilla. La prueba del delito se desvaneció con el fuego. Sin embargo, encontré algunos restos de cera en el zócalo de la pared y esto fue suficiente para confirmar mis sospechas.

—¡Dios santo! ¡El sinvergüenza pasó junto a mí! ¡Me apiadé de su alma! —seguí profiriendo exabruptos mientras mi amigo continuaba con su historia.

—Un caso abominable, Watson. Todo esto se planeó con intención de matar a un solo hombre, el capitán del barco. Al parecer, allá en América el capitán estaba hecho un donjuán y una de sus conquistas fue la esposa del ingeniero. Él perdió los estribos y comenzó a idear un plan para matar al capitán. Nuestro amigo el ingeniero es un asesino despiadado y de sangre fría, ya que considera a la gente inocente víctimas sin importancia. Por desgracia, su malvado plan funcionó a la perfección.

—Al menos lo han apresado. Será juzgado en este mundo y en el más allá.

—Quizás, Watson. Quizás —suspiró profundamente y, con gran esfuerzo, intentó recomponerse—. La vida sigue. Páseme el tabaco. Fumaré un poco y después saldremos a ver la ópera *Guillermo Tell* en el auditorio.


Este parece ser un buen momento para concluir la historia. Y así, mi querido lector, es como Holmes resolvió el caso de uno de los asesinos más despiadados a los que se enfrentó en toda su carrera el mismo día en que se cometió el delito.

# Polvo en el viento

Daphne Vertommen
Malinas, Bélgica

Para cualquiera, este podría parecer otro amanecer inglés sin más, pero para nosotros, dos figuras avanzando a través de los campos verdes y escarchados, la casi neblina alpina contenía la esencia de un intrigante misterio. No mantuvimos conversación alguna desde que llegamos, tampoco sentíamos necesidad de hablar. La emoción tácita a la que me había acostumbrado a lo largo de los años era palpable, como un débil rumor en el aire que nos animaba a seguir avanzando.

Durante la caminata dediqué un tiempo a recorrer el impresionante paisaje con la mirada. Nuestro alrededor estaba constituido únicamente por follaje verde y extensos páramos, y solo la ocasional liebre corriendo a toda velocidad interrumpía nuestro solitario y tranquilo paseo. Cuando recuperé el aliento pude escuchar el sonido de las aves escondidas en los abetos cercanos. Me pareció un lugar tan pacífico y agreste...

Mis pensamientos se vieron interrumpidos por un sonoro "¡Por allá!" y de pronto choqué con mi compañero, que con su risa quebraba el silencio reinante hasta entonces.

—¿Estás bien, Watson?

—Disculpa, no estaba prestando atención... Estaba intentando expulsar la neblina londinense de la garganta....

—Bueno, pero no te despistes, porque creo que hemos llegado a nuestro destino.

Holmes extendió el brazo para dirigir mi atención a un lugar no muy lejos de allí. Me incliné, entrecerrando un poco los ojos.

—Ahí no hay nada.

Esbozó una sonrisa.

—Exacto.

Tras esto, corrió a toda velocidad en línea recta hacía la ubicación misteriosa, sin prestar la menor atención al bellísimo paisaje. Con una sonrisa, sacudí la cabeza y lo seguí hasta lo alto de una pequeña colina que nos condujo a un claro del bosque con ocho escalones de piedra y una sólida barandilla que había logrado sobrevivir al paso del tiempo. Cuando por fin llegué al terraplén, mi amigo ya estaba investigando los restos de un edificio que había estado ahí hace mucho tiempo. Se agachó cerca de lo que parecían ser los vestigios de una chimenea.

Tropecé con un pomo viejo y oxidado, lo cual hizo que mi amigo se girase y me dirigiese una mirada muy molesta. Me encogí de hombros a modo de disculpa e hice una nota mental de no hacer ruido.

Cuando Holmes volvió a su investigación, me marché en dirección opuesta para observar los escombros de diferentes tamaños y formas. Vi piedras desmoronadas cubiertas de polvo y latas de pintura en aerosol que habían arrojado ahí como si nada. También había pedazos de cristal de colores que parecían haber formado parte de un escudo de armas tiempo atrás y pedazos de madera podrida con trozos de pintura desconchada que al tocarla se pulverizaba. Me sentí obligado a mantener un silencio respetuoso, casi como si estuviéramos en una iglesia. Este santuario abandonado y olvidado parecía mantener un aura digna de una novela de misterio, ante la cual me sentí extrañamente atraído. Cualquier ruido hubiera parecido una blasfemia. Al mirar por encima del hombro, vi que mi compañero también estaba trabajando en silencio. No había gran cosa que ver, así que decidí sentarme y esperar a que terminara. No tardé mucho en encontrar un lugar más o menos limpio en lo que alguna vez fue el vestíbulo de la casa. Me senté junto a los tres escalones que indicaban que una sólida escalera de madera había estado ahí.

—No lo entiendo.
　　—¿Mmm...?
　　Al parecer me había quedado dormido. Me percaté de que había pasado un rato; el sol se había abierto paso entre las nubes, su luz tenue intensificaba los maravillosos colores y transformaba nuestra ubicación actual en una hermosa pintura distópica. Al levantar la vista, vi a Holmes sentado sobre los peldaños de piedra que se encontraban en medio del espejismo verde de un paisaje. Su silueta oscura con los hombros ligeramente encorvados me pareció tan fuera de lugar como los

ladrillos decadentes de esta casa ya olvidada. Me levanté y fui junto él. Me fijé por un momento en el ceño fruncido de preocupación de mi amigo antes de centrarme en la gran extensión pintoresca y natural que se alzaba ante nosotros.

—Soy incapaz de comprender cómo ha ocurrido algo así, la razón exacta por la que la casa fue demolida. Es un misterio que no puedo resolver. Simplemente sucedió y no puedo determinar el motivo.

Me limité a encogerme de hombros en señal de apoyo. De vez en cuando pasaba esto. Incluso después de todos esos años siendo detective, el gran Sherlock Holmes podía acabar desconcertado y sin descubrir la verdad cuando se trataba de asuntos algo más complejos como este.

—Quiero decir... ¿A la gente no le importaba? ¿A nadie?

Miré atrás e intenté imaginar el aspecto que la casa podría haber tenido hace mucho tiempo. El refugio y la seguridad que habría ofrecido a sus inquilinos, las historias agradables y los recuerdos que se encontraban ahora tan perdidos como la casa en la que nacieron y tuvieron lugar.

—Estoy seguro que a algunas personas les importó —reflexioné—, pero a veces no basta solo con eso. Sin el apoyo suficiente no se pueden lograr las cosas que uno quiere.

Permanecimos sentados en silencio un tiempo mientras él meditaba sobre lo que yo había dicho. De pronto, las palabras comenzaron a fluir, dejando atrás el deje de duda de la inquisitiva frase anterior.

—¿Una residencia pierde su significado e importancia cuando sus habitantes mueren?

Me quedé sentado escuchando a mi amigo, que se iba sumiendo lentamente en una de sus facetas más filosóficas.

—Es decir, ¿acaso nadie tuvo en cuenta las posibilidades de esta propiedad? Aquí pudieron haber tenido lugar muchos eventos maravillosos. Esta finca pudo haber sido un lugar donde el tiempo no transcurriera, manteniendo el diseño original intacto, como un homenaje a los primeros dueños, o como un hogar que otorgase un espacio de serenidad para aquellos que lo anhelaran. Quizá fue un museo o centro de estudios de acceso libre para el público. Incluso pudo haber sido un hotel o podrían haberlo dividido en parcelas, cualquier cosa. Pero ahora no hay... nada. A nadie le importa. Ni siquiera los promotores con sus planes, los amantes de la arquitectura o los más aventureros impidieron la demolición de la casa, absolutamente nadie. Lo único que queda es una gruesa capa de polvo y el silencio.

Su conclusión fue un murmullo casi inaudible que probablemente se reservó para sí mismo. Lo más seguro era que esas palabras hubieran escapado de sus labios por accidente, pero aún así las escuché.

—Ahora la casa está tan muerta como su dueño.

No se me ocurrió nada que añadir a su comentario, así que simplemente asentí. La mente brillante que se encontraba junto a mí prosiguió en silencio, recitándose a sí mismo el resto de un discurso sin duda muy interesante. Le otorgué a Holmes unos minutos antes de levantarme y suspirar.

—Deberíamos regresar —declaré.

Me miró. Ahora, el lugar de estar perdido en sus pensamientos, parecía abatido por ellos. Noté cómo lentamente comenzaba a sonreír.

—Sí...Sí, tienes razón. Creo que deberíamos volver.


Y así, sin mirar atrás, caminamos a través de los campos hasta perdernos bajo el refugio que otorgaban los árboles hasta desaparecer silenciosamente como dos fantasmas. Era como si nadie hubiera estado allí nunca.

# La aventura de la reliquia familiar

Jo Lee

Leeds, Reino Unido

He escrito muchas historias acerca de las aventuras de mi querido amigo, el señor Sherlock Holmes, y seguro que ustedes recordarán la terrible historia de cómo mi amigo encontró su fin en las grandes cataratas de Reichenbach. Finalmente, me reencontré con él tres años después de estos acontecimientos, lapso durante el cual aprendí muchas cosas gracias al hombre al que una vez di por muerto.

Nunca he escrito historias de mi vida durante tal periodo debido en parte a la preocupación de mi esposa por que tal actividad trajera consigo recuerdos desagradables y que, de alguna manera, acrecentara mi dolor, pero también debido al repentino sentimiento de inseguridad cada vez que intentaba poner tales relatos por escrito. Después de todo, estos demuestran que soy más ingenioso de lo que pensaba, lo cual a veces me hacía temer que, una vez plasmadas en papel, me tomaran por alguien pretencioso u obstinado. A pesar de todo esto, creo que para que la recopilación de mis vivencias con el señor Holmes sea lo más completa posible, debo contar la siguiente historia.

Nunca pude ni imaginar que unos meses después de la aventura que titulé *El problema final*, donde a pesar de que mi buen amigo el detective consultor desapareciera llevándose consigo al criminal consultor, el señor James Moriarty, los servicios de Sherlock aún fueran requeridos en su ausencia. Una mañana de finales de julio un caballero de edad avanzada acudió a mi consulta, no como paciente, especificó, sino como cliente. Era un hombre alto, calvo, con barba cana, traje gris y con unos grandes y gruesos anteojos. Se presentó como Herbert Morrissey y me habló acerca de un caso que necesitaba resolver y que, en ausencia del señor Sherlock Holmes, se preguntaba si yo estaría dispuesto a ayudarlo. Solo tenía una cita más aquel día que no tuve problema en posponer para el siguiente, así que accedí a escuchar su historia y acudir a la escena del "crimen", pero fui muy sincero al advertirle de que sería de muy poca ayuda.

El hombre era encuadernador de profesión y vivía solo, pero su sobrina, por la que profesaba mucho cariño, solía visitarlo con frecuencia. Cuando un día esta estaba buscando un tomo concreto de Austen entre las pilas de libros que había por toda la casa, encontró 5 chelines y 2 peniques en monedas pequeñas ordenadas cuidadosamente en forma de cuadrado, colocadas entre *Un cuento de navidad* de Charles Dickens y *Drácula* de Bram Stoker.

Al preguntarle a su tío la razón de por la cuál el dinero se encontraba en un escondite tan peculiar, este se dio cuenta de que, en lugar de las monedas, debería haber un grueso tomo de *Las obras completas de Shakespeare* cuyo valor aproximado ascendía a 5 chelines y 2 peniques. El libro en cuestión era una edición muy rara pero se encontraba en un estado deplorable. La portada colgaba del lomo por exactamente catorce hilos de 3 materiales distintos, ya que había sido reencuadernado y reparado en más de una ocasión. En la página 312 había un cerco de una taza de té y las páginas de la 394 a la 427 estaban pegadas por una sustancia negra imposible de identificar que manchaba los dedos de todo aquel que trataba de separarlas.

Dado que habían dejado el importe del libro y que este en realidad no valía mucho comparado con perlas o joyas, el señor Morrisey no vio la necesidad de enfadarse y decidió no molestar a la policía con este asunto, pero al recordar haber leído mis historias sobre las aventuras de Holmes y su final trágico, pensó que tal vez yo sería capaz de ayudarle.

Pasé un rato reflexionando sobre cuál debería ser mi respuesta mientras el señor Morrissey esperaba pacientemente mi veredicto tomando su té con educación. Comencé a preguntarme qué pensaría Holmes de mí si me negaba a ayudar a alguien y no tardé en imaginar su decepción; "¿¡Acaso no has aprendido nada de mis métodos!?" preguntaría exasperado. Por ese motivo accedí a acompañar a mi nuevo cliente a su hogar en el East End londinense.


Mientras circulábamos por las sinuosas calles de la ciudad en un taxi que se tambaleaba y chirriaba, me esforcé todo cuanto pude por recordar lo que Holmes me había enseñado durante nuestro tiempo juntos. En nuestra primera escena del crimen, que documenté bajo el título *Estudio en escarlata*, lo primero que me enseñó fue a prestar atención a huellas u otras marcas en el suelo a medida que uno se acerca a la zona. Con esto en mente, le pedí al conductor que se detuviera al principio de la calle donde vivía el señor Morrissey y fuimos a pie hasta su casa. Tanto la calle como el camino hasta la puerta principal estaban pavimentados y no había llovido recientemente, pero me llamaron la atención unas violetas algo marchitas que había bajo la ventana del primer piso del lado derecho. El resto del jardín se encontraba en perfecto estado. Las flores dañadas se encontraban a una distancia considerable del camino, tan lejos que llegué a la conclusión de que no era posible que ninguna persona o animal saltase una distancia tal sin dañar el lecho entre las flores y el camino. Por un momento me pregunté si la marca era solo una coincidencia y por lo tanto completamente irrelevante para el caso. Sin embargo, el estado inmaculado del resto del jardín me hizo desechar esta idea. Recordé las palabras de Holmes diciéndome que rara vez resulta positivo para el caso pensar que la pista más clara de la que se dispone es una mera coincidencia.

—¡Oh! —exclamó mi cliente cuando pregunté acerca de las flores dañadas—. No lo había notado y la pobre señorita Jackson, mi sobrina, suele ser muy cuidadosa con el jardín. Parece que este asunto tan extraño la preocupa más de lo que parece.

Dicho esto, me dejó reflexionando sobre sus observaciones, se apresuró a entrar en la casa y avisó a su sobrina para que viniera a saludarme. Mi calma contrastaba con su nerviosismo.

La señorita Jackson Mortimer era la segunda hija de Irene, la difunta hermana mayor del señor Morrissey. Jackson era de estatura baja y complexión media, con el pelo largo y rubio que le llegaba casi hasta la cintura cuando lo trenzaba. Por su rosto daba la impresión de ser cortés y amable, pero cuando alcancé al anciano encuadernador y ambos entramos en la habitación, su sobrina se encontraba inclinada sobre un álbum de fotos grande y tenía una expresión peculiar, una mezcla de tristeza, ira y dolor. Estaba tan absorta en el objeto de su malestar que ni siquiera se dio cuenta de que habíamos entrado en la habitación hasta que mi compañero la saludó.

La muchacha se asustó y saltó de su asiento, pero rápidamente cambió su semblante. Un rápido vistazo a su tío me reveló que o bien no se había dado cuenta de su expresión anterior o bien había decidido ignorarla.

La señorita Jackson había pensado que tal vez dedicar un tiempo al estudio de los álbumes familiares la distraería del revuelo causado por los recientes y singulares sucesos. Decidí no hacer más preguntas al respecto en ese momento.

El señor Morrissey me enseñó el cuarto de donde había desaparecido el libro y le pedí que me dejara solo durante quince minutos. Obedeció de buena gana y de inmediato me asomé por la ventana todo cuanto pude para examinar más de cerca el daño del terreno de abajo. No tardé en confirmar mi sospecha, el libro perdido se encontraba parcialmente enterrado bajo una parte del césped que con toda seguridad se había cultivado con ese propósito. Eso o el ladrón había aprovechado la grandiosa coincidencia de que la hierba creciera precisamente donde era más conveniente para él. De inmediato descarté esta idea ya que no cualquier ladrón habría depositado el libro en un lugar así con tanta confianza. El señor Morrissey ya había mencionado que la señorita Jackson era quien se ocupaba del jardín, por lo que era lógico suponer que ella habría sido capaz de organizarlo todo para completar su "crimen". El principal problema era su falta de motivo. No pude seguir meditando durante mucho tiempo ya que, al escuchar la puerta abrirse suavemente, me levanté para encontrar a la señorita Jackson mirando con inquietud el tomo que se encontraba ahora entre mis pulgares sudorosos.

—Tengo la impresión de que tiene algo que decirme —intenté mantener la voz calmada, recordando los tonos fríos de mi mentor en tales asuntos.

—Deme el libro y veinticuatro horas —dijo ella—. Le aseguro que entenderá mi dilema, no he hecho nada malo...Tan solo quiero que todo permanezca en paz.

Un brillo dorado alrededor del cuello de la joven llamó mi atención.

—Quédese quieta un momento, por favor —le pedí intentando aparentar indiferencia.

La señorita Jackson asintió en silencio y me acerqué a ella con cuidado. Coloqué el libro de vuelta en la hierba sin saber en qué otro lugar podría dejarlo y sin tener muy claro qué hacer a continuación.

Mientras guardaba mi pañuelo negro sudado en el bolsillo, utilicé la mano izquierda para levantar la casi imperceptible cadena de oro bajo el cuello de su camisa de la que colgaba un pequeño guardapelo redondo.

Una vez abierto, el colgante dorado relevó las fotografías de dos mujeres. Una de ellas, la mayor, estaba sola en una silla alta y sostenía una versión más nueva del volumen que ahora descansaba en el césped bajo la ventana. En la foto, el libro se encontraba en mejores condiciones, solo mostraba una ligera marca amarilla alrededor de las páginas y unas pocas arrugas en el lomo. La mujer más joven de la otra fotografía estaba acompañada por un muchacho y un bulto envuelto en una manta, probablemente un bebé, apretado contra su pecho en actitud protectora.

—¿Esta es usted? —pregunté con suavidad mientras señalaba el fardo de la imagen izquierda

La señorita Jackson asintió con la cabeza, sin decir palabra alguna por la tensión que sentía.

Supuse que la mujer era su madre, el parecido era obvio, y el hombre podría ser... ¿su hermano, quizás? Era muy joven como para ser el señor Morrisey, que habría tenido al menos 20 años, o quizás unos cuantos más, cuando la señorita Jackson nació. Era difícil de discernir, pero la investigación posterior demostró que la señora mayor con el libro era la abuela materna de la señorita Jackson.

Entonces comprendí el valor del libro. Se trataba de una reliquia familiar, de manera que estaba claro que tanto el Sr. Morrisey como cualquier otro de sus valiosos libros estaban a salvo. Regresé a la ventana para recoger el libro de nuevo y lo coloqué en las manos vacilantes de la señorita Jackson. Después de haber informado al Sr. Morrissey de que volvería la noche siguiente con más noticias, regresé a casa e intenté con todas mis fuerzas no pensar más en el asunto. No quería añadir más suposiciones basadas en juicios y conjeturas. Estaba seguro de que el nuevo día me traería todas las pruebas relevantes.


Estaba en lo cierto. A las dos de la tarde del día siguiente, la señorita Jackson llamó. Estaba nerviosa pero se encontraba bien de salud y estaba claro que no había dormido tan bien como de costumbre. Solo esperaba que mis acciones no le hubieran causado ningún tipo de ansiedad.

Tomé la precaución, por supuesto, de preparar mi revolver por si surgía algún problema, ya que el tiempo que pasé con Sherlock

Holmes me había enseñado lo engañosas que pueden ser las apariencias, y me aseguré también de que no se notase para no alarmar a mi cliente, que ya estaba lo suficientemente nerviosa. Mi invitada comenzó su historia sin preámbulo alguno.

—Mi padre estaba en la Marina y murió unos tres meses antes de que yo naciera. Él y mi tío habían sido buenos amigos, muy buenos amigos. "Parecen más hermanos que cuñados" solía decir la abuela. En fin, cuando papá murió se lo dejó todo a mi madre, el tío M ni siquiera recibió un par de gemelos. No estaba resentido, al menos al principio, pero durante mi adolescencia el dinero empezó a escasear. Su negocio de encuadernación estaba decayendo y se vio obligado a cambiar de casa. Era demasiado orgulloso para pedir dinero, pero a menudo insinuaba que aceptaría un préstamo si alguien se lo ofreciera. Mamá nunca fue muy buena siendo sutil. "Di lo que quieres decir y lo que digas, que sea en serio", esa frase la describía muy bien. Yo creo que ella nunca notó las indirectas del tío M. Él pensaba que mamá lo estaba ignorando, así que dejó de visitarnos tan a menudo y la familia se separó.

El autor favorito de mi abuela era Shakespeare. Mi tío M y yo jamás llegamos a entender por qué, pero mi madre y Tom compartían la pasión de mi abuela. Tom es mi hermano. Cuando la abuela murió, no había escrito testamento, así que todo pasó automáticamente al tío M. Mamá pidió quedarse con el libro, su único recuerdo, pero él se negó, ya que, después de todo, ella nunca le había dado nada.

Durante cinco años, mamá nos prohibió hablar de él o de su falta de bondad y murió sin tener su querido libro. El tío vino al funeral y hablé con él. Se había olvidado del libro y estaba molesto con mi madre por no haber mantenido contacto. Tampoco quería molestar o importunarnos, así que asumió que había una buena razón para la actitud de mi madre y que ella le daría las explicaciones pertinentes cuando todo se hubiese calmado. Le conté lo del libro y se enfadó mucho, dijo que todo el asunto era muy tonto y se marchó. Dejé transcurrir una semana antes de ir a visitarlo. Tras ganarme su confianza, Tom me dijo que debería intentar recuperar el libro. El viejo lo había olvidado de nuevo, o al menos eso parecía.

Lo que sucede es que... cuando pasas tanto tiempo con alguien, acabas cogiéndole cariño, y yo sabía que él no se había olvidado del libro, todo lo contrario. Simplemente, extrañaba mucho a mamá. Decidí recuperarlo, pero quería pagarlo, así que decidí que lo compraría. Lo tenía todo planeado, el escondite en el jardín y el dinero. Estaba intentando mantener la pila de libros firme cuando él entró. Me inventé una historia sobre estar buscando un tomo de Austen y haber encontrado las monedas. Estaba segura que no había olvidado el libro y se dio cuenta de inmediato de que ya no estaba. No tiene idea de lo rápido que salió de casa. Unas horas después regresó con usted.

Me senté en mi silla, sin saber cómo hacer frente al dilema actual.

—Por favor, no le diga a tío M que he sido yo, ¡se pondría muy triste! No me gustaría perder su confianza.

De repente, la mujer frente a mí estaba hecha un mar de lágrimas y yo no sabía qué hacer al respecto. Consideré decirle al anciano que su libro se había perdido para siempre o presentar a la señorita Jackson como su legítima propietaria, pero ninguna de las dos decisiones me parecía correcta.

—No creo tener otra opción —le dije con toda la amabilidad que pude—, ¿dónde vive su hermano?


Dejé a la señorita Jackson con la señora Hudson mientras acudía a visitar a su hermano. Era un hombre alto y joven, pero con indicios de calvicie. Le conté toda la historia y le pregunté si estaría dispuesto a renunciar al libro por el bien de su hermana. El muchacho se negó, había pagado por un libro que ya era suyo por derecho, según él, y no iba a ceder ante su horrible tío por las buenas. Hice cuanto estuvo en mi mano para disuadirlo, pero no quiso desistir, así que me vi obligado a darle las malas noticias a mi cliente. Sin embargo, me ahorré la difícil tarea, puesto que su sobrina ya se lo había explicado todo. No estaba triste, como la señorita Jackson temía, sino que estaba furioso, pero no con ella, sino con su hermano. Una vez el señor Morrissey se hubo calmado, saqué el libro de entre las flores. Estaba mojado y con las páginas pegadas debido a la lluvia nocturna.

Una mirada al miserable estado del libro bastó para que la señorita Jackson se echase a llorar de nuevo. El ojo experto del señor Morrissey lo declaró irreparable y, con una breve mirada de aprobación, me llevé el libro a otra habitación y lo dejé en la mesa, con la idea de regresar para deshacerme de él.

Esto último no fue necesario ya que el señor Morrisey me dio las gracias y me acompañó a la salida antes de que tuviera la oportunidad, asegurándome que tenía otros planes para el pesado volumen.

Unas semanas después, recibí una hermosa carta escrita por ambos. En ella me explicaban que habían enviado por correo el original al señor Jackson y se habían comprado una versión nueva y legible para ellos. El señor Morrissey me ofreció sus servicios de forma gratuita si alguna vez requería de su ayuda en algún asunto sobre libros. Él y su sobrina se convirtieron en entrañables amigos míos.

Ahora que lo pienso, creo que Holmes no hubiera aceptado el caso por encontrarlo "aburrido" y "obvio". Para mí, sin embargo, fue uno          de          mis          favoritos.

# El dueño de los guantes verdes de piel

Michelle Erkers
Mora, Suecia

Eran casi las diez de la mañana cuando Holmes y yo regresamos a Londres de nuestra visita a Dulwich. El clima era magnífico para ser una mañana de abril, mi amigo se encontraba sentado con una sonrisa de satisfacción en sus labios curvados. A pesar del trabajo de la noche anterior, el cansancio me abandonó por completo conforme él me contagiaba su felicidad.

—Sin duda ha visto algo que yo he pasado por alto —comenté al tiempo que el tren entraba en la estación. Recogimos nuestras pertenencias y bajamos del tren a la luz del sol resplandeciente con el polvo de Londres.

—Vamos, Watson, no he visto nada que usted no haya visto. Sin embargo, contemplo las cosas con una mentalidad distinta a la suya. ¡Los guantes, Watson! —sonrió al tiempo que sacaba los dos guantes de fina piel verde del bolsillo de su abrigo. Les dio la vuelta y agitó frente a mis ojos las iniciales R. M. cosidas de forma intrincada. El nombre de la víctima era Gregory Barnes. Su nombre no tiene las letras R.M. El dueño de éstos es un hombre con esas iniciales y debe haberlos dejado en la sala de estar de Barnes. Un hombre acomodado, a juzgar por la piel fina y la perfección con la que están hechos; dudo que sean un regalo.

»Bien hecho, sí, me parece que tiene razón. No son un regalo. R.M. los compró él mismo hace menos de un año y los aprecia mucho. No tiene hijos pero, sin duda, anda detrás de una dama; el guante tiene el aroma del perfume de una mujer. Observe los pelos de color marrón largos y gruesos atrapados en los botones, debe tener un perro. Watson, debo pedirle un favor. Es de suma importancia.

Holmes se giró y se colocó frente a mí, bloqueándome el paso y mirándome con intensidad. De inmediato supe que estaba muy entusiasmado con la idea de seguir esta pista tan pronto como fuera posible. Sin dudarlo, le pregunté qué necesitaba que hiciera.

—Necesito que siga a un hombre por mí, mientras yo trabajo en otro lugar. Debería estar cerca de aquí. Lleva una chaqueta de montar azul, bastante desgastada, cabello largo con mechones grises y camina con mucha energía para un hombre de su edad. Lo vi varias veces en Dulwich. Podría tardar cierto tiempo, tal vez todo el día. ¿Está dispuesto a hacerlo? —preguntó Holmes, sujetando la bolsa en sus manos con bastante fervor.

En vista de que no tenía mucho más que hacer y, sin deseo de negarme, acepté la tarea. Holmes asintió y me dijo que se ausentaría por algún tiempo. Sin despedirse, caminó en la dirección opuesta, de regreso a la estación de trenes.

Manteniendo la descripción fresca en mi mente, me senté en un banco y dejé que mis ojos vagaran sobre los rostros de las personas que pasaban frente a mí. No pasó mucho tiempo antes de que divisara a un hombre desharrapado con una chaqueta de montar azul que se dirigía en mi dirección. Encajaba perfectamente con la descripción. Hice lo posible por no llamar la atención conforme lo veía tomar asiento en un banco un tanto alejado del mío.

Después de verlo leer el periódico durante cierto tiempo, me relajé a la cálida luz del sol. Mis pensamientos comenzaron a desviarse al cuarto en que el pobre detective Barnes había sido envenenado el día anterior. Se habían inspeccionado sus habitaciones pero, dado que el perpetrador había dejado un desorden mínimo, debía haber encontrado rápidamente lo que estaba buscando.

El anciano se levantó de pronto y lo seguí con la mirada conforme cruzaba con prisas la calle transitada y entraba a la oficina de telégrafos. Manteniendo mi distancia, lo seguí temeroso de perderle. Para mi alivio, no parecía haber notado mi presencia e ignoraba mis intenciones.

Al entrar con sigilo en la oficina de telégrafos detrás de él, escuché algunos fragmentos de la conversación entre el hombre y el dependiente.

—Gracias una vez más por su ayuda, necesito enviar esto de inmediato. Gracias —dijo el hombre con voz alta y fuerte.

Esperó con impaciencia mientras el dependiente enviaba el telegrama, pagó y se fue conmigo pisándole los talones. Lo vi dar la vuelta en una calle lateral y me detuve en la esquina por un momento para darle cierta distancia.

Este hombre en particular no era muy fácil de seguir. Dio varias vueltas y giros en su camino a través de la City, Westminster y Camden; me dio la impresión de que sabía que lo estaban siguiendo. Justo como Holmes lo había descrito, tenía un paso enérgico para ser un anciano. En la esquina de Acacia Road entró a una oficina de empleo. Me pareció mejor no mostrarme muy entusiasmado por seguirlo de cerca en la segunda tienda en la que entraba y decidí esperar afuera.

Amarrado a una farola se encontraba un gran perro color marrón. Me olfateó las piernas de forma amigable mientras yo lo acariciaba entre las orejas. Noté que llevaba un elegante collar verde y me incliné para verlo de cerca. Mi mano se detuvo cuando vi las iniciales familiares: R.M.

Entonces lo comprendí. El hombre al que estaba siguiendo debía ser R.M., el dueño de los guantes verdes que encontraron en la escena del asesinato en Dulwich. La escena del envenenamiento, sin motivo aparente, de un detective de Scotland Yard. Finalmente comprendí la importancia de mi trabajo.

Las campanas marcaron el mediodía y poco después un joven salió de la oficina. Desató al perro y se alejó por la calle.

El tercer lugar al que entramos fue un agradable restaurante italiano cerca de la esquina sur de Primrose Hill. Una vez más, el perro se encontraba fuera esperando a su dueño. Para entonces, estaba bastante hambriento y decidí comer algo mientras lo observaba.

Pasaron un par de horas hasta que, de pronto, el anciano saludó con la mano a un sujeto sentado solo en una mesa junto a la suya. Lo reconocí como el dueño del perro que se encontraba afuera.

Comencé a sospechar que había algo que no comprendía del todo. Tal vez el perro sí pertenecía al anciano y el joven simplemente lo estaba paseando. Pero, ¿por qué se habrían sentado separados para comer?

Antes de terminar mi bebida, los dos hombres se levantaron y salieron juntos del brazo. Mi curiosidad alcanzó un punto máximo. Este caso se estaba volviendo más intrigante de lo que había pensado en primera instancia.

Los hombres caminaron sin prisa a través de Regent's Park, hablando de cerca. Comencé a sentirme ridículo y la distancia entre ellos y yo aumentó, pues temía que me descubrieran en terreno abierto. La mayor parte del día había pasado, eran cerca de las cuatro de la tarde y aún no había recibido información importante que señalara a este R.M. como criminal.

Nos detuvimos en un club para caballeros, a cierta distancia de Regent's Park. Tenía poco dinero y apenas pude pagar la entrada. Encontré a los dos hombres sentados bastante cerca del escenario decorado, donde un grupo de jóvenes llamativas bailaban enérgicamente, sus vestidos de colores vivos flotando con gracia a su alrededor conforme se movían al son de un violinista francamente abominable.

Observé al dueño del perro tomar su bastón con fuerza. El anciano sonrió al tiempo que se inclinaba y murmuraba algo en el oído del joven. El comentario les hizo soltar una carcajada.

Para entonces comencé a preguntarme qué estaría haciendo Holmes y qué sería exactamente lo que esperaba que descubriera siguiendo a este anciano por todo Londres. No había notado ningún comportamiento criminal, de hecho, parecía ser un caballero perfectamente ordinario.

Acercándome lentamente logré escuchar fragmentos de su conversación pero ninguno decía nada peculiar. El anciano hizo algún comentario ocasional sobre el encanto de las bailarinas pero parecía frío y distante, mientras que el otro sonaba muy entusiasmado. Esto no era inusual en sí y no me llamó la atención por más de un momento.

Casi eran las seis cuando finalmente dejaron el lugar. Comenzaba a sentirme cansado. La falta de sueño y la caminata bastante vigorosa estaba torturando mi pierna y mis pensamientos se desviaron a la comodidad de nuestra sala de estar en Baker Street. ¡Qué maravilloso sería tomar una copa de brandy y echar una siesta!

Recogí mi bolsa del suelo y me di la vuelta para seguirlos; pero no se les veía por ninguna parte. Me apresuré a salir, miré en todas las direcciones en busca de alguna señal de ellos. El dueño del perro caminaba por la calle desierta pero había perdido a mi objetivo. ¡Oh, Holmes nunca perdonaría mi descuido!

Justo cuando comenzaba a regresar a Baker Street alcancé a ver una chaqueta de montar azul. Salté hacia la oscuridad detrás de una pila de cajas justo a tiempo para evitar que me viera el anciano cuando pasó a unos pocos metros de mí.

El hombre se apresuró por la calle y yo lo seguí de cerca. Sabía que me había descubierto pero estaba decidido a no perderlo

193

nuevamente. La chaqueta de montar brillante contrastaba claramente con el marrón turbio y el gris de la ciudad, por lo que me fue sencillo ubicarlo en el anochecer. Sin embargo, para mi gran desilusión, el hombre era muy veloz y ágil, me llevó por varios callejones desiertos hasta que ya no sabía dónde me encontraba.

Lo seguí sobre una cerca alta con gran dificultad. En el suelo, cerca de donde caí, encontré un pequeño trozo de papel. Al recogerlo, eché un vistazo al callejón pero el anciano había desaparecido.

"Bien hecho, Watson. Tendrá su recompensa cuando regrese a nuestras habitaciones. S." decía la nota, en la letra familiar de Sherlock Holmes.

Feliz de que la cacería hubiera terminado, recogí mi bolsa y regresé por otro callejón. Más tarde encontré el camino de regreso a territorio familiar.

Poco después abrí la puerta negra del 221b de Baker Street y subí las escaleras hacia nuestras habitaciones. Holmes aún no había llegado; seguramente seguía persiguiendo al hombre. La pierna me dolía y me estiré en el sofá, sin molestarme en quitarme el abrigo cubierto de polvo. Me quité el sombrero y me pasé los dedos por el sucio cabello mientras reflexionaba sobre lo que había sucedido con el anciano cuya identidad ya no estaba seguro de que fuera R.M.

Justo cuando me estaba sirviendo una copita de brandy, la puerta se abrió de golpe y el hombre andrajoso de la chaqueta azul cruzó el umbral dando tumbos.

—¡Usted! —grité mientras me apresuraba a tomar mi pistola.

El hombre se detuvo de golpe y soltó una risita. Lo miré fijamente mientras se quitaba el sombrero, después el cabello y la barba...

—¡Holmes! ¿En realidad se trataba de usted? —dije, tan asombrado que caí sentado en el sofá— ¿Pasé todo el día persiguiéndolo? ¿Por qué?

Holmes se apresuró a quitarse su disfraz, y me alegró ver al hombre que conocía bajo el aspecto de un extraño anciano.

—Se lo explicaré, solo necesito lavarme la cara primero.

Ayudé a Holmes a enjuagar la suciedad y el pegamento de su rostro, lo que reveló su aspecto cansado. En cuanto nos sentamos en el sofá, cada uno con una copa de brandy, Holmes comenzó a narrarme su increíble historia.

—Créame, no lo hice de mala fe, simplemente consideré que necesitaba ejercitar su habilidad para seguir a una persona. Últimamente sus habilidades han dejado mucho que desear. Mientras usted seguía a un anciano, ese anciano estuvo siguiendo a R.M. Su nombre es Richard Moss, un contable que tiene una villa en Camden Town, un perro del que usted se hizo amigo, y una dama que no corresponde a sus afectos, sin importar cuánto intente comprar su corazón con baratijas y esplendor.

Hizo una pausa y tomó la mitad de su brandy; yo lo miré con asombro.

—El Sr. Moss es el hombre que estamos buscando. Lestrade está del otro lado de la ciudad realizando una tarea sin sentido; parece que consideraba que la carta de la señorita Dawson era algo importante. El Sr. Moss ha asesinado a tres personas en el transcurso de dos años. Pregunté por él en la oficina de telegramas, parece ser que hace dos años era un indigente. Al parecer tenía, y aún tiene, una propensión a beber y rodearse de compañías caras.

Holmes procedió con su narración de cómo el Sr. Moss había convencido al pobre detective Barnes de cambiar su testamento. El pobre no tenía idea de que su testamento le había dejado todas sus pertenencias terrenales a su contable, el Sr. Moss.

—¿Ya había hecho esto dos veces antes de Barnes? Es horrible. ¿Cómo lo supo? —pregunté asombrado.

—¿Recuerda a esa pobre anciana en Hampstead a la que envenenaron hace nueve meses? Había cambiado recientemente su testamento, pero nadie lo pudo encontrar. Lo mismo ocurrió con aquel capitán de la marina retirado hace dieciocho meses. Así es como se ha ganado la vida y como consiguió su villa en Camden. Le dije al Sr. Moss que viniera aquí esta noche a buscar sus guantes. Estoy seguro de que lo hará…

El sonido del timbre de la puerta casi me hizo dar un salto.

—¡Traiga las esposas, rápido!

Me apresuré a la habitación de Holmes y tomé las esposas. Al regresar a la sala, lo encontré sentado en el sofá, y a nuestro invitado boca abajo e inconsciente en el suelo. No cabía duda de que nuestro invitado era el dueño del gran perro marrón. Richard Moss, el contable.

  —Espere aquí mientras llamo a Lestrade. Estoy seguro de que se resistirá terriblemente así que debe sujetarlo —me indicó Holmes, al tiempo que se ponía su abrigo y se marchaba.

# La aventura del libro roto

Pamela R. Bodziock

Monroeville, Pennsylvania, Estados Unidos

Nunca he oído que mi amigo Sherlock Holmes le guardase rencor a alguien que le hubiera hecho daño. Debido a su trabajo como el detective asesor más importante de la época (una posición que, por su misma naturaleza, tuvo como consecuencia un número creciente de enemigos y rivales de la peor especie buscando venganza) sería poco sorprendente y comprensible si, incluso una mente tan fría y lógica como la suya, en ocasiones albergara resentimientos hacia alguno de sus miles de oponentes. A pesar de todo, en mis muchos años de relación con él, nada parecía más lejos de la realidad.

Por lo tanto, me sorprendí bastante aquella mañana de mayo en la que acompañé a Holmes a un pequeño pueblo en Surrey para reunirnos con nuestro cliente más reciente. No era común que viéramos a un cliente fuera de Londres sin haberlo recibido antes en nuestras habitaciones de Baker Street para una consulta previa, pero la actitud de Holmes durante nuestro viaje fue tan silenciosa y melancólica que supe que este sería un caso inusual en muchos sentidos.

Nuestro destino era Undershaw, una residencia de diseño imponente y único. Esperamos a nuestro anfitrión en un lujoso recibidor, de unos dos pisos de alto, con una gran chimenea.

—Holmes —dije finalmente, ignorando la oscura mirada que había adoptado el rostro de mi amigo desde que salimos de Londres y que comenzaba a dirigir hacia mí—, ¿a quién vamos a...?

Pero antes de que pudiera terminar la pregunta, nuestro cliente había entrado en la habitación. Hubo un momento de silencio, y observé sorprendido cómo un destello de emoción pasaba rápidamente por el rostro de mi amigo (reconocimiento, duda, algo cercano a la incertidumbre) antes de que sus rasgos se fijaran en una expresión de enojo extrañamente frío.

—Buenos días, señor Holmes —dijo el caballero, saludándome con una inclinación de cabeza—, ha pasado mucho tiempo, ¿no es así?

—Ocho años —contestó Holmes. Arqueé una ceja sorprendido—. O tres, dependiendo del cálculo de cada uno.

—Cierto —respondió el otro, con una nota de tristeza en su voz. Nuestro cliente era un hombre gigante, su altura rivalizaba con la del mismo Holmes; el grosor de sus extremidades y cuerpo superaba con mucho el de mi amigo. Vestía de forma elegante, un traje hecho cuidadosamente a medida; aunque su característica más notable era su bigote de morsa, que estaba peinado con esmero y cruzaba su rostro como un estandarte de honor. O, al menos, así habría sido si sus facciones no hubieran reflejado un absoluto desconsuelo.

—Debo confesar que me sorprendió mucho recibir su aviso. Un logro cuya dificultad debería apreciar usted mejor que nadie —comentó Holmes.

—Y yo debo confesar que estoy un tanto sorprendido de haberle pedido que viniera —dijo el caballero en voz baja.

—Holmes, ¿conoce usted a este hombre? —pregunté, mirando a ambos un poco confundido.

—La palabra clave sería "conocí", mi querido Watson —contestó Holmes. Sus ojos permanecieron fijos en nuestro cliente, con una furia escalofriante que no se parecía a nada que hubiera visto antes en el rostro de mi amigo—. Nuestra relación se ha enfriado considerablemente en los últimos años.

—Tal vez debería presentarme —me dijo el caballero, acercándose con una mano extendida—, mi nombre es ...

—Por favor, permítanos pasar por alto esas cortesías —interrumpió Holmes con frialdad—. Díganos por qué estamos aquí.

Nuestro anfitrión titubeó durante un momento.

—De acuerdo, señor. He requerido su presencia porque... necesito su ayuda.

A estas palabras siguió un largo silencio.

—Estoy seguro de que no habla en serio —contestó Holmes finalmente.

—¿Le habría pedido que viniera aquí, después de todos estos años, solo para burlarme de usted así? —respondió el otro—. No es una broma, se lo aseguro.

—Entonces lamento informarle de que mi socio y yo no aceptamos nuevos clientes en este momento —Holmes ya estaba avanzando hacia la puerta—. Ha sido un placer visitar su encantador hogar...

—Mi querido Holmes —nuestro anfitrión sujetó el brazo de

Holmes y, aunque la expresión de mi amigo no vaciló, yo que lo conocía tan bien pude notar un destello de emoción enterrado en lo profundo de sus ojos—. Tal vez no tenga derecho a pedir su ayuda pero simplemente no sé a quién más recurrir.

—¡Y yo le digo que no puedo ayudarlo! —Holmes gritó con una pasión que me habría sorprendido si no hubiera estado observando la furia creciente en su mirada. —Usted mismo destruyó el vínculo entre nosotros, doctor, y ningún discurso reparará ese daño.

—¡Holmes, ¿quién es este hombre? —dije, incapaz de soportar la ira de mi amigo sin comprender su causa. —¿De dónde se conocen?

—La forma en que lo conozco, y lo que representó en mi vida alguna vez, no tienen importancia —respondió Holmes, zafándose de la mano que lo sujetaba—, reconózcalo como el hombre en que se ha convertido... ¡el hombre que confabuló con el Profesor James Moriarty para lanzarme a las profundidades de las cataratas de Reichenbach!

Me quedé boquiabierto ante la declaración de mi amigo.

—¿Este hombre estaba aliado con Moriarty?

—Él situó a Moriarty en el centro de su red criminal, le proporcionó las herramientas y los recursos que necesitó para controlar su imperio... y lo guió por el camino para encontrarme. El hombre que ve frente a usted, Watson, es, si hemos de hablar con franqueza, la mente maestra detrás de la mente maestra. ¡No exageraría si dijera que se trata del creador de un loco!

El motivo del inexplicable humor sombrío de Holmes era ahora evidente. Había existido una relación más profunda, cercana, tal vez habían sido colegas o incluso amigos. Nuestro cliente no era un simple criminal, sino un traidor.

—Y ahora usted, señor, un cómplice del mayor enemigo de mi amigo, ¿acude a Sherlock Holmes pidiéndole ayuda? —le reclamé.

—Lo hice porque no sabía a quién más acudir —dijo el caballero, a quien mi amigo llamaba doctor, antes de de darse la vuelta hacia Holmes—, hemos tenido nuestras diferencias en el pasado, pero estoy seguro de que no negará que he procurado enmendar la situación. He intentado, si se me permite decirlo, resucitarlo del destino que había planeado con tanta frialdad para usted.

—Sin duda —respondió Holmes, pero su rostro y su voz parecían de piedra—, entonces supongo que sugerirá que lo mínimo que puedo hacer por el hombre al que le debo mi vida y carrera es escuchar su petición, ¿incluso si continúa siendo el mismo hombre que alguna vez intentó solucionar el "problema final" de ambos?

Apenas comprendí lo que Holmes pretendía decir con esas palabras, pero nuestro anfitrión pareció relajarse un poco. Pronto nos encontramos sentados en el estudio del caballero, una habitación amplia que, sin embargo, parecía estar cerrada por todos lados debido a la infinidad de estanterías con libros que nos rodeaban.

—Tal vez sepa que encargué la construcción de Undershaw hace varios años —comenzó el doctor, atusándose el bigote hacia los lados con un gesto bien practicado—, se ha convertido en un hogar para mi familia y para mí, pero lo que realmente nos atrae de ella es que está situada en Surrey. El clima seco y saludable es un requisito en vista de nuestra situación actual. —Su bigote pareció curvarse hacia abajo ligeramente con aquellas palabras, como si al hombre lo afligiera un pensamiento interno, antes de continuar—. No necesito profundizar en el tema; solo deseo que comprendan la necesidad de que mi familia permanezca en Undershaw a cualquier precio.

—Lo comprendo, se lo aseguro. Por favor continúe, doctor —dijo mi amigo con un tono imposible de interpretar.

—Ciertamente, Sr. Holmes —nuestro cliente se aclaró la garganta y se acomodó en su asiento—. El problema comenzó hace varias semanas. Me encontraba solo en mi estudio cuando salí de la habitación para buscar una pipa que había dejado en la sala de estar. No estuve fuera más de tres minutos; sin embargo, cuando regresé, encontré una docena de estos libros, con las cubiertas rajadas y las páginas arrancadas, desparramados en pilas en el suelo.

—Por sí mismo, esto habría sido un incidente desconcertante, tal vez una broma cruel, pero la imposibilidad del evento fue lo más perturbador. Como dije, me ausenté tan solo durante unos minutos y me encontraba solo en casa en ese momento.

Ahora fue Holmes el que se movió ligeramente en su asiento. No era un hombre nervioso por naturaleza, por lo que interpreté este movimiento como una señal de que comenzaba a interesarse en el desarrollo inusual, muy a pesar de sus propios deseos.

—Dado que los libros dañados eran ediciones de su propio trabajo, supongo que habrá conservado los volúmenes a pesar de su estado.

—Sí, pensé... —nuestro cliente hizo una pausa, lo miró

fijamente por un momento y después le ofreció a mi compañero una pequeña sonrisa—. Y sin embargo, no le mencioné que los libros en cuestión eran mis propios escritos. Aunque no me atrevería a decir que me sorprenda demasiado una deducción como esa viniendo de usted.

Miré sorprendido a nuestro cliente, intrigado por su doble cualidad de doctor y de autor.

—Es una deducción de lo más elemental; si hubiera sido el trabajo de otra persona, habría descrito su destrucción como vandalismo, no una broma —afirmó Holmes, de una forma tan despreocupada que yo sabía que no era del todo legítima—, pero como mencionó que sus problemas "comenzaron" hace varias semanas, ¿debo entender que no es la única circunstancia inusual ocurrida en la última quincena?

—En efecto —dijo nuestro cliente con una expresión sombría—, dos días después, la chimenea apareció llena de basura, habían cerrado el tiro para no dejar salir el humo. Fue muy difícil eliminar la peste de la casa. Y continuó. Pintarrajearon las puertas y la escalera principal, aunque por fortuna las manchas no fueron permanentes. El daño más grave fue tal vez el que tuvo lugar en la sala de estar: rajaron los trofeos de caza y rompieron los colmillos de morsa que tenía allí expuestos. Algunas de las ventanas, de las que mi familia y yo estamos muy orgullosos debido a que llevan nuestro escudo de armas, fueron hechas añicos...

—¿Tiene alguna teoría clara sobre algún sospechoso, o algún motivo?

—No hay sospechoso alguno —dijo nuestro anfitrión extendiendo las manos—. Los sirvientes se encontraban fuera o estaban ocupados en otra parte cuando ocurrieron los incidentes, y no encontramos señales de que hubieran forzado la entrada.

—Discúlpeme por preguntar pero, ¿no estará usted considerando una causa sobrenatural? —preguntó Holmes, con una agudeza peculiar.

Nuestro anfitrión sonrió un poco.

—No descarto nada, buen hombre. ¿No ha dicho usted mismo en más de una ocasión que, cuando se han eliminado todas las explicaciones imposibles, la restante, por improbable que parezca, debe ser la verdad?

Holmes arqueó una ceja pero no dijo nada. Después de un

momento, nuestro anfitrión suspiró.

—No sé qué pensar, Sr. Holmes. Solo puedo decir que el daño parece venir del interior de la casa; a pesar de eso, no hay ningún sospechoso entre estas paredes.

Los ojos de Holmes empezaron a brillar con una expresión que me era muy familiar.

—Permítame examinar la casa con mayor detenimiento.

A insistencia de Holmes, comenzamos con la sala de estar y continuamos hasta cubrir el resto de la casa. Holmes examinó todo con su atención habitual, pasó una mano sobre las manchas de las puertas y examinó las rajaduras en los trofeos de caza. No dijo una sola palabra hasta que regresamos al estudio y, entonces, lo único que pidió fue inspeccionar más de cerca los libros dañados.

Acababa de aceptar un habano que me ofreció nuestro cliente y estaba en el proceso de encenderlo cuando Holmes gritó triunfalmente. Me di la vuelta junto con nuestro anfitrión para ver a Holmes, que se encontraba de pie frente a la repisa con un libro en la mano.

—Lo sospeché desde un principio, pero esto prueba que esa conjetura es un hecho —anunció Holmes.

Nos acercó las piezas rotas del libro, solo alcancé a vislumbrar la palabra "regreso" en un fragmento de la cubierta antes de que lo volviera a colocar de golpe en la repisa.

—Procedamos al piso inferior, ¿de acuerdo? Pues es la única área de la casa que aún debemos explorar, y me parece que ahí encontraremos nuestra respuesta. Es muy probable que necesitemos una vela y, Watson, asegúrese de tener listo su revólver.

Avanzamos hacia el sótano. Holmes se llevó un dedo a los labios para indicarnos que guardáramos silencio. Cuando alcanzamos el final de la escalera angosta, oímos un golpe sordo que surgía del silencio. Al unísono, giramos para ver una figura siniestra agachada en la esquina. Antes de que el intruso pudiera seguir avanzando hacia nosotros, me adelanté con el revólver levantado.

Nuestra presa se detuvo de inmediato en la semioscuridad, le indiqué con el revólver que se colocara frente a la pared. Nuestro anfitrión levantó aún más la vela al tiempo que nuestro prisionero obedeció, mi corazón dio un salto cuando miré los crueles ojos azules debajo de aquella ceja marcada; el rostro de un hombre que recordaba muy bien.

—Como esperaba —comentó Holmes con calma—. ¿Me permiten presentarles al coronel Sebastian Moran, la mano derecha del difunto profesor Moriarty?

Los ojos de Moran centellearon con un fuego asesino, no hacia Holmes sino contra nuestro cliente.

—¿Cómo lo supo, Holmes? —dijo nuestro anfitrión, mirando sorprendido al coronel.

—¿Y cómo es posible? —pregunté, con el revólver aún apuntando a Moran. —El doctor, discúlpeme señor, estuvo aliado en algún momento con Moriarty. ¿Cómo supo que el vándalo también pertenecía a su banda?

Holmes miró fijamente al rufián que gruñía.

—Porque, aunque nuestro cliente pudo haber tratado con Moriarty, la lealtad del doctor a su compañero era poca y no iba más allá, ciertamente no se extendía a un matón como Moran.

—Pero el villano podía haber sido cualquiera —dijo nuestro cliente, y su rostro seguía mostrando una expresión de asombro absoluto. —¿Qué le hizo sospechar...?

—Usted mismo lo dijo —respondió Holmes, hablando por encima del hombro a nuestro anfitrión—: Los crímenes solo los pudo haber realizado alguien dentro de la casa. Si no fueron los sirvientes, solo quedaba una posibilidad de un culpable que pudiera realizar un trabajo "interno", un personaje de su propia creación, surgido de las páginas del mismo libro que estaba tan empeñado en destruir.

Miré a Holmes con curiosidad pero nuestro anfitrión parecía comprender a mi amigo a la perfección.

—Pero, ¿saber que se trataba de Moran? —preguntó el doctor.

—Comencé a sospechar en el momento en que vi el estado de los trofeos de caza en su sala de estar —respondió Holmes—. Moran se considera, antes que nada, un cazador. Un hombre que aprecie de esa forma la dicha de la cacería consideraría destruir los premios de otra persona como el mayor insulto, pero confirmé mi teoría cuando examiné la hilera de libros destrozados. Todos estaban maltratados, pero solo uno estaba partido en dos: *El regreso.* El libro en que nació el destino de

Moran, en el que el mío me fue devuelto.

—¡Moriarty confió en usted! —Moran escupió las palabras al doctor. —Usted creó la estrategia perfecta para librar al mundo de Holmes para siempre. ¡Pero tuvo que hacerlo regresar a su mundo! ¡Tuvo que resucitar a la piedra en el zapato de todos los criminales del planeta!

—¿Pero por qué atacar mi hogar? —preguntó nuestro anfitrión, y en sus ojos había más confusión que enojo o miedo—. Si un cazador como usted en verdad pretendía matarme, seguramente...

La furia del gruñido de Moran lo interrumpió.

—No pretendía matarlo, doctor Doyle. solo deseaba arruinarlo, ¡como usted me arruinó a mí!

—Pensó en destruir la tranquilidad de Undershaw y así sabotear la paz mental y la inspiración que, como escritor, nuestro amigo Doyle ha encontrado en este lugar —comentó Holmes, y me di cuenta, sobresaltado, de que era la primera vez que Holmes había llamado a nuestro cliente por su nombre.

—Pensé en eliminar esa inspiración antes de que trajera la muerte y la ruina a más criminales honestos, señor Holmes —dijo Moran—. Lo habría logrado de actuar con mayor rapidez.

—Ciertamente, lo habría hecho. Y ahora, mi amigo Watson, ¿me ayudaría a llevar al coronel escaleras arriba mientras esperamos la llegada de la policía local?


Más tarde, cuando nos disponíamos a regresar a Baker Street, Holmes se giró una vez más hacia nuestro anfitrión.

—Debo preguntar, señor Doyle, ¿le desilusionó saber que su misterio no era obra del espíritu de un familiar difunto, después de todo? Escuché en sus palabras un desafío más profundo y silencioso mientras miraba a nuestro anfitrión a los ojos.

—Se burla de mis creencias, señor Holmes —replicó nuestro cliente, pero había un brillo similar a afecto en su mirada—, pero sin duda me juzga con mucha dureza. Después de todo, uno nunca desea pensar... que ha perdido a un amigo por completo.

Holmes observó al autor, y pude ver un momento de comprensión entre ambos.

—Me preguntaba si usted y su socio estarían disponibles para otras consultas en el futuro —continuó Doyle, mientras una pequeña sonrisa se asomaba bajo su bigote—. Existe otro caso sumamente peculiar que ha llamado mi atención sobre ciertas circunstancias inusuales en Norwood...

—Me encantaría echar un vistazo a la situación por usted, doctor Doyle.

Entonces nos marchamos, pero me complace decir que, de ese día en adelante, no fue raro que nos invitaran a mi amigo el señor Sherlock Holmes y a mí a la casa conocida como Undershaw.

# Un caso de asesinato

Carla Coupe
Silver Spring, Maryland, Estados Unidos

La luz del sol atravesaba las ventanas de nuestras habitaciones mientras Holmes y yo nos encontrábamos leyendo y fumando cigarros después del almuerzo.

Se oyó un golpeteo rápido en la puerta de abajo.

—¿Espera a alguien? —dije mientras dejaba de lado mi periódico.

Holmes levantó la vista.

—No.

Poco después, la señora Hudson hizo pasar a nuestra visita. Una mujer de mediana edad, con expresión inteligente y aire de competencia.

—¿Señor Holmes? —preguntó mientras nos poníamos de pie.

Holmes hizo una reverencia.

—Éste es el doctor Watson, mi biógrafo y colega. Por favor tome asiento y háblenos de la tragedia de anoche.

Con la mano sobre el corazón, empalideció y se tambaleó.

—¿Ya sabe lo que ocurrió?

Alarmado, fui hacia ella.

—Por favor, señora, siéntese. Le pediré a la señora Hudson que traiga té.

—Gracias, doctor —se sumió en la silla suspirando.

Holmes regresó a su asiento y cruzó las piernas.

—No sé más que el hecho de que usted es viuda, que socorrió a un hombre lesionado anoche y que tomó un tren temprano a Londres esta mañana.

Asintió.

—Tiene mucha razón en todos los puntos, señor Holmes. Conozco su reputación y no me debería sorprender su perspicacia. Pero lo primero es lo primero. Soy la señora de John Maurice. Debo confesar que tengo muy poco dinero, pero encontraré una forma de pagarle...

Al tiempo que Holmes rechazaba la necesidad de un pago, llamé a la señora Hudson y le pedí el té; después me di la vuelta para escuchar la historia.

—Soy el ama de llaves del doctor Henry Undershaw. Es un hombre decente y un médico dedicado. Hace varios años, el señor Dennis Velope, un viejo amigo del doctor Undershaw, ofreció comprar la casa y los terrenos del doctor. Sin embargo, él se negó a vender y discutieron. Hasta el día de ayer, el señor Velope no dejó en paz el asunto. Amenazaba constantemente al doctor Undershaw.

—¿Cómo respondió el doctor? —preguntó Holmes.

—Lo angustiaba sobremanera, pues en algún momento habían sido muy amigos.

La señora Hudson entró con una bandeja y la señora Maurice aceptó el té asintiendo para indicar su agradecimiento. Observé cómo regresaba el color a su rostro y le indiqué a Holmes que podía seguir con sus preguntas.

—¿Qué sucedió ayer? —continuó.

—El doctor recibió una nota y me informó de que el señor Velope iría esa noche a arreglar las cosas.

—¿El doctor Undershaw se sorprendió ante esta noticia?

—Diría que estaba estupefacto. El señor Velope no era conocido por cambiar de idea. De hecho... —titubeó.

—¿Sí? —dije con una sonrisa para alentarla.

—Bueno, hablando claramente, es un hombre necio de naturaleza vengativa.

Holmes parecía complacido.

—Mis investigaciones serían mucho más sencillas si todos mis clientes fueran tan honestos. Por favor, continúe.

—Anoche, encontré al señor Velope en la puerta. Apenas lo reconocí, había cambiado tanto. Su rostro estaba amarillento y demacrado; sus ojos, hundidos por completo. Lo acompañé al estudio y, cuando me alejaba, escuché que corrían el cerrojo de la puerta.

—¿Qué hizo entonces? —preguntó Holmes.

—Regresé a mi sala de estar. Era tarde pero no me sentía cómoda yendo a la cama. No mientras el señor Velope aún se encontrara en la casa —apretó los labios levemente—. Y fue una buena decisión. Apenas había pasado un cuarto de hora cuando escuché un terrible estrépito y una serie de golpes que provenían del estudio del doctor. Me apresuré hacia la puerta pero seguía cerrada con llave. Escuché que comenzaban a hablar más fuerte y, entonces, un grito. Intenté usar mis llaves para abrir la puerta pero me temblaban las manos, me llevó varios intentos introducir la llave en el cerrojo. Finalmente logré abrirla.

Me incliné hacia adelante en mi asiento.

—¡Dios mío! ¿Qué había pasado?

—La habitación estaba hecha un desastre. La mesa de leer de caoba estaba patas arriba, las sillas tiradas de lado, los papeles esparcidos por la alfombra —se estremeció—. Vi al doctor, que yacía frente a la chimenea sin moverse. Se me detuvo el corazón, ¡estaba estupefacta! Entonces vi al señor Velope boca abajo sobre el asiento de la ventana, con un cuchillo en la espalda y sangre por todos lados —hizo una pausa, tenía las manos cerradas con firmeza sobre su regazo—. La imagen me revolvió el estómago.

—¡No lo dudo! —dije—. Debe haber sido terrible. ¿Qué hizo?

—Corrí hacia el doctor. ¡Me sentí tan aliviada cuando lo vi respirar!

Holmes levantó la mano.

—Por favor, describa el estado de la ropa del doctor.

Con una expresión de confusión, dijo:

—Estaba arrugada pero no tenía nada de extraordinario.

—¿Y sus manos?

—No noté nada inusual en sus manos.

—Gracias. Por favor, continúe.

—Llamé a la cocinera, que se encontraba poniendo unos hueso a hervir. Ella despertó al limpiabotas y lo envió a buscar a la policía. Revisé el pulso del señor Velope pero era demasiado tarde —dijo arrugando la nariz—. He estado en presencia de la muerte antes, caballeros, y sé que no es bella, pero ¡qué escena tan desagradable! Tenía el rostro contorsionado y olía horrible.

—¿Horrible en qué sentido? —pregunté.

—Era un olor dulce, casi empalagoso.

Holmes se levantó y fue hacia la chimenea.

—¿Había notado el olor cuando llegó él?

—Sí, estoy segura de que sí.

—Ya veo —asintió lentamente—. ¿Cuándo apareció la policía?

—Después de una media hora. Mientras esperábamos, le pedí al jardinero que llevara al doctor a la salita de la entrada —se volvió a verme—. No podía dejarlo en el suelo, doctor Watson. No con el cuerpo del señor Velope aún allí.

Asentí con la cabeza.

—Estoy seguro de que fue muy cuidadosa. ¿Había recuperado la consciencia?

—Bueno, no del todo. Estaba agitado, murmurando; cuando le hablaba, no respondía. Tenía un golpe aquí —dijo señalándose la sien derecha—, y un moretón en el rostro. Me senté con el doctor una vez que llegó la policía. ¡Dios!, iban de un lado para otro, enviando telegramas a esta y aquella persona; después llegaron más policías, todos deambulando dentro y fuera de la casa. Casi había amanecido y el doctor estaba despertando, cuando llamaron a la puerta y un hombre entró. Dijo que su nombre era Athelney Jones y que venía de Scotland Yard —emitió un leve sonido de disgusto—. Puede que sea de Scotland Yard, pero no es un caballero. Pasó junto a mí ignorándome y sacudió al doctor por los hombros.

—Despierte —dijo—, tengo algunas preguntas que hacerle, señor.

»Bueno, lo puse en su lugar rápidamente. Salió de la habitación con un golpe en la oreja. ¡Imagínese, tratar de abusar así de un caballero lesionado, no importa que fuera policía!

—Tiene mucha razón, señora Maurice —los labios de Holmes se contrajeron como si estuviera reprimiendo una sonrisa.

—Todos deberíamos tener la fortuna de contar con una protectora como usted —dije.

Ella se sonrojó.

—Por supuesto, una vez que el doctor pudo hablar con coherencia, mandé llamar al señor Jones. No me permitió quedarme mientras interrogaba al doctor y el doctor Undershaw, un hombre sumamente bondadoso, me dijo que todo estaría bien.

Se le llenaron los ojos de lágrimas y tomó un pañuelo de su bolso.

—¡Pero no lo está, Sr. Holmes! No había estado fuera de la habitación por más de cinco minutos cuando el Sr. Jones salió sujetando al doctor por el brazo. El doctor me dijo que lo habían arrestado por homicidio.

»Su rostro estaba completamente blanco, a excepción de los moretones. Dijo que no recordaba nada de la noche anterior, pero confiaba en la investigación de Scotland Yard. También me pidió que enviara un mensaje al abogado de la familia. Entonces el señor Jones se lo llevó, aún tambaleándose y con un terrible dolor de cabeza, estoy segura.

—¿Por qué decidió acudir a mí? —preguntó Holmes.

—He leído sobre sus habilidades en materia de investigación. Le dije a la doncella que no ordenara el estudio cuando la policía terminara con el y tomé el primer tren a Londres, decidida a consultarle. Estoy segura de que si alguien puede probar que el doctor es inocente, ¡es usted! Y ahora —dijo asintiendo—, pongo el asunto en sus manos, señor Holmes.

Los tres tomamos el tren de la tarde en Waterloo. Aunque nos esperaba un coche al desembarcar, el viaje fue tan rápido que pudimos haber ido caminando con facilidad a la casa del doctor Undershaw. Holmes dio un rápido vistazo al bello edificio georgiano y al jardín bien cuidado antes de apresurarse a entrar. Le ofrecí mi brazo a la señora Maurice, pero ella me indicó que siguiera a Holmes.

Lo encontré en el estudio, arrodillado junto a la chimenea, estudiando una esquina del guardafuegos de latón. Miré alrededor de la habitación, aún desordenada, y crucé hacia el asiento ensangrentado junto a la ventana, donde el cuerpo de Velope debía haber yacido. El cojín estaba cubierto de manchas de sangre de color marrón oxidado. La sangre también había formado un charco en el suelo. La ventana estaba cerrada y rodeada de unas pesadas persianas.

Al tiempo que la señora Maurice apareció junto a mí, Holmes se levantó, su mirada aguda recorrió rápidamente la habitación. Fue al aparador y se inclinó sobre dos vasos de vino, aún con un residuo pegajoso. Después de inspeccionar el botellero, caminó dando grandes pasos hacia la ventana y sometió al cojín y las persianas a un escrutinio intenso durante varios minutos antes de juntar las manos de golpe, con una sonrisa brillante iluminando su expresión.

—Señora Maurice, tenía usted mucha razón: el buen doctor es inocente del homicidio y, gracias a que usted actuó rápidamente y me consultó, podré probarlo —ignorando sus gritos de sorpresa y alegría, continuó—. No mueva ni una partícula de polvo de esta habitación. Watson, debemos tomar el último tren —dijo dirigiéndose hacia mí—. Mañana regresaremos con el inspector Athelney Jones y revelaremos la verdad del asunto.

Esa noche, Holmes se negó a comentar el caso incluso de la manera más indirecta, así que sofoqué mi enfado y disfruté la maravillosa comida y bebida en Simpson's. A la mañana siguiente me encontré con Holmes y el inspector en Waterloo. Nunca descubrí cuál fue el aliciente que Holmes usó para persuadir a Athelney Jones de que nos acompañara, pero fue efectivo.

Después de acomodarnos en nuestro compartimento, Althelney Jones le frunció el ceño a Holmes, que miraba fuera de la ventana y fumaba su pipa en silencio. El inspector se volvió a mirarme.

—¡Vamos, doctor! Encontramos al tipo prácticamente hundiendo el cuchillo en el hombre asesinado. Es obvio que es culpable. Estoy seguro de que usted me dará una pista de lo que han descubierto. El señor Holmes insiste en guardar silencio, pero sé que usted es un hombre justo y no me dejará con la duda.

Sonreí.

—Me temo que no puedo ayudarle, inspector, pues no sé más que usted. Ya sabe cómo disfruta Holmes con sus sorpresas.

A pesar de los gruñidos casi constantes del inspector, fue un viaje placentero y disfruté la caminata desde la estación hasta la casa.

La señora Maurice nos recibió en la puerta. Holmes rechazó la oferta de café, aunque parecía que a Jones no le habría disgustado un reconstituyente. Guiándonos al estudio del doctor, Holmes se detuvo en medio de la habitación.

—Ahora, inspector —dijo de muy buen humor—, cuénteme su reconstrucción de los eventos de la otra noche, con base en las pruebas y en su entrevista con el doctor.

—¿Me ha traído desde Londres para que le cuente lo que ya sé? —resopló—. Muy bien, señor Holmes. Le presentaré los hechos, a pesar de la supuesta falta de memoria del doctor. La víctima llegó alrededor de las diez y lo escoltaron a esta habitación. Como indicaba su nota, había venido a arreglar las cosas, y los dos caballeros disfrutaron de un vaso de vino de forma amistosa. Observe los vasos vacíos en el aparador —señaló las copas—. Hablaron, pero el doctor no estaba dispuesto a aceptar la disculpa de Velope. Su charla se convirtió en pelea, intercambiaron unos golpes y, en el transcurso de su forcejeo, tiraron algunos muebles y dispersaron algunos papeles.

»Cegado por la ira, el doctor tomó el cuchillo que le servía como abrecartas y lo hundió en la espalda de Velope. El hombre extendió el brazo y golpeó al doctor, quien cayó sobre el guardafuegos, se dio un golpe en la cabeza y perdió el conocimiento. Velope falleció casi de inmediato.

Jones asintió para enfatizar sus palabras.

—Esos, caballeros, son los hechos.

—¡Excelente, inspector! En verdad es una reconstrucción asombrosa —exclamó Holmes.

—Es el tipo de habilidad que surge con la experiencia —dijo el inspector sonriendo satisfecho.

—Por supuesto, casi todas sus conclusiones son erróneas, en vista de que se basan en prejuicios y observaciones superficiales.

Ignorando la respuesta indignada del inspector, Holmes continuó.

—Tiene razón en un punto: Velope llegó a las diez. Pero no vino a arreglar ningún problema; vino a poner a su viejo amigo precisamente en la situación en la que se encuentra en este momento. ¡Considérelo, inspector! La señora Maurice asegura que Velope era un hombre cambiado: demacrado, con mal color. Watson, ¿se atrevería a adivinar su padecimiento?

Me sorprendí ante la pregunta de Holmes.

—No sin más información, aunque parece que sufría de una enfermedad crónica y debilitante.

—La naturaleza exacta de su enfermedad es intrascendente. Basta decir que Velope no era un hombre sano y padecía un dolor considerable, pues había decidido fumar una pequeña cantidad de opio antes de llegar.

—¿Opio? —Athelney Jones agitó la cabeza—. No puede saber que fumó opio.

—¡El olor, inspector! Es bastante inconfundible. La señora Maurice habló del olor dulzón de Velope, y ese olor aún se puede percibir en el cojín en que yacía su cuerpo. No fumó lo suficiente para ser víctima del desfallecimiento que caracteriza el uso excesivo del opio, pero sí lo bastante para aliviar su dolor y permitirle continuar con sus planes.

—¿Y cuáles serían esos planes? —el inspector cruzó los brazos sobre su pecho y miró fijamente a Holmes.

—Hacer que acusaran falsamente de asesinato al doctor Undershaw.

La confusión de Athelney Jones fue casi cómica, aunque compartí su asombro.

—Pero Holmes —dije—, hubo una pelea, es evidente. Y no puede ignorar el hecho de que apuñalaron a Velope en la espalda, no es posible que lo haya hecho él mismo.

—¡Claro! —gritó el inspector— ¡Los hechos sustentan mi teoría!

—¡Ah!, pero *sí* se apuñaló a sí mismo en la espalda —replicó Holmes—. Dennis Velope era un asesino de sangre fría que quería que colgaran al doctor Undershaw por un homicidio que no cometió.

—¿Entonces qué fue lo que pasó en realidad? —pregunté.

—Las pruebas cuentan la historia con claridad, caballeros. Velope llega y el doctor Undershaw lo recibe. Velope pide que no se les moleste, así que el doctor cierra la puerta con llave. Casi de inmediato Velope lo noquea con un golpe a la cabeza. El doctor cae cerca de la chimenea y Velope es libre de continuar con sus arreglos.

—¿Por qué no matar al doctor Undershaw mientras estaba incapacitado? —dije.

—Habría sido una venganza demasiado directa. No, Velope era un hombre rencoroso. Sospecho que descubrió que pronto moriría a causa de su enfermedad y quería que el doctor sufriera. Así que esperó hasta que la casa estuvo en silencio, se entretuvo leyendo la correspondencia personal del doctor y bebiendo vino.

—Pero usaron dos vasos —dijo el inspector.

—Un solo hombre puede beber de dos vasos —respondió Holmes—. Recuerde, inspector, que él deseaba que la policía creyera que los dos hombres habían estado hablando de forma amistosa. Una vez que la casa estuvo en silencio, tomó el abrecartas y, con la hoja hacia afuera, lo calzó en el soporte de las persianas —puede ver los rasguños donde descansó el mango— y entonces procedió a tirar los muebles y a gritar, como si hubiera comenzado una pelea.

—Éste es el punto en que se mostró la verdadera naturaleza del hombre —continuó Holmes con una expresión grave—, pues se colocó de espaldas a la ventana, con la punta del cuchillo apoyada contra su chaqueta, y se abalanzó hacia atrás sobre la hoja. Con su último aliento, se levantó lo suficiente como para liberar el mango de su soporte, y cayó en el asiento, muerto. Si examina la persiana, inspector, puede ver las gotas de sangre secas que salpicaron durante ese impulso desesperado.

Athelney Jones se apresuró al asiento junto a la ventana. Frunció el ceño ante la persiana y regresó.

—Está bien, señor Holmes, pero necesitaré más pruebas si desea probar que el doctor es inocente.

—Eso es muy sencillo —respondió Holmes—. En primer lugar, una inspección cercana del mango de marfil del abrecartas revelará rasguños que se corresponden con los del soporte de las persianas.

—¿Cómo supo lo del mango de marfil? ¿Se lo dijo el ama de llaves?

—No fue necesario —respondió Holmes—, hay rastros de marfil en el marco de metal de las persianas. Debe haber ajustado el abrecartas hasta que se encontró en la posición correcta para lograr su objetivo. En segundo lugar, usted vio al doctor Undershaw anoche; ¿tenía sangre en las manos o en la ropa?

El ceño del inspector se volvió más profundo.

—No.

—Dado el patrón de las salpicaduras de sangre en la persiana y la posición del abrecartas en su espalda, no habría sido posible que el doctor apuñalara a Velope y no se hubiera manchado. Velope se suicidó de tal forma que pudiera condenar a su antiguo amigo a la muerte.

—¡Dios mío! —murmuré— Ese hombre estaba loco.

El inspector miró fijamente el asiento junto a la ventana durante largo tiempo, y respiró profundamente.

—Loco o no, doctor, recibió el destino que merecía. No me gusta admitirlo, pero me ha convencido, Sr. Holmes. Regresaré a Londres en el siguiente tren y me aseguraré de que retiren los cargos contra el doctor Undershaw.


—¡Señor Holmes, doctor Watson! —la señora Maurice volvió a agarrarme la mano cuando nos encontramos en la puerta—. Nunca podré agradecerles lo suficiente todo lo que han hecho.

Holmes hizo una reverencia y comenzó a caminar por el

sendero.

—Ha sido un placer —respondí liberando mi mano con cierta dificultad después de un momento—. Siempre le estaré agradecido por haberle dado a Holmes la oportunidad de salvar a Undershaw.

# La muñeca y el juguetero
Patrick Kincaid
Coventry, Reino Unido


Grábese bien esto en la mente,
la muñeca y el juguetero son algo diferente.
ARTHUR CONAN DOYLE

Cuando Herbert me pidió que me casase con él, tuve que hacerme la sorprendida y dar un gritito infantil imitando a una actriz que había visto en el teatro. Él rió a mandíbula batiente, tanto que le pude ver hasta los empastes de las muelas. ¿De quién habría heredado esa afición por los dulces? ¿De su padre el médico o de su madre ya fallecida? Seguramente le vendría de la niñera que lo crió. Sea como fuere, lo que dijo a continuación sí que me hizo gritar de júbilo.

—Tranquilízate, querida. Cuando me tengas que arrastrar para conocer a tu madre, yo no daré estos saltos de alegría, te lo aseguro.

—Mi madre no es una reputada escritora.

—Mi padre es una persona corriente, aunque tal vez su fama se deba precisamente a eso.


El viernes siguiente bordeamos las colinas calizas de los South Downs persiguiendo los últimos rayos del sol estival. Aunque apenas podía oírlo con el rugido del motor, yo le reía las gracias a Herbert y me aferraba al asiento mientras él conducía a toda velocidad por los angostos carriles. Las carreteras serpenteantes dieron paso a vías más rectas pasado Rotherfield. Circulamos por llanos pintorescos hasta adentrarnos en un bosque de pino nuevo, y en la cima de una colina se erigía la regia mansión a la que nos dirigíamos. Se trataba de un edificio señorial de estilo antiguo con la fachada de ladrillo color carmesí y una puerta de roble de doble hoja coronada con el escudo de armas familiar.

—Todo esto se lo debemos a un sabueso fantasmal —dijo Herbert al bajar del coche—. Los primogénitos no estamos acostumbrados a tanto lujo.

—¿No viviste aquí de pequeño?

—En absoluto. Yo me crié en una casa normal, ¡no en un maldito castillo con vidrieras y torreones!

Un hombre maduro de tez morena, al que Herbert llamó Billy, salió para llevarnos el equipaje. Intenté buscar en él algún rastro del mozo inocente que una vez fue, pero solo pude ver los estragos de una vida dada al desenfreno. Las puertas abrieron al vestíbulo, donde nos recibió un chico de trece años que vestía pantalones bombachos y un jersey.

—¡Son Bertie y su chica! —gritó y pasó corriendo a través de otra puerta de roble. Lo seguimos, cada estancia que pasábamos más fastuosa que la anterior, hasta llegar a un salón gigantesco decorado con divanes. La chimenea era tan grande que en ella podría vivir una familia entera de los barrios pobres de Londres.

—Este granujilla es Edward —dijo Herbert, dándole un pellizco cariñoso en la oreja. El niño hizo una mueca y le dio un golpe en la barriga a Herbert—. ¿Qué te ha pasado en la cara?

Tenía un cardenal en la mejilla, como de una bofetada.

—Ha sido padre.

—¿Qué has hecho, pillín? —Herbert iba a pellizcarle la otra oreja, pero el chico lo esquivó.

—Estábamos en el coche esperando a que madre saliera de la iglesia y pasó una mujer con cara de cerdo. ¡Te lo juro, Bertie, hasta tenía hocico! Entonces le dije a Alexa, "Mira qué mujer tan fea" y padre se giró y me dio un tortazo y me dijo que a las mujeres no se las insulta.

—Es un hombre totalmente chapado a la antigua —me explicó Herbert—, aunque te está bien empleado, granuja. Por cierto, te presento a...

—¡Ya sé quién es! —chilló el niño y echó a correr.

Herbert hizo un gesto de reproche.

—Me temo que ha salido a su madre. Bueno, supongo que querrás refrescarte. Yo tengo que hacer una llamada, así que Billy te acompañará a tu habitación ¿Nos vemos aquí dentro de media hora?

Se despidió con un beso y me dejó con el mayordomo obsoleto.

A medida que subíamos las escaleras, cubiertas con una alfombra roja, y avanzábamos por un pasillo revestido de madera oscura, estaba atenta a cualquier ruido que me indicase que el hombre de la casa se encontraba allí, pero lo único que escuché fue a mi guía resollando. La luminosidad de mi habitación contrastaba con el aspecto lúgubre del resto de la casa. Absolutamente todos los muebles y las paredes estaban adornados con flores de color rosa y crema. Conté hasta veinte, volví a salir al pasillo y me quedé allí con la cabeza ladeada, como un perro de caza. Menuda estupidez. Había leído que mi presa todavía usaba plumín y tinta, así que no podría guiarme por el repiqueteo de una máquina de escribir. De pronto escuché un leve tosido. Seguí el sonido hasta una bifurcación del pasillo y vi una puerta entreabierta. Dentro había más madera de color oscuro tapizada con cuero rojo, cajas con libros ordenados con esmero y un escritorio con una lámpara verde. Me recordaba a una de las muchas consultas médicas de la londinense calle Harley. Mi anfitrión estaba sentado de espaldas a mí y observé cómo mojaba la pluma en el tintero y escribía unas últimas líneas en la parte inferior de un folio. Tenía el cabello blanco, cortado a cepillo en la nuca, aunque la coronilla le clareaba.

Cuando dejó la pluma y abrió el cajón, supuse que iba a coger más papel, pero en su lugar sacó un revólver y se dio la vuelta con total tranquilidad.

—Mis hijos saben perfectamente que no deben entrar en mi estudio, los criados llaman siempre y mi esposa no llega a casa hasta las cinco. Abra la puerta lentamente y entre, jovencita.

Al entrar vi como mi sombra se proyectaba en la pared a la derecha del escritorio.

—No era mi intención molestarle.

Se levantó de la silla, pero la pistola no se movió ni un ápice, como si estuviese sobre un trípode.

—Pues lo ha conseguido.

—Debería haberme presentado.

—No, debería haber esperado a ser presentada formalmente.

Era exactamente como lo había imaginado, una progresión de esas imágenes publicadas en la revista The Strand que yo estudiaba de pequeña. Alto, con un bigote acorde con la moda de una época pasada y vestido con una traje de tweed hecho a medida. Aunque con el paso de los años había engordado y tenía los párpados algo caídos, seguía siendo un hombre atractivo.

—Aunque el protocolo anda de capa caída —reconoció—. Además, ya sé quién es usted.

Señalé la pistola.

—En ese caso, creo que la antigualla no será necesaria.

En sus labios se perfiló una media sonrisa.

—Perdóneme. Tengo motivos para desconfiar de todo aquel que se me acerca al acecho. Volvió a guardar la pistola en el cajón.

—Una Beaumont-Adams calibre 442 —observé—. La prensa dice que usa una Webley.

—No, demasiado moderno para mi gusto. Por favor, siéntese para que yo también pueda tomar asiento.

Me senté en el sillón que me indicó mientras él volvía a la silla del escritorio.

—¿Cuándo tenía pensado decirle a mi hijo que el compromiso es una farsa?

Ya me había imaginado que, evidentemente, sería mucho más perspicaz en la vida real que en sus relatos.

—He pensado que lo mejor será desaparecer sin más.

—¿Ahora?

—Mañana por la mañana, a las seis. Un taxi vendrá a recogerme desde Rotherfield.

Sus ojos tristes me observaban con detenimiento.

—Diría que sus ingresos son estables, pero exiguos —dijo de pronto.

—¿Puede ser más concreto?

La media sonrisa volvió a dibujarse en su rostro.

—La forma espatulada de sus dedos sugiere que usa usted una máquina de escribir, aunque utiliza una pluma con la misma frecuencia, tal y cómo indica el callo del dedo corazón de su mano derecha. Las marcas rojas a ambos lados de su nariz señalan el lugar donde se apoyan sus gafas y, dado que ahora mismo no las lleva y no está forzando la vista, es evidente que solo las necesita para ver de cerca, como cuando escribe o lee. Su palidez me dice que no pasa estos días soleados en el exterior. Puedo concluir, por lo tanto, que es usted una estudiante y que se gana la vida pasando a máquina los trabajos de compañeros de cursos superiores.

En ese momento yo también reprimía las ansias de sonreír.

—Los dedos de espátula pueden ser hereditarios —le dije—, el callo puede producirse tanto por dibujar con un lápiz como por escribir con una pluma. Para bordar también hay que forzar la vista y puedo padecer anemia.

Arqueó las cejas.

—Entonces, ¿me he equivocado?

Sonreí con franqueza.

—Ha acertado en todo. ¿Puedo probar yo ahora?

Se encogió de hombros.

—Yo soy una persona conocida.

—Eso es muy discutible. Si quiere, puedo limitarme a las cosas que intenta ocultarle al público.

Asintió, pero su semblante era serio.

—Adelante, le doy permiso.

—Su nombre de pila no es John, sino James.

Volvió a encogerse de hombros.

—Un simple desliz al principio de mi carrera, pero ese dato era conocido. Siga.

—En Afganistán, no le hirieron ni en el hombro ni en la pierna, sino en la ingle.

—Eso está mejor. Mi agente se inventó lo primero por una cuestión de decoro y, dado que se me olvidó, yo me inventé lo segundo. ¿Algo más?

—Se educó en la religión católica apostólica.

Ese dato le sorprendió.

—¿Ah, sí?

Asentí.

—Cuando piensa en nombres para sus personajes, suele sacarlos de la Biblia católica, como Elías o Isa, y para los apellidos se inspira en apellidos irlandeses de origen católico, como Moran o Moriarty.

—Bravo, aunque ese último no era ficticio ¿Algo más?

—Sí. Su primer matrimonio no fue feliz.

Hubo un silencio muy largo. No dejaba de mirarse las manos, que estaban hinchadas por el reuma y cuando las juntaba, como ahora, parecían un enorme fruto exótico. Se levantó y fue hacia la puerta. ¡Había metido la pata y dado al traste con nuestro encuentro! Sin embargo, cuando agarró el pomo, cerró la puerta.

—Es usted una insolente, pero no se equivoca. Cuando conocí a mi primera esposa, ninguno de los dos tenía ninguna atadura y la pasión nos cegó.

—Eso he leído, al igual que otros miles de sus seguidores.

Los ojos se le iluminaron de pronto.

—Pero solo usted supo ver la verdad. Usted y otra persona.

No pude evitar emocionarme con ese comentario.

—Herbert es tan aburrido como ella. Gracias a Dios su físico le ha salvado del servicio militar, porque aún estando sano no lo hubiera sobrevivido. No sé cómo llevará que le rompa el corazón.

Estaba intentando distraerme.

—¿Por qué ignoró mi carta?

Se miró las manos, que volvían a estar entrelazadas.

—¿Y por qué debería haberme fijado? Recibo cientos de cartas al año.

—Pero usted sabía que la mía era diferente.

Negó con la cabeza.

—No había nada que la hiciese destacar sobre las demás.

—Y aún así usted lo sabía.

Se puso derecho y me miró a los ojos.

—Lo que usted pedía es y sigue siendo imposible. Sus sentimientos no son mi prioridad en este asunto. Su... —recapacitó—. El caballero sobre el que usted me escribió... —se quedó callado.

—Lo entiendo perfectamente. Someter el cuerpo y la mente a tales abusos acarrea consecuencias nefastas. Pero también sé que usted lo protegía, que fue su amigo aún cuando parecía que él no quería uno. Al menos eso es lo que he leído entre líneas. También he leído su nuevo artículo, sobre cómo está prestando sus servicios en el conflicto actual...

Ahora era él el que no quería cambiar de tema.

—Me temo que confunde a James con John. La clase de cosas sobre las que uno debe ser discreto han cambiado desde el principio de mi carrera. Hoy en día resulta imposible describir vicios que se consideran ilegales. Respecto al artículo al que hace referencia, tenga en cuenta su objetivo, ya que, aunque no se trata de una total falacia, me vi en la obligación de magnificar la capacidad de mi... —se le trabó la lengua— de mi compañero y de obviar sus puntos débiles.

Intenté hablar, pero me lo impidió levantando la mano.

—Ojalá hubiese sido capaz de protegerlo tan bien como insinúo, pero lo cierto es que hace años que la realidad dista mucho de lo que escribo en mis crónicas. Me temo que es verdad lo que dicen, la muñeca y el juguetero son cosas diferentes.

—¿Eso es él para usted? —le espeté enfadada— ¿Una vil muñeca?

Era una afirmación tan manifiestamente injusta que él mismo

sabía que no tenía porqué contestar. Volvió a su silla y esbozó una sonrisa.

—Se parece usted a su madre.

—Ella me ha dicho que me parezco a él.

De nuevo, se fijó en mí con atención.

—La verdad es que tiene el cabello muy oscuro. ¿Cuántos años tiene?

—Veintidós.

Negó con la cabeza.

—No tenía idea de que la...la relación hubiese durado tanto tiempo.

—Iba a rachas.

Hubo una pausa.

—Siempre he seguido la carrera de su madre. Parece que todavía es capaz de congregar a una cantidad respetable de público en la sala de conciertos, o al menos podía antes de la guerra. ¿Se ven con frecuencia?

—Casi nunca.

Otra pausa.

—¿Cual es su apellido? Desde luego no es el que figura en el remite de la carta que me envió. Herbert se hubiera dado cuenta; de niño leía mis historias con devoción.

—Suelo usar el verdadero apellido de mi madre, pero a menudo empleo el que usted le puso en sus novelas. A veces uso el de mi padre.

Permaneció en silencio un buen rato. Miró por la ventana y con la luz del sol se veían claramente las arrugas y marcas de su frente. Hubiera sido capaz de calcular su edad al segundo.

—Es usted suya —dijo por fin—, no me cabe la menor duda. Es inteligente, irónica y se trata a usted misma con una severidad casi enfermiza. Tampoco siente el menor respeto hacia las pertenencias ni los sentimientos de los demás.

Sonreí. Era su mejor deducción hasta el momento.

—Pero yo también soy suyo. En una ocasión fui cómplice en el montaje de su compromiso con una inocente sirvienta bajo una identidad falsa. Le he ayudado a entrar por la fuerza en casas muchas veces y también le he visto actuar de juez y jurado, indultando a hombres que hubieran sido sentenciados a morir en la horca.

—Como he dicho antes, es usted un verdadero amigo.

Mi comentario le hizo sonreír, pero adoptó una expresión muy seria de pronto.

—Ahora soy algo más que su amigo. Tampoco soy su hermano. Se podría decir que soy su guarda. Su cuerpo se ha convertido en una cárcel, igual que su mente. Si bien es cierto que escribe monografías sobre abejas y que a veces incluso habla sobre temas de actualidad con gran erudición, pasa la mayor parte del tiempo ensimismado, como perdido en sus pensamientos Antes salía de esos trances como si nada, pero ahora le están pasando factura. Después de todo, nos hacemos viejos —de nuevo me observó con detenimiento—. Tiene usted un cuerpo muy atlético. ¿Practica la esgrima?

Asentí.

—A mi madre le hubiera gustado que cantase, pero he heredado otro talento.

—¿Toca algún instrumento, entonces?

Negué con la cabeza.

—Menos mal, menudo alivio.

Nos habíamos desviado del tema, pero me daba miedo insistir. Al fin y al cabo, había hecho considerables avances a través de los silencios.

—Tiene una casa preciosa, aunque está bastante aislada.

—Aquí tengo a mi familia.

—¿Qué hay de sus amigos?

Meditó un segundo.

—Mi agente vive cerca, aunque, a medida que pasen los años, se dará cuenta de que la familia es mucho más importante que... —se quedó callado y yo intenté reprimir una sonrisa. Entonces le dio un ataque se risa—. ¡Ha heredado otro talento, eso está claro! —gritó con júbilo.

—Yo no le he metido esa idea en la cabeza, ya era suya y sé que cree en ella.

Su aspecto había cambiado por completo. Los ojos le brillaban.

—Pues claro que sí. La familia, el compañerismo y la cortesía son cosas que descuidamos aunque no debiéramos, igual que la hospitalidad. Quédese a pasar el fin de semana.

—¿Me invita?

—Me niego a que se escabulla al alba. El lunes por la mañana haré unas llamadas y ya veremos qué podemos hacer. Le doy mi palabra

223

de que haré todo cuanto esté en mi mano para ayudarla en este asunto. Si he intentado detenerla ha sido por precaución, pero ya veo que estaba equivocado.

No sabía qué decir. Gracias me parecía poco. Por suerte, el sonido de pasos en el pasillo y una voz que me llamaba me sacaron del apuro. Mi anfitrión se puso en pie y fue hacia la puerta.

—Estamos aquí, Herbert.

Mi prometido apareció y se quedó helado en el marco de la puerta. En ese momento fui plenamente consciente del poder de una orden establecida hace mucho tiempo y del honor que se me había concedido. Herbert, que al lado de su fornido padre parecía un enclenque, nos miró atónito.

—Veo que os estáis conociendo.

—En efecto —dijo su padre, que lo agarró por el codo y le obligó a entrar—. Sabes, Herbert, un amigo me demostró una vez que la realidad supera con creces a la ficción.

—¿Un amigo? —le dijo Herbert desdeñoso—. Querrás decir *tu amigo*.

A pesar de que se dio cuenta del menosprecio, su padre no lo reprendió, sino que le tiró del hombro y ambos se fundieron en un abrazo. Estaba claro que Herbert no se lo esperaba. Estaba perplejo y algo aterrorizado.

—Herbert, debo decirte cuanto antes que no apruebo vuestro matrimonio. Más tarde te expondré mis motivos, pero por ahora te ruego encarecidamente que conserves la amistad de esta joven señorita. Para siempre. Su origen así lo requiere. No, no me hagas preguntas, Herbert. Hablaremos después de cenar.

Herbert me miró buscando una explicación. Ya no estaba asustado, sino totalmente desconcertado.

—Me temo que es cierto, no podemos casarnos. Por lo visto hay una... ¿cómo se dice? una relación de parentesco entre nosotros...

Mi anfitrión afirmó con la cabeza.

—Sí, así es. Esta jovencita ya es de la familia. Anda, salgamos al jardín ahora que todavía luce el sol. No pongas esa cara, Herbert. ¡No podemos desperdiciar ni un segundo de lo que queda del día!

Y así, los tres salimos del estudio, dos de nosotros pensando en otra                                                                             persona.

224

# El fantasma de las Fuerzas Armadas

Graham Cookson

Kent, Reino Unido

**1 de septiembre de 2011: Ministerio de Defensa de los Estados Unidos, El Pentágono, Virginia**

Los preparativos para la conmemoración de los ataques del 11-S habían terminado. El general Patrick Mendoza estaba sentado en su despacho con vistas al patio, contemplando cómo una pequeña parte de los 23.000 empleados del Pentágono deambulaban de un lado al otro del soleado patio pentagonal, algunos parando para charlar, otros absortos en sus pensamientos.

El general Mendoza miró la interminable lista de correos electrónicos que tenía ante sí.

—Me cago en... —farfulló al abrir un mensaje concreto.

Este mensaje en particular le comunicaba que una de las principales rutas por las que pasaría el coche presidencial iba a modificarse y que debía asegurarse de que todo el personal militar involucrado conocía estos cambios.

—Maldito Servicio Secreto —masculló—, ya nos podrían haber avisado antes.

Pulsó un botón del teléfono para hablar con su secretaria.

—Jamie, no me pases más llamadas, por favor, y dile a mi mujer que voy... —el general Mendoza se calló de pronto.

Las luces del despacho empezaron a destellar sin control, la pantalla del ordenador, donde las ventanas se abrían y cerraban sin orden ni concierto, parpadeaba y la luz roja de la alarma silenciosa de la esquina de la oficina se activó.

—¿Pero qué narices...? —el General se vio abrumado por el caos eléctrico.

—¿Qué pasa? —preguntó Jamie al otro lado del teléfono.

El general Mendoza no contestó. Su mirada permanecía fija en la pantalla del ordenador, donde una nueva ventana se había abierto. Era un temporizador.

Cinco, cuatro... el General no podía apartar la vista de los

225

números que aparecían en la pantalla. Tres, dos... uno. La cuenta atrás llegó a cero.

A medida que escuchaba lo que estaba ocurriendo al otro lado de la línea, Jamie se iba poniendo más nerviosa. Se oyó un chasquido muy fuerte seguido de un chirrido.

—¿Hola? ¿Hay alguien ahí? —escuchó que gritaba el General.

Hubo otro ruido, como algo moviéndose, tal vez una silla arrastrándose y pasos, seguido de un silencio sepulcral. Pasó un minuto. De pronto se oyó un golpe muy fuerte y otro chasquido. Jamie corrió hacia el despacho.

—¿General? —en su voz era patente la desesperación al encontrarse la estancia completamente vacía.

El comandante Powell, jefe de seguridad, intentaba quitarle hierro al asunto. Debía tratarse de un virus informático. Aún no sabía cómo, pero había logrado esquivar los cortafuegos y estaba provocando un auténtico caos en el sistema de seguridad del edificio. Las puertas se abrían y cerraban aleatoriamente y las alarmas de todo el edificio se disparaban cada dos por tres.

El edificio había sido aislado totalmente, nadie podía entrar ni salir hasta que se resolviera el problema. Debían hacer un recuento completo de todo el personal en todas y cada una de las secciones.

A las 02:00 horas, solo faltaba una persona, el general Patrick Mendoza.

### 12 de septiembre de 2011: 221b de Baker Street, Londres

—Parece que el aniversario de las Torres Gemelas ha ido bien —dijo Watson, doblando el periódico para ver cómo Sherlock miraba fijamente al castor disecado que estaba sobre la repisa de la chimenea. Desde que la Sra. Hudson lo encontró dentro de un paquete junto a la puerta, no había dejado de estudiarlo. Dado que no había ninguna nota o dirección, Sherlock había deducido que el paquete se había entregado en mano y que no había duda que era para uno de los inquilinos del 221b.

Lo del castor les había pillado por sorpresa. Estaba de pie, sobre sus cuartos traseros; con la patita derecha sujetaba una pipa, llevaba un monóculo en el ojo izquierdo y una gorrita de cazador adornaba su cabeza. Para deleite de Watson, Sherlock estaba desconcertado.

—Digo que el aniversario del 11-S ha ido bien —repitió Watson intentando obtener respuesta de un Sherlock catatónico.

—¿Mmmm? —murmuró Sherlock.

—Nada, déjalo —Watson tiró el periódico, que cayó con la portada hacia arriba y cuyo titular rezaba "América recuerda."

Sonó el timbre. Watson se quedó quieto para ver si el sonido provocaba alguna respuesta por parte del "gran detective"

Ding dong. El timbre volvió a sonar.

—No te preocupes, ya abro yo —inquirió Watson en tono sarcástico.

—¿Mmm?

Watson se dirigió hacia la puerta exasperado. El timbre sonó de nuevo

—Que sí, que sí. Ya voy —gritó Watson con impaciencia.

Al abrir la puerta se encontró con cuatro hombres trajeados.

—¿Sherlock Holmes? —preguntó uno de ellos con un marcado acento americano.

—Hazlos pasar, John —dijo Sherlock desde el fondo.

Watson se hizo a un lado y dejó que los hombres entrasen en la sala de estar.

Sherlock, que seguía frente a la repisa de la chimenea observando al misterioso castor, se giró hacia los hombres. Watson se fijó en cómo la mirada experta de Sherlock los escrudiñaba uno por uno.

Sin mediar palabra, Sherlock se lanzó a deducir.

—Sois del gobierno de los EE.UU. ¿Del FBI? No, no. De la CIA tampoco, eso es evidente. Vuestra conducta, la indumentaria y esas insignias que lleváis en las solapas indican que sois del Servicio Secreto

¿Qué hace el Servicio Secreto en Inglaterra? El Presidente no está de visita, así que no tendríais porqué estar aquí.

Sherlock se fijó entonces en el periódico que había tirado Watson.

—¡Ah! Tiene que ver con el aniversario del 11-S, entonces. ¿Qué será?

—¡Señor Holmes! —le interrumpió el hombre, apremiante—. Tenemos el tiempo justo, nuestro avión sale dentro de una hora.

—Qué bien —le espetó Sherlock—, y por lo que veo tengo que ir con ustedes, ¿no?

—En efecto, su presencia ha sido requerida. Les pondremos al

227

corriente en el avión.

En el transcurso de las ocho horas de duración del vuelo a Estados Unidos, Sherlock y Watson fueron informados sobre lo ocurrido. Tal y como Sherlock había deducido, los hombres trabajaban para el Servicio Secreto en una misión especial encomendada por el Departamento de Seguridad Nacional como parte de un Evento nacional con seguridad especial (NSSE).

Aunque los periódicos no se habían hecho eco de ello, el Pentágono había sido víctima de un presunto ataque terrorista en vísperas del décimo aniversario del 11-S, tras el cual un trabajador había desaparecido y acababan de concluir que se trataba de un secuestro.

El agente les explicó que el General estaba al teléfono con su asistente personal en el momento del suceso y que esta les había contado cómo le pareció oír al General comenzar a hablar con otra persona y luego escuchó unos ruidos muy extraños, posiblemente un forcejeo.

A pesar de que nadie había entrado ni salido del despacho, el General había desaparecido.

Sherlock y Watson llegaron al Pentágono en un típico coche oficial negro y fueron escoltados hasta el interior del edificio.

Una vez dentro, tuvieron que pasar por un control de seguridad muy parecido al de los aeropuertos, solo que el personal llevaba muchas más armas. Tanto los trabajadores como los visitantes debían pasar por el detector de metales y escanear sus bolsos y maletines con la máquina de rayos x.

Tras pasar el control, el comandante Powell los recibió y los llevó a la sala de control de seguridad adyacente escoltados por otros dos oficiales.

Después de unas breves presentaciones, volvieron a relatarles lo ocurrido, pero esta vez de una forma mucho más exhaustiva que en el trayecto desde Inglaterra.

La presencia de Sherlock había sido requerida específicamente por un oficial del gobierno, aunque no les dijeron quién había sido, y necesitaban su ayuda para descubrir cómo alguien había conseguido infiltrarse en el Pentágono y secuestrar al general Mendoza sin ser captado por ninguna cámara.

Uno de los oficiales que trabajaba en la sala de control les explicó que el sistema monitorizaba y controlaba todas las alarmas, cámaras y puertas de seguridad electromagnéticas.

—¿Qué pasó durante el ataque? —preguntó Sherlock.

—Perdimos el control de las alarmas y las puertas —le explicó el oficial.

—¿Y las cámaras no se vieron afectadas? ¿No dejaron de grabar en ningún momento? Tiene que ser muy claro sobre este hecho.

—El contenido de las cámaras está íntegro. No se han detectado fallos, apagones ni nada fuera de lo normal —contestó Powell.

—Estupendo —dijo Sherlock para sorpresa de los militares presentes—. ¿Se sabe algo sobre el origen del virus?

—Hemos localizado la fuente del ataque, que ha resultado ser un antiguo trabajador descontento. Formaba parte del equipo de programación de seguridad, así que conocía el sistema. Ya ha sido detenido, pero se niega a revelarnos para quién trabaja o qué le ha ocurrido al general Mendoza —le explicó el comandante Powell—. ¿Quiere interrogarle?

—No, no hace falta. Necesito ver el despacho del General.


De nuevo, Watson y Sherlock fueron escoltados a través de los interminables pasillos del Pentágono por dos oficiales, con el comandante Powell al frente. Todos y cada unos de los pasillos y vestíbulos estaban decorados con una temática distinta, como monumentos conmemorativos, conflictos bélicos, misiones humanitarias o ramas del servicio. Giraron por un pasillo cuyas paredes estaban cubiertas casi en su totalidad por colchas de *patchwork* y recuerdos varios.

El Comandante les explicó que ese era uno de los pasillos que había sido alcanzado durante los ataques del 11-S y que todos los objetos que lo decoraban habían sido donados por los familiares de las víctimas, varias escuelas y asociaciones. Era un recordatorio permanente de aquel trágico suceso.

Recorrieron el pasillo colindante al del 11-S y entraron en una antesala que, según les dijo Powell, era del despacho de la asistente personal de Mendoza. La secretaria estaba de baja tras el incidente, de manera que su mesa estaba vacía.

El despacho de Mendoza era típico de un general de alto rango. Las paredes estaban revestidas de madera de roble. Había una estantería en la pared derecha y en la pared opuesta un gran ventanal con unas preciosas vistas al patio central. A la izquierda se encontraba el viejo pero robusto escritorio de madera del general Mendoza, detrás del cual colgaba una fotografía que mostraba una vista aérea del Pentágono.

—No se ha tocado nada desde el ataque, ni siquiera hemos apagado el ordenador —explicó Powell.

Sherlock permaneció en silencio mientras reconstruía el escenario mentalmente como hacía siempre. Se dio una vuelta por el despacho, inspeccionando la librería, la zona del escritorio y la ventana.

—Parece algo anticuado —comentó Watson para romper el silencio—. No es lo que uno esperaría del ejército de los **EE. UU.** —el comentario era algo vacuo, para intentar relajar la tensión del ambiente.

—Todos los elementos antiguos del despacho han sido cuidadosamente seleccionados, se lo aseguro —le contestó Powell de forma brusca.

—Hubo una serie de importantes reformas en el Pentágono entre 1998 y 2011 —explicó Sherlock, que seguía inspeccionando la estancia—. Todo se modernizó, desde el sistema de seguridad hasta la decoración, pasando por las ventanas. Dado que eres militar, esperaba que ya lo supieras, Waston.

Sherlock presionó el cristal doble de la ventana. Durante las reformas se habían cambiado y aislado todas las ventanas tanto por motivos de seguridad como para ahorrar energía.

—Perfecto —comentó Sherlock—. Tengo que volver a ver la sala de control de seguridad.

Al pasar junto a uno de los muchos servicios del Pentágono, Sherlock exclamó de pronto.

—¿Sabían que en el Pentágono hay más retretes de lo necesario?

Watson, el comandante Powell y los dos oficiales le miraron perplejos.

—Pues sí —continuó Sherlock—. En principio, el arquitecto diseñó el edificio con instalaciones segregadas, con aseos separados para los negros, pero cuando el presidente Roosevelt inspeccionó el edificio antes de la inauguración, exigió que se quitasen los letreros que decían "solo blancos". El Pentágono se convirtió en el primer y único edificio de Virginia en donde no se permitía la segregación racial por aquel entonces —Sherlock se metió de pronto en el lavabo—. ¿Me acompañas, Watson? Tenemos ante nosotros una pequeña muestra de la historia americana.

Watson miró vacilante a los militares, se encogió de hombros y entró en los servicios con Sherlock.

—Con esos acentos, uno ya no sabe si van o vienen —bromeó uno de los oficiales.

—¡Sherlock! ¿Te has vuelto loco? —exclamó Watson con brusquedad—. ¿Qué hacemos en el lavabo?

—Necesito que te quedes aquí y luego vayas al despacho del general Mendoza —le dijo Sherlock apresuradamente y en voz baja—. Cuando estés allí, espera a ver si pasa algo raro.

—¿Por qué?

—Porque tengo la sensación de que podrían arrestarme por lo que voy a hacer y, si no estás en el despacho, no voy a poder resolver el caso.

—¿Por qué todo tiene que ser siempre tan complicado? —dijo Watson con desesperación.

Sherlock salió tranquilamente de los servicios y explicó que Watson estaba "ocupado", de manera que uno de los oficiales se quedó allí para escoltarle de vuelta cuando terminase y el Comandante se llevó a Sherlock a la sala de control.

Una vez en la sala de control, Sherlock se dirigió al comandante Powell.

—Tenemos que recrear los sucesos de aquel día.

—¿Qué? —preguntó Powell con incredulidad.

—Necesito que active las alarmas y abra las puertas de seguridad.

—¡De ninguna de las maneras!

—¿Quiere saber qué ocurrió o no?

—Sr. Holmes, esto es la gota que colma el vaso. Dígame ahora mismo qué está tramando o me veré obligado a echarlo del edificio.

—Bueno, es evidente que no se trata de un secuestro —le espetó

Sherlock.

—¿Qué quiere decir?

—Ni el Pentágono ni el General Mendoza recibieron amenazas o exigencias de ningún tipo. Las cámaras de seguridad no se inutilizaron y las ventanas del despacho están intactas. Nadie podría haber salido o entrado sin que ustedes lo supieran —razonó Sherlock mientras daba vueltas por la sala—, de manera que el general Mendoza sigue en su despacho.

En cuanto terminó de hablar, Sherlock se abalanzó sobre una de las mesas de mandos y pulsó una serie de teclas en las que se había fijado antes.

Watson seguía esperando en uno de los cubículos cuando se dispararon las alarmas del pasillo.

—Vamos allá —pensó.

Abrió la puerta y se asomó. El oficial a su cargo corría en dirección a la sala de control.

Watson se dirigió al despacho del general Mendoza. Dentro reinaba el silencio gracias a la gruesa puerta de madera, que amortiguaba el sonido de las alarmas del exterior. Nada parecía fuera de lugar, todo estaba igual que antes.

Watson dio una vuelta por el despacho y se sentó al escritorio mientras esperaba la llegada de Sherlock o de algún militar cabreado.

De pronto, el monitor del ordenador salió del modo de hibernación y apareció una ventana con un temporizador. Watson observó cómo la cuenta atrás llegaba a cero. Entonces, se oyó un fuerte chasquido seguido de un chirrido.

Watson se giró y vio cómo un segmento de pared que tenía detrás, cerca de la ventana, se abría. Se acercó al pasadizo secreto para curiosear y el olor acre que emanaba le dio arcadas. Se cubrió la nariz y atravesó el umbral para adentrarse en una estrecha estancia contigua.

La habitación se extendía hasta el final de la pared del despacho donde colgaba la fotografía. Parecía una especie de habitación del pánico. Al darle al interruptor, las luces se encendieron con un zumbido, como si llevasen mucho tiempo sin usarse.

Ahora que podía ver la habitación más claramente, Watson dio un brinco al descubrir el cuerpo uniformado de un hombre de mediana edad. Se acercó y leyó la placa identificativa: 'General P. Mendoza'.

Examinó el cuerpo someramente y dedujo que la causa más probable de la muerte era asfixia.

Justo cuando iba a marcharse, la puerta se cerró de golpe.

Watsón trató de mantener la calma. Sacó el móvil pero no tenía cobertura, de manera que, o bien la habitación del pánico bloqueaba la señal o se trataba del sistema de seguridad del Pentágono. Watson sabía que algunos de los edificios más importantes del ejército utilizaban inhibidores de señal para evitar filtraciones indeseadas.

—¡Mierda! —exclamó.

Miró a su alrededor y finalmente vio un pequeño panel con teclas de colores en la pared junto al cuerpo de Mendoza, lo cual lo tranquilizó un poco. Empezó a pulsar la teclas una por una, pero no obtuvo respuesta alguna. O el aparato estaba desconectado o era tan viejo que ya no funcionaba.

—¿Qué? ¡No! —chilló Watson.

No le quedó más remedio que aporrear la puerta. Un fuerte sonido metálico retumbaba en la habitación, así que con suerte alguien los encontraría, pero entonces Watson se volvió hacia el cuerpo inerte del general Mendoza y cayó en la cuenta de que si se había asfixiado era porque la habitación estaba aislada y, seguramente, insonorizada.

El aire, que ya estaba viciado por el olor del cuerpo en descomposición, se tornó irrespirable. Watson se tiró al suelo con la firme convicción de que pronto se asfixiaría. Primero se marearía y luego se desmayaría. Su destino era inexorable.

Cada vez le costaba más respirar y se sentía mareado, se estaba quedando inconsciente...

La puerta de la habitación del pánico se abrió. Las sombras de dos hombres entraron y sacaron a Watson a rastras.

Cuando Watson despertó vio que estaba tumbado en el despacho del general Mendoza rodeado del comandante Powell y otros cuatro oficiales, mientras que Sherlock se encontraba junto a la puerta de la habitación del pánico con un par de esposas puestas.

—Es un milagro que no haya muerto —dijo Powell, que ayudó a Watson a ponerse en pie.

—Habríamos llegado mucho antes si no me lo hubiese

impedido —masculló Sherlock con insolencia.

—No tiente a su suerte, Sr. Holmes —ladró Powell—, y dé gracias de que solo le hayamos esposado. Explique sus acciones ahora mismo o me veré obligado a acusarle de conspiración.

Sherlock suspiró.

—Como bien sabrán, el Pentágono se construyó durante la Segunda Guerra Mundial. No es de extrañar, por tanto, que algunos de los despachos destinados a los altos cargos, como en el que nos encontramos, estuviesen dotados de medidas de seguridad adicionales, en este caso, una habitación del pánico —explicó Sherlock, señalando la habitación secreta—. Cuando, a primeros de mes, tuvo lugar el incidente, se activaron las alarmas y algunas puertas de seguridad se abrieron, entre ellas la habitación del pánico, así que mientras el general Mendoza hablaba con su secretaria, la puerta se abrió automáticamente. Estoy seguro de que el General, al igual que ustedes, desconocía la existencia de esta habitación y, creyendo que alguien la había abierto desde dentro, fue a investigar —mientras hablaba, Sherlock se fijaba en que todos estuvieran siguiendo su deducción—. Entonces, de acuerdo con el protocolo habitual para estos casos, sellaron el edificio, lo cual, creo, hizo que la puerta de la habitación del pánico se cerrase, cortando así la fuente auxiliar de oxígeno, de manera que el General no pudo abrir la puerta y acabó asfixiándose.

—Resulta increíble que algo así haya podido pasar desapercibido tanto tiempo —admitió el Comandante.

—¿No me diga? —replicó Sherlock con ironía—. Es muy probable que al reformar el edificio y actualizar el software de seguridad algo se les pasara por alto. Imagino que ciertos elementos no se incluirían en los planos originales del Pentágono. No olvide que se construyó durante el mayor conflicto bélico de todos los tiempos y el gobierno de los EE.UU. no hubiese querido que el plano exacto de su enorme y novedoso edificio militar cayese en manos de las potencias del Eje.

—Entonces, ¿qué hay de la muerte del General? —preguntó Powell.

—Ha sido un desgraciado accidente —le aseguró Sherlock—. Su antiguo trabajador es culpable de infectarles con el virus, pero no tenía nada en contra del general Mendoza. Sospecho que trabajaba en solitario. La habitación del pánico no debería haberse visto afectada por el cierre del edificio. Se trata de un defecto en el sistema, un fantasma en la máquina, si me permite la licencia filosófica —concluyó Sherlock con una sonrisa cáustica.

## 18 de septiembre de 2011: 221b Baker Street, Londres

—Sherlock, es tu hermano —dijo la dulce voz de la Sra. Hudson desde el recibidor.

Sherlock contestó con un ruido soez, cogió el castor disecado de la repisa de la chimenea y se sentó en su sillón fingiendo que estaba muy concentrado inspeccionándolo.

Mycroft Holmes entró en el salón y saludó con una sonrisa a Watson, que estaba leyendo el periódico en el otro sillón. Éste le devolvió el saludo.

—Perdona que te interrumpa, Sherlock. Iba de camino a casa y me han pedido que te haga llegar un mensaje. El gobierno de los EE.UU. quiere darte las gracias por tu colaboración.

Sherlock se revolvió en su sillón y gruñó sin apartar la vista del castor.

—Bien —Mycroft esbozó otra de sus sonrisas incómodas—, no te molesto más —se dio la vuelta para marcharse, pero se paró a mirar a Sherlock—. Por cierto, me alegro de que te haya gustado el regalo.

Sherlock alzó la vista hacia su hermano, perplejo.

—Estaba seguro de que te encantaría —Mycroft sonrió de nuevo, le guiñó el ojo a Watson y se fue.

Sherlock miró al castor que tantos quebraderos de cabeza le había estado causando y, en un ataque de ira infantil, lo lanzó contra el suelo.

—¡Joder!

# La aventura de El segundo manto

Jack Foley

Sunderland, Reino Unido

Echando la vista atrás sobre los más de 120 casos que tuve el placer de documentar durante los 23 años que pasé trabajando con el gran detective Sherlock Holmes, ninguno presenta una cadena tan inusual de acontecimientos como La aventura de El segundo manto. En el que debía ser el último caso de Sherlock Holmes, los propios métodos de deducción de Holmes fueron usados en su contra.

Corría el invierno de 1904 y me encontraba viviendo en la campiña con mi segunda esposa, Violet. Tras dejar atrás mi residencia en Baker Street, logré alcanzar un buen nivel de vida pasando consulta en mi residencia rural. No había visto a Holmes en meses y, a mi regreso, me preocupaba el estado en que lo encontraría.

Cuando llegué a nuestras estancias pude comprobar que Holmes seguía siendo el mismo de siempre. Estaba sentado en su butaca, de cara a la chimenea, hojeando una pila de documentos.

—¡Ah! —Exclamó, sin apenas levantar la mirada de su trabajo—. Mi querido Watson, le ruego que se siente, espero que haya tenido un buen viaje.

—Holmes, no ha cambiado usted en absoluto, ¿qué ha estado haciendo durante todo este tiempo? —pregunté mientras tomaba asiento, dándome cuenta de las cicatrices que tenía en la cara. Dejó caer sus papeles y levantó la mirada hacia mí.

Holmes me anunció que estaba a punto de hacer justicia con la banda criminal más peligrosa de Europa, una organización responsable de no menos de siete brutales asesinatos durante el año pasado. Ese viernes iban a intentar matar a un acaudalado médico y escritor residente en Londres. Era la intención de Holmes estar esperándolos cuando esto ocurriera.

Holmes y yo solo llevábamos hablando unos minutos cuando fuimos interrumpidos por la señora Hudson, que trajo ante nosotros al inspector Lestrade. Mi amigo, como de costumbre, no parecía mostrar interés ante la llegada del inspector e, imprudentemente, le preguntó.

—¿Hacia qué trivial asunto desea hoy atraer mi atención, inspector?

—El asesinato de Lord Ashdown —respondió el inspector mientras entraba a la estancia.

—¿Por qué siente la necesidad de hacer que me preocupe por ese asunto? —le reprochó Holmes.

—Había una carta acompañando al cadáver, una carta dirigida a usted.

—Watson —Holmes comenzó a levantarse de su silla, claramente intrigado por el caso—, puesto que ha venido a pasar el día en Londres, ¿le gustaría unirse a mí en este caso?

Habiendo estado alejado de Baker Street por un tiempo, hacía mucho que deseaba acompañar a Holmes en otro caso. Me uní a amigo y al inspector en el cuatro ruedas que nos estaba esperando fuera. Por el camino les puse al corriente de cómo me había encontrado con la víctima solo una semana antes, en una cena a la que nos invitó mi antiguo oficial superior, el Sr. Charles Harding. Era un caballero bastante jovial que tenía gran interés en mí y en mis historias sobre mi trabajo con el Sr. Holmes.

Lestrade nos informó de que el cuerpo yacía en mitad de la habitación, con manchas de sangre de una única bala sobre su camisa. Alguien había vaciado la habitación por completo, salvo los muebles, en lo que Holmes describía como un desesperado intento de esconder los motivos del grupo.

Llegamos a la casa deshabitada en el norte de Londres y encontramos el cuerpo exactamente como Lestrade lo había descrito, portando una carta dirigida a mi amigo. Después de echarle un vistazo, Sherlock me pasó la carta.

*Estimado Sr. Sherlock Holmes:*

*Confiamos en que encontrará esta carta. Fue su intromisión en nuestros asuntos la que nos forzó a ir más lejos con nuestros planes. Hemos aprendido mucho sobre sus métodos en los últimos meses y le agradecemos profundamente su ayuda al poner en orden este asunto.*

—¿Qué quiere decir con eso, Holmes? —pregunté, dejando la

nota sobre la mesa.

—El pasado noviembre, a la luz de un espantoso triple asesinato llegó a mi conocimiento la existencia de una banda criminal que operaba en Londres, El segundo manto, una de las más peligrosas organizaciones con las que me he encontrado en mi carrera. Tenía motivos para creer que estaban planeando orquestar uno de los robos más grandes que jamás se hayan visto en este país. Para poder traerlos ante la justicia necesitaba información y, por tanto, durante los siguientes meses, me hice pasar por un vagabundo en busca de empleo. Me gané su confianza llevando a cabo pequeños recados para ellos, convirtiéndome, finalmente, en parte de su organización y reuniéndonos regularmente en un túnel en desuso bajo el Támesis.

—Me consideraron de su confianza —continuó mientras se agachaba junto al cuerpo— y me dijeron justo lo que quería saber, me informaron de sus planes: que este viernes iban a asesinar a Lord Ashdown, un rico autor escocés residente aquí en Londres. Intenté estar preparado para ellos. Sin embargo, parece que eran conscientes de mi implicación y han seguido adelante con sus planes. Todo mi trabajo ha sido en vano. He sido engañado; no puedo fiarme de nada de lo que me han dicho. No he descubierto nada, mientras que ellos saben todo lo que querían sobre mí.

—¿Qué piensa hacer? —pregunté, mientras observaba a Holmes caminando de un lado a otro de la habitación, en busca de cualquier prueba que pudiera existir.

—Lo saben todo sobre mis métodos, no puedo confiar en ninguna prueba que hayan puesto ante mí. Saben exactamente lo que estaré buscando.

Holmes explicó que todo lo que podía deducir de las poco convincentes pruebas disponibles era que cinco personas habían estado en el lugar durante la noche pasada. Todas vinieron y se marcharon de distintas maneras, llevándose cosas distintas. Tras examinar la habitación, vio que había pequeñas gotas de agua alrededor de la chimenea, que había sido apagada a toda prisa. Este hecho, combinado con el hecho de que Lord Ashdown no podía haber visto al asesino y con la posición de la bala en el cuerpo, apuntaban a la conclusión de que se le disparó a través de la ventana mientras estaba sentado junto a la chimenea.

Holmes escribió una carta corta a mi amigo el señor Harding y me pidió que volviera a Baker Street para recoger algunos documentos y llevárselos junto con la carta. Mientras, Holmes y el inspector irían a Scotland Yard. El inspector debía, bajo órdenes de Holmes, asegurar la presencia policial alrededor de la casa de Sr. Harding. Holmes me dio instrucciones claras de reunirme con él en el Museo Británico después de entregar la carta.

Volví a Baker Street a coger los documentos y los llevé, junto a la carta, a la casa del Sr. Harding donde tal y como Holmes había solicitado, una visible protección policial se encontraba alrededor de la casa. Le di la carta al Sr. Harding como se me había dicho.


Serían las seis y poco cuando llegué al museo. Holmes me estaba esperando dentro y me llevó a través de una habitación que servía como almacén en la parte de atrás, mientras me preguntaba si me había seguido alguien. El inspector Lestrade estaba esperando en el almacén con aproximadamente una docena de oficiales. Holmes nos dio instrucciones.

—Espero que lleguen en torno a las ocho —comentó Holmes—. Sin embargo, como con los otros cuatro, creo que puedo detallar sus movimientos con una precisión razonable. Dos miembros entrarán a través de diferentes ventanas en el lado oeste del edificio, por el piso de abajo. Su objetivo es atraer a cualquier seguridad o policía que pueda haber a ese lado del edificio. Solo estarán allí durante un corto espacio de tiempo, es muy improbable que puedan robar algo. Lestrade, si desea capturarlos deberá asegurarse de que sus hombres permanecen escondidos hasta que los miembros de la banda entren y, cuando lo hagan, deben actuar con rapidez.

»Otro miembro entrará a través de la puerta del almacén, la puerta a través de la que hemos entrado. Tengo el presentimiento de que trabaja aquí y de que se abrirá camino a través del museo y se encaminará hacia el otro almacén en la segunda planta en el lado este del edificio. Pretende encontrar el objeto que busca y abrir la ventana. El miembro final del grupo estará esperando abajo para recibir el objeto. Es un hombre joven y atlético y se llevará el objeto de regreso a su escondite.

—Ahora, inspector —Holmes miró a Lestrade con seriedad—,

le sugiero que organice a sus hombres para que sean capaces de atrapar a estos criminales antes de que se den cuenta de que están a punto de caer en una trampa. ¿Cree que será capaz de hacerlo?

—Puede estar seguro de que haré todo lo que esté en mis manos, Sr. Holmes —respondió.


Mi amigo y yo permanecimos en el almacén y cuando dieron las ocho en punto el grupo apareció exactamente como Holmes había anticipado. Lestrade consiguió arrestarlos y llevarlos a un cuatro ruedas que estaba esperándolos. Después de darle las buenas noches al inspector conforme salía conduciendo hacia Scotland Yard, Holmes empezó a ponerme al día de los detalles del caso.

—Aunque la prioridad más grande de El segundo manto era proporcionarme falsa información para ponerme en la línea de investigación equivocada, he sido capaz de recomponer la mayoría del caso a través de la pequeña información que se me ha presentado. Para empezar, mi querido Watson, usted mencionó que la semana pasada había cenado con Lord Ahsdown y con su amigo Sr. Harding. Sé que este último disfruta leyendo sus relatos sobre nuestro trabajo y usted le lleva a menudo manuscritos no publicados; documentos detallando mis métodos y casos. La semana pasada usted le llevó varios informes, uno de los cuales documentaba cómo recuperamos un prestigioso artefacto egipcio, el Cetro de plata. Como recordará, la pieza se encontraba viajando hacia el Museo Británico desde un museo en El Cairo y fue robada durante el traslado. Recuperamos el cetro y lo devolvimos al Museo Británico. Su informe continúa con una descripción de las medidas de seguridad que se usaron para protegerlo.

»La semana pasada, usted le dio estos informes a su amigo. Presumiblemente, después de marcharse usted, él le dio algunos de esos documentos a Lord Ashdown, del que usted dijo que tenía interés en sus historias. Él se llevó los informes a casa para echarles un vistazo. El segundo manto sabía que él tenía estos documentos y deseaban verlos para poder adquirir más conocimiento sobre mis métodos. El grupo ha estado estudiando mis métodos durante un cierto tiempo y ha intentado no solo borrar cualquier evidencia sino también usar mis métodos contra mí mismo, dejando pruebas que me llevaran en el camino equivocado.

Sabemos que recibió un disparo a través de la ventana mientras estaba sentado junto a la chimenea, aparentemente leyendo los documentos. Colocaron el cuerpo en el suelo con el fin de ocultar este hecho y se llevaron todo lo que había en la habitación para disfrazar lo que realmente habían robado. De hecho, el querer esconderlo todo puede deberse a que estaban llevándose algo de lo que yo habría tenido constancia.

»El hecho de que le dispararan desde la ventana también me sirvió para entender los planes del grupo. Quien disparara a Lord Ashdown debía ser el principal miembro de esta organización, el único en que se confiaría para llevar esta valiosa mercancía: los documentos. Él tomaría la ruta más directa de regreso; se dirigió hacia el sureste, lo que significa que su escondite debería estar en algún lugar cerca de Tavistock Square, cerca de este museo. Era obvio que querían los documentos por los detalles sobre la seguridad del artefacto, ya que parece dudoso que llegaran a hacer algo tan complicado para descubrir detalles sobre mis métodos, especialmente teniendo en cuenta que se reunían conmigo semanalmente. Presentí que su próximo paso habría sido matar al Sr. Harding, pero creí que podrían habérseme anticipado en la ejecución. Le envié con varios documentos al Sr. Harding, documentos que creo que podrían estar interesados en ver. También organicé la fuerte presencia policial para dar la apariencia de que esperaba a que el grupo intentara matar al Sr. Harding. Lo cierto es que yo iba un paso por delante.

»Confiaba en que el grupo siguiera adelante con sus planes al ver la gran presencia policial en el exterior de la casa de su amigo. Me aseguré de que Lestrade, la policía y yo entráramos al museo sin ser vistos a través de una de las puertas de los almacenes. Fui capaz de anticipar los movimientos de los grupos, debido a que en su documentación de los eventos había expresado mi preocupación sobre varios fallos en la seguridad. Al leer su documento, pudieron juntar todas las piezas de la mejor manera para robar el cetro.

—¡Fantástico, Holmes! —exclamé—. Ahora solo queda una cosa por hacer: encontrar al líder de esta organización. Decidimos ir al almacén de la segunda planta donde se guardaba el artefacto. Este estaba en una pequeña caja de madera. Holmes levantó la tapa y para nuestra sorpresa, el Cetro de plata no estaba allí. En su lugar había una carta.

Holmes la leyó una vez, la arrojó al suelo y dejó el museo en silencio. Lo llamé con un grito mientras recogía la carta.

*Mi estimado Sr. Sherlock Holmes:*

*Aprovecho la oportunidad para felicitarlo; durante los últimos años ha demostrado usted ser un oponente formidable. En varias ocasiones ha tenido usted éxito echando a perder mis planes. Sin embargo, siento informarle de que el artefacto que vino a proteger esta noche ha salido del país, y yo con él. La noche pasada, tras el asesinato de Lord Ashdown, los otros tomaron caminos distintos y más largos hasta nuestro punto de encuentro. Esto me proporcionó una ventana de tiempo lo suficientemente grande en la que fui capaz de robar el artefacto. Sabía que los hombres que venían hacia acá esta noche estaban caminando hacia una trampa.*

*Siempre he querido encontrarme con usted en persona, aunque ahora dudo que pueda ocurrir. Mis comunicaciones con usted siempre han sido de incógnito o a través de agentes obrando en mi representación. Hace años usted se encontró con uno de mis agentes, haciéndose pasar por mí, en Suiza. Creyendo que este agente era yo, usted lo derrotó y lo dejó caer en las cataratas de Reichenbach.*

*Tras ese evento y la captura del Coronel Sebastian Moran, me vi forzado a esconderme. Mi vasto imperio criminal derrumbado. Desde entonces, he pasado los años adquiriendo conocimientos sobre sus métodos, creando un plan para vencerlo definitivamente, usando sus propios métodos contra usted. He tenido éxito esquivándole, se ha terminado el juego. Dejo el país con el artefacto, para no volver nunca.*

*Profesor James Moriarty*

Tras leer la carta asombrado, abandoné el museo. Era tarde y la señora Hudson no había tenido tiempo de preparar mi habitación, así que decidí pasar la noche en un hotel cercano.

A la mañana siguiente, conforme mi coche se detenía en el exterior del 221B yo estaba preocupado por el estado de mi amigo.

Había sido derrotado, sobrepasado, y situaciones como esta normalmente solo demandaban una cosa. Sin embargo, para mi sorpresa, encontré a Holmes sentado junto al fuego, con dos grandes maletas a su lado.

—¿Qué está haciendo, Holmes? —pregunté.

—Mi querido Watson —levantó la cabeza del suelo—, siempre he temido que llegaría el día en que no fuese capaz de continuar en mi singular profesión. Una duda perturbadora de que un día encontraría a un criminal lo suficientemente astuto como para usar mis propios métodos contra mí. El Profesor Moriarty ha demostrado ser ese hombre. Me ha vencido en varias ocasiones distintas y ha probado ser un adversario peligroso. Es con eso en mente que he tomado la decisión de retirarme de mi papel como el único detective asesor del mundo.

»Durante muchos años, mi hermano, Mycroft, ha tenido una pequeña granja en las colinas de Sussex, a unos ocho kilómetros al oeste de Eastbourne. Un lugar muy acogedor, con vistas al Canal de la Mancha. Esta mañana Mycroft me ha cedido la granja para que pueda usarla como mi residencia permanente. Mi coche debería llegar puntual para llevarme desde Londres.

Puntual a su hora, la señora Hudson nos avisó de la presencia de un coche en el exterior. Holmes apagó el fuego, se levantó de la silla y cogió su equipaje. Se acercó a su escritorio y, del cajón más alto, cogió el objeto más preciado en su posesión. Una foto de la señorita Irene Adler. Finalmente se puso su gorra de cazador, se dio la vuelta y abandonó el apartamento.

Yo me quedé un momento, pensando en todos los casos que habían comenzado en esta habitación: los muñecos bailarines, la banda moteada, el misterio de Copper Beeches. Todas las personas que habían visitado a Holmes en busca de ayuda, desde Sir Henry Baskerville a la señorita Violet Hunter, pasando por el Rey de Bohemia. Sherlock Holmes siempre había sido alguien en quien las personas de Londres, y de más allá, podían dirigirse si tenían un problema para el que no podían encontrar una solución.

Eché un vistazo final a nuestras habitaciones, a mi escritorio vacío, donde con tanta frecuencia me senté y documenté los singulares dones de mi amigo. Donde yo habría escrito unos sesenta relatos de mis aventuras con el Sr. Sherlock Holmes. Historias tan terroríficas como el aterrador caso de *El sabueso de los Baskerville*. Me sentí tan entristecido al saber que el lugar donde todas esas historias habían sido escritas ahora quedaría en desuso y puede que incluso quedara abandonado. Seguí a mi amigo hacia afuera.

Holmes estaba sentado en el coche de caballos y, aunque yo había contado frecuentemente en mis notas que su mente fría y aberrante parecía incapaz de sentir emoción y compasión, parecía sentirse profundamente entristecido al dejar Baker Street.

—Me gustaría que se quedara con esto, yo ya no lo necesitaré más —dijo mientras me daba su fotografía de la señorita Adler.

—Holmes, no puedo aceptarlo de ninguna manera —le reprendí.

—Pretendo que mi retirada sea definitiva, no tengo necesidad de tener recuerdos de mis casos. Me gustaría que la tuviera usted, como un pequeño recuerdo de los tiempos en que trabajamos juntos. Hasta siempre, mi querido Watson.


Holmes se alejaba en el carro entre la temprana niebla matinal de Londres dejando atrás la ciudad por última vez, en una última aventura. Y dejando atrás el 221B de Baker Street; la casa de Sherlock Holmes, la casa deshabitada.

# Enlaces

Save Undershaw www.saveundershaw.com

Sherlockology www.sherlockology.com

MX Publishing www.mxpublishing.com

Más información sobre Sir Arthur Conan Doyle y Undershaw en el libro *An Entirely New Country* de Alistair Duncan (derechos de autor compartidos con Undershaw Preservation Trust)

Alistair ganó el Howlett Literary Award en 2011 (libro de Sherlock Holmes del año) con *The Norwood Author* y es uno de los expertos sobre Sir Arthur Conan Doyle más influyentes en el Reino Unido.

**Agradecimientos**

Gracias a Jules, Emma, Leif, David, Jacquelynn, Graham, Alistair y Steve sin cuya ayuda este libro no hubiera sido posible.

www.grayshott.com

**Grayshott es un lugar maravilloso para visitar...**

Sir Arthur Conan Doyle vivió en 'Undershaw', su antiguo hogar en Hindhead, junto a la localidad de Grayshott.

Fue aquí donde escribió El sabueso de los Baskerville y donde resucitó a Sherlock Holmes en La casa deshabitada y El regreso de Sherlock Holmes.

La villa de Grayshott fue también la residencia de George Bernard Shaw, Alfred Lord Tennyson y Flora Thompson.

La premiada villa de Grayshott se encuentra entre los bellos parajes del National Trust en North-East Hampshire, en los límites de Surrey.

Grayshott es un lugar maravilloso para visitar con su típico pub de pueblo, su cerámica local, montones de tiendas y restaurantes, aparcamiento gratuito y montones de cosas interesantes que ver y hacer.

¡Nos encanta Grayshott! Visite nuestra página web para descubrir más y venga a conocernos pronto. Estamos seguros de que a usted también le encantará.

www.grayshott.com

Imagine un espacio repleto de arte, café, libros, cerveza, vino y música en directo. ¿Imposible? Dese una vuelta por el centro de Pittsboro (Carolina del Norte) y se encontrará con Davenport & Winkleperry, un café durante el día y un salón-bar durante la noche, con un toque de la estética victoriana.

www.davenportandwinkleperry.com

Kickstarter Partidarios

| Lonna McTaggart | Roland Dept | Emma Grigg |
|---|---|---|
| Charlotte Walters | Bonnie MacBird | Fiona-Jane Brown |
| Carla Coupe | Jenny Holdsworth | Sigita Matulaityte |
| Khellar | Vaughan Cockell | Thierry Gilibert |
| Gabriele Caredda | Shizuka Kohmoto | |
| | | |
| Cyril Millot, Président du cercle Holmesien de Paris | Candide Kier | Nicola Gail Bushnell |
| Simms | Andy Crick | Jay Hassob |
| Kristina Manente | David Robert Parker | Alberto Daniel Salas García |
| Martina Rurali | Mike Hogan | Samantha Maxson |
| Sonia E. León Lo Cascio | Katri Leikola | Stephanie Thomas |
| Malin Rohman | Jami Marpessa Maselli | Claudia Colin |
| Louise Carter | Marek Ujma | Jess Rogers |
| Jill Braden | Stacey St. Edmunds | Betsey |
| Piers Austin | Makani Valur | Victoria Graham |
| Sorda | Helen Shide | Pamela R. Bodziock |
| Angelika Muehlhoff | Kate Cassidy | Maggie Krohn |
| Manfredo Valdés Castro | Deniz Bevan | Lauren Crist England |
| Leah Guinn | Sandra Hofmann | Mirva Lukkari |
| Atsuko Tachibana | Deborah Spitaels | Caitlin Wilson |
| Jim Mooney | Tasha Gray | Claire Weldon |
| Bernie Shwayder | Aimee Cummings | Sacha Bryn Kiesman |
| Ryk Langton | Lidia A. Tsvetkova | Melissa Dwyer |
| Michele Lopez | Kelly A Donovan | Vânia Frazão |
| Naomi Taylor | Dr. Efrén Comín | Matt J Baines |
| | | |
| Simone Joseph | Pablo Elías De la | Diane Dunn |

|  | Llave Torres |  |
|---|---|---|
| Babs Nienhuis | Karl J. Claridge | Peter E Young |
| Bernie J | Pai Cherng | Juan José Abenza Moreno |
| Susana Barral | Cristina | Lisbeth Nilsen |
| Luke Johnson | LuAnn Sgrecci O'Connell | H Lynnea Johnson |
| Greg Randolph | Ryoko Naito | Suzelle Le Fichant |
| Hugh Ashton | Juan Carlos Fernandez Aller | Miguel Ojeda |
| TommyLee Whitlock | Clare Preston | Edith Clifford |
| Alistair Duncan | Matteo Pietro Bragazzi |  |